给未来杀手的信
LETTER TO FUTURE KILLER

寄信人：张未

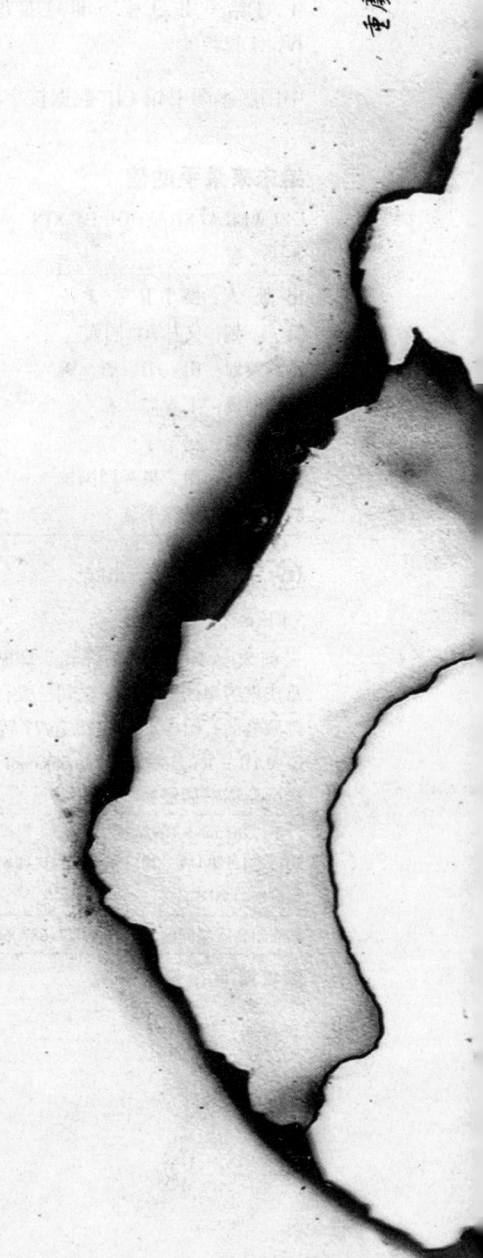

重庆出版集团 重庆出版社

图书在版编目(CIP)数据

给未来杀手的信 / 张未 著. – 重庆:重庆出版社,2011.2
ISBN 978-7-229-03746-8

Ⅰ.①给… Ⅱ.①张… Ⅲ.①推理小说—中国—当代
Ⅳ.①I247.5

中国版本图书馆CIP数据核字(2011)第014579号

给未来杀手的信
GEI WEILAI SHASHOU DE XIN

张未 著

出 版 人：罗小卫
策　　划：华章同人
特约策划：田　力　唐　婉
责任编辑：王春霞
责任印制：杨　宁
营销编辑：田　果　闫国栋
封面设计：小徐书装

重庆出版集团
重庆出版社　出版
(重庆长江二路205号)

三河宏达印刷有限公司　印刷
重庆出版集团图书发行公司　发行
邮购电话：010-85869375/76/77 转 810
E-MAIL：tougao@alpha-books.com
全国新华书店经销

开本：787mm×1092mm　1/16　印张：15　字数：220千
2011年4月第1版　2011年4月第1次印刷
定价：25.00元

如有印装质量问题，请致电023-68706683

版权所有，侵权必究

目 录

第一章　邢越旻 /1

"你找谁?"邢越旻警觉地问道。
回答的是年轻的女声:"你有没有想过其中的破绽?"
"什么?"邢越旻颤了一颤。

第二章　死去的邻居 /14

万吉朋果然上当了,这句话击垮了他,他开始咆哮起来:"你们他妈的能不能干点人事?这摆明了和我一点关系没有,你们就这样把我抓来了!"

第三章　对白 /24

"我原本就想杀了他!"他狠狠地说。
对方明显愣了一愣,这回连邢越旻也看出来了,最直接的理由,往往最能够让自己开脱,女人说得没错!

第四章　姚若夏 /38

"还是没看出来?"贺北光得意地笑笑,"吃菜吃菜!"他拿起了筷子。
"你家根本没养狗!"李从安突然说道。
贺北光愣在那儿,夹到嘴边的菜停在半空,好一会儿才缓过神来,"你是怎么知道的?"

第五章　识谎训练 /49

"你刚刚不是说,你只看了一篇?"
"我主要是在看那一篇。"
"那其他几篇叫什么名字呢?"
"……"

第六章　顺风耳1号 /60

　　张慧佳发现自己一直躺着，起不了身，尽管意识已经越来越清晰，脑袋依然疼痛。她感觉到背部的潮湿，伸手摸了摸，捏起了一把泥。

第七章　助听器 /70

　　上午的时候，姚若夏早早去花圃买来了两束菊花和一盆盆栽。回家的路上，又顺道在拐角的五金店，买了微型电钻、十字螺丝刀、电笔和进口纽扣电池。

第八章　杀手写"信"了 /78

　　李从安把碟片从电脑光驱中取了出来，片名叫《天生杀人狂》，讲的是一对职业犯罪夫妻亡命天涯的故事，影片里充满了暴力，还有虚幻的非正常爱情。

第九章　窃听器 /87

　　"今天怎么那么久，你想饿死我们啊！"年轻的民警走上前去，迫不及待地捞出一个，放进嘴里，然后被烫得歪着脖子吸着口水。

第十章　试药人 /95

　　李从安架开了他的手，亮出了自己的身份。那麻子触电似的往后退了两步，看了看门，那边还有个年轻的民警守着。他说："警察同志好！"
　　年轻的民警忍着没笑，调侃了一句："怎么，想跑？"
　　"不是不是，我只是看看！"

第十一章　水鬼 /106

　　只要一按下去，她想，今天的任务就算是完成了。

第十二章　又死了一个 /115

　　他正要继续说话，突然一股冰凉锋利的金属感从身后横到自己的脖子前，贺北光一愣，后面有双纤手举着一张纸条到他眼前：挂断！
　　贺北光顺从地做了。
　　姚若夏凑到他的耳边，低沉阴森地问："你在跟踪我？"

第十三章　再次下手 /127

　　李从安点了剁椒鱼头、辣椒鸡肠、红烧肉和雪花鸭，还有一瓶雪花牌啤酒，他将啤酒打开，倒满后推到了邓伟的面前，自己则和同事要了两碗饭。

第十四章　犯罪心理地图 /138

　　然而她什么也没有说，只是从包里拿出一本 A4 大小封面的本子，摊开放在李从安的面前。在这张本城的地图上，她画着不同图形，上面还密密麻麻写满了标注，这是一张邢越旻的犯罪心理地图。

第十五章　安眠药 /150

　　挂了电话，冀行英突然觉得有些不对，他从门上再看了看屋里，领导一动不动地安稳睡着，可还是有点奇怪。他想想，又比上次更大声地敲起了门。
　　还是没反应，冀行英有种不祥的预感，他推开门，叫着病人的名字。
　　还是寂静无声。

第十六章　白素梅 /158

　　他的手被反绑上了，肩膀酸得要命，稍微动一动，手腕就会传来刺心的疼，估计是被磨破了。这是"水手结"，贺北光想。在咨询公司开张之前，他曾经煞有介事地跑到体育中心学过擒拿与捆绑。

第十七章　她是"鸡"？ /167

李从安皱皱眉头道："此话怎讲？"
调度员嗓音压得更低了："你们一定知道了吧，白素梅是个'鸡'！"
"我不知道！"李从安大吃一惊，本能地说出口。

第十八章　复仇的代价 /179

那些个大腹便便的领导又来了，这次却带着笑容，父亲拘谨地伸出自己油腻的手，那些领导没一个人去握父亲伸出的手，个个掩着鼻子就像厌恶一盘馊掉的饭菜。

第十九章　下不下手？ /192

"没事！"李从安喂了第二口，有点淡，他起身转到床的另一边，背对着姚若夏，将放在窗台上的肉松又倒了些出来。
机会来了！姚若夏把手伸进了包里，她快步往前冲着，李从安回过身来，好奇地看着姚若夏。

第二十章　赴约 /202

"我们见面吧。"她最终拿出了手机，按下了这句话，然后找到了邢越旻留给她的号码。手机上这几个文字，跳跃着消失在屏幕背后，就像隐没于沙漠之中的水珠。
"你终于出现了！"邢越旻迫不及待地回复了短信。
姚若夏告别阿婆，走上拯救自己的道路。

第二十一章　寻找真凶 /211

"那有没有这种可能，白素梅知道邢越旻在哪，但却不是自己联系邢越旻的，而是通过曹又村？所以我们蹲守白素梅的警察，才没有发现她外出过？"
李从安心里一沉，他摸出自己的手机。

第二十二章　杀手原来是 TA／221

"松手，再不松手开枪了！"

又是砰的一声枪响，白素梅感到肩膀火灼一般疼痛，她不知道发生了什么。有人把她从姚若夏的身上拉了起来，她的嘴里还在不停喊着："杀了她，杀了她！儿子就安全了……"

第一章　邢越旻

人们都管三年前那件轰动的案子叫"西郊幼女性侵案"。

三名不到十三岁的少女遭到性侵并陈尸荒野，致命伤都在头部。用当时女法医杨静静的话说，凶手简直连猪狗都不如。

这是一件公安厅督办的大案，社会影响特别恶劣，此案导致当地人心惶惶，群众的安全感严重丧失。遗憾的是，案子过去三个月了，主办此案的专案小组仍然毫无头绪。唯一的线索是：有目击者分别在三具尸体的抛尸现场附近看到过同一个男人。

经过模拟画像和实地排查，锁定了那个男人，莲花村四十二岁的村民孙荣波。此人现在独身，曾经离异，靠在村口经营一家小杂货店为生，邻居说他偶尔还出去嫖妓。警察问到他时，他对答如流，能够准确回忆出案发时自己的行踪；可在关键的时间点，都无不巧合地一个人待着，不是说在家睡觉，就是进城看货去了。换句话就是没有不在现场的证明。几乎专案组所有人都感觉他有问题，当时，第一起案子已经过去了三个月，正常人谁会清楚地记着自己在三个月前的某时某刻都干了什么？

尽管有那么多破绽，专案组还是拿他没有办法，因为缺乏证据，总不能靠"感觉"把嫌疑犯送上法庭吧。

"干脆收审算了！"会议上，几个年轻小伙儿愤愤地说着，"这种变态叫什么来着，恋童癖是吧？枪毙十分钟都不为过！"

会审这件案子的时候，李从安还是个普通民警，在专案组做些文书记录工作。他轻轻摇了摇头，说："这人肯定有前科！"

话音很轻，可还是让时任专案组组长的市公安局局长听到了。

"什么？"局长追问。

"哦，没什么！"李从安脸有些红，在座的很多都是有着二三十年经验的老刑警，自己一个乳臭未干的新人，乱发言有点儿不太礼貌。

局长把脸转了过去说："有什么想法就说，各抒己见嘛！别怕犯错，大家多说说，激发激发灵感！"局长四十多岁，梳着大背头，手上的烟一根接着一根，目光扫向李从安。

"我觉得孙荣波之前一定进去过，很有可能因为强奸。"李从安声音不大地表达了自己的意见。

局长转过头来，孙荣波的档案刚刚调到专案组，还没有传阅过，他低头看看桌上的档案，又看了看李从安鼓励道："接着说下去！"

局长其实当时并没有做过多指望，有强奸前科是很好理解的，但有人开头分析案情，总比大伙都不说话要好。他挥舞着大手，鼓励李从安继续发言。

李从安却似乎有了自信，继续道："以幼女作为性侵对象，本身就是一种性取向有问题的心理变态，一般来说，攻击性恋童癖通常都有一些共通的特质，比如社交能力差、个性懦弱、家庭或婚姻出现过重大变故等。他们在成人世界难以应付，所以才将兴趣转移到儿童身上；更有甚者还患有一定程度的智障，性观念始终停留在儿童时代；而此案嫌疑人明显不属于上述之列。"

"哦，那你有什么看法？"局长没想到李从安会从这个角度来分析案情。

李从安把身子探到桌子前，像是变了一个人，慢慢地滔滔不绝起来："他对警察的工作很了解，有过被审讯的经验，知道如何应付，这种老练的表现并不符合恋童癖的普遍特征，所以他应该不是严格意义上的恋童癖。我个人以为，嫌疑人经常嫖妓，说明他并不排斥成人的性生活，而是为了寻求刺激才将性侵对象锁定为儿童，并且这不是一蹴而就的，在此之前，他应该有过强奸或强奸未遂的经历。这三起侵幼案中，从作案凶器来看，第一起用的石头，而后两起却是木棒，很有可能第一起的发生只是个巧合，适合的犯罪环境引发了犯罪；也许是因为怕事情败露所以杀死受害者。但这种行为以及结果却让他感觉到前所未有的快感，强烈刺激了他在作案过程中的操控欲望，于是他一发不可收拾，有预谋地进行了第二件和第三件案子，而且如果我们无法对他定罪，我相信，第四起案子的发生只是时间问题。"

说完这番话，李从安突然发现，办公室里一阵寂静，所有的人都转过头来看着他，他又恢复了局促，嗫嚅道："嗯，我只是谈谈自己的看法，不一定准确，抛砖引玉罢了！"

局长愣了一会儿，他没有想到李从安分析得如此头头是道，问："那照你的意思，我们接下去应该怎么做？"

"理论上可以安排一场特殊的审讯，尝试着找到嫌疑人的心理弱点，然后让他的心理防线崩溃，交代作案事实！"李从安不是很有底气地说。

"特殊的审讯？"有些人不太能够认同这一观点，"难道我们无法找到证据，仅凭审讯就能乖乖让他就范？"

局长摆了摆手，制止了大家的疑问，转向另一边问副局长："你怎么看？"

这是李从安第一次获得表现的机会，副局长最终决定按照他的方法试一试。

审讯室安排在市公安局。按李从安的意思，现场的审讯节奏一定得张弛有度，开始要让嫌疑人感到轻松，然后趁其不备讯问他；要让他知道这不是农闲趴在房顶上闲聊，和他坐在同一个房间里的警察个个尽忠职守，严肃睿智；同样这也不是一个可以说谎的地方，可以暗示他如果拒不交代，警方不排除用刑讯的方式来获得真相；要让他知道他对那些女孩所做的一切已经引起了众怒；更重要的是，在他的对面放一大堆资料，即使和此案无关也没关系，这些资料都写满他的名字，放在嫌疑人的视线所达范围内。

"这只是基本设置，"李从安安排着审讯工作，"最主要的是，我们必须在审讯室房间的墙上，贴上那几个女孩遇害的现场照片，还有现场发现的用作凶器的沾有血迹的石头。不要对他做任何解释，仔细观察他的身体语言，譬如动作、呼吸、流汗程度和颈动脉的跳动等，如果他真是凶手，就不可能对那些墙上的东西无动于衷。

"灯光稍微昏暗一些，尽量让审讯人的脸处于背光处，别让嫌疑人看清审讯人脸上的表情，最好由两个人对他进行讯问，我们需要做的只是，暗示他我们已经知道了重点，知道他心里怎么想的，以及现在所承受的压力。

"当他开始僵持，或者当我们感觉到他在思考的时候，不要给他任何喘息的机会，但这个时候要换一种策略，不管这有多恶心。我们必须假装非常同情他，告诉他那三个小女孩自己也有不对的地方，问他是不是事先受到了勾引，然后又被威胁，给他一个保住面子的情境，给他一个解释自己为什么要这样做的原因！

"最后，尽量避免是非类的问题，而是要采用疑问句，比方问'你是怎么做的？'或'为什么这样做？'而不是'是不是你做的？'

"如果这几个步骤都能够顺利进行——"李从安看看大家，"也许会有结果！"

按照李从安的设计，这场特殊的审讯如期进行。孙荣波被带进审讯室，不出李从安所料，孙荣波看到墙上那几张受害人的照片，果然开始冒汗和呼吸紧促，他的身体语言和先前问讯时的情形大相径庭，整个身体蜷缩，带有明显的防卫性。负责审讯的侦查员，开始指责小女孩，当他随声附和的时候，侦查员适时拿出从受害者身上取得的血衣。这个行为彻底触动了他，他开始沉默不语。李从安知道自己的推测基本是没有错的。

通常情况下，无辜者会在这个时候大喊大叫以示清白，即使嫌疑犯假装大笑或大叫，让人误以为他是被冤枉的，一眼也能够看出是装的。

经过进一步有的放矢的审讯，加之外围证据越来越确凿，孙荣波终于崩溃了，承认了性侵这三名幼女，并同意侦查员所言是她们威胁自己。孙荣波告诉侦查员第一次的时候并非预谋要杀害她，否则就不会随手拿起石头砸过去，而会选择更好的凶器，比如后两起案子的木棒。最后，他供认不讳，并交代了五年中他所做的另外两起强奸妇女案，因为受害人没有报案，所以一直没有进入警方的视线。

　　这次行动相当成功，警方未费"一枪一弹"将罪犯制伏，李从安声名鹊起。主法医官杨静静事后还特地请李从安到她家，和她的家人吃了一顿晚饭。当李从安看见杨静静十一岁的女儿时，就明白过来她为什么要这样做了。

　　这件案子可以说让李从安摆脱了一些父亲的"阴影"，没过多久，李从安被调到下关区任刑警支队副支队长，又过了几年，老队长退休，李从安理所当然地坐上了队长的位置。

　　李从安更加如鱼得水。审讯技巧的成功运用，使他得到市政法委书记的支持，加之父亲的资源，李从安开始在工作之余研究审讯心理学，"模拟监狱"就是一个新课题。

　　半个月里，十五名在校大学生被封闭在公安大学一栋废弃的教学楼里，成为实验对象。实验对象中，"扮演"囚犯的学生被限制了自由，出现的典型反应包括：依赖、沮丧、无助和自我否定，其中还包括个人尊严的严重丧失。实验表明，大多数暴露在强制性程序下的人将会泄露一些他们在其他条件下不会透露的信息；实验还证实了一个结果，缺乏睡眠会削弱心理功能，睡眠剥夺削弱了实验对象抵抗审讯压力的能力。这就科学地验证了，睡眠剥夺在审讯期间能够有效击败嫌疑人的抵抗。

　　这些珍贵的实验成果，势必会为我国"侦查讯问"的发展起到推动作用。可实验还没完成，已经有超过一半的"囚犯"表现出严重的痛苦和情绪困扰。实验是不是还要继续下去，成了李从安需要考虑的问题。从公安大学出来的李从安喜忧参半，他抬头望了望天，冬季天黑得早，才4点多钟，天色就远不如先前亮堂，他打了个哆嗦，突然有种不知由来的预感。

　　这种预感与实验无关，而是觉得这个城市又要出事了。

　　合上《离散数学》的课本，桐大计算机系二年级学生邢越旻推了推鼻梁上的眼镜。又是周末的最后一堂课，他放好书本回到寝室。

　　一周的换洗衣服，还有床单被褥，需要每周拿回家的东西都要打包好。

邢越旻家住本市，如果不出意外，双休日会回到自己的家。

对于回家，他有种说不出来的滋味。这不是少年初离父母身边那种倦鸟不知归的新奇感，而是从骨子里，对那个家，有着一种本能的排斥。

寝室里只剩下他一个人。电话响起，不是手机，是安在门旁的IC电话，邢越旻愣了一会儿，最后还是走了过去。

找自己的，是班主任，跟他说两周后本市大学生计算机竞赛的事情。这个赛事，一个月前，他就已经听说了。邢越旻颇受关注是因为他在本专业上毋庸置疑的天赋。他有一个逻辑的脑袋，对抽象的数字、公式有着匪夷所思的记忆力和理解力。进入桐大一年以后，这个不善言辞、基本不与其他人说话的"怪人"，还是被学校挖掘出来，希望其能够为校争光。

班主任问他上周推荐的专业书是不是已经看完了，有没有什么不懂的地方，需不需要单独再辅导一次。这一系列的问候，真切、热情，可邢越旻还是从班主任的语气中听到了功利。

他不是一个喜欢抛头露面的少年。确切地说，他活在自己的纯粹中，这种纯粹指的是对数字的热衷，是从一个个数学符号两边的排列组合中，寻找美感，并享受其中。不懂的人不会明白，数学有时就像一道风景线，邢越旻不希望这种审美，受到任何人间烟火的干涉。如果说这是一种境界，那么毋庸置疑，邢越旻就是那种被人称之为"书呆子"，而自己却浑然不知的人。

挂了电话，班主任对那件事丝毫未提。邢越旻的嘴角泛起一丝冷笑，不大的房间里顿时涌起了一阵寒意。

床上的包裹躺在那儿，已经整理过很多回了，他站起身来，揭开床上的棉絮，棉絮下被挖空了一角，邢越旻捧出个纸盒子，半个鞋盒大小。他打开盖子，密密麻麻的白色虫子，在盒子里蠕动。

邢越旻将盒子重新关上，扎上皮筋，小心翼翼地装进了书包，背上包裹回家去了。

家与学校呈对角线穿过这个城市。邢越旻坐上了公交车，装着盒子的书包被平放在膝盖上。找来里面的那些小玩意儿，可着实费了他不少工夫。

如今，到处是杀虫剂的天下，差不多三个月，才在公园一棵腐朽的树根里，挖出了这些玩意儿。

父母还没有回来，他家住二楼，邢越旻抬头看不到任何家里已经有人的迹象。

走进狭窄的走廊，迎面碰到了住在楼下的邻居。这倒也是个奇怪的男人，单身，没有工作，貌似是退休或者下岗工人，邢越旻从来没有见他家来过访客，他也从不与人交流。邢越旻的父亲，一个身材粗壮、脾气暴躁的货车司机，几乎和周围所有的邻居吵过架，却唯独没有和这个人争执过。

邢越旻却总觉得这个奇怪的男人和自己有着同样的特质。

他上了吱吱嘎嘎的楼，取出钥匙开了门。这是一个两室户，其实就是一居室中间用一块木板隔出了两个房间。里面那间被五斗橱和一张大床占据着大部分空间，正对着床的桌子上放着老式长虹牌电视，他的父母就住在里面；外面这间兼做客厅和饭厅，摆放着碗橱和桌子，角落的桌上有台台式电脑，墙角靠着一张折叠床，邢越旻回来时，晚上就睡在那儿。他看了看表，五点过一些，再有两个小时，父母就要到家了。

他没有多少时间了。

邢越旻将包裹靠在了墙边，小心翼翼地从书包里取出那个小盒子，来到了阳台上。

阳台是木制的，年久失修，似乎一年四季都潮乎乎的。四根竖着的柱子，支撑起了上面的横杠。邢越旻蹲下身来，他摸了摸中间的两根，里侧有不被人注意的小洞，拇指大小，他打开盒子，从口袋取出一根小木棍，那些白色的小虫子顺着木棍爬了上来。邢越旻将爬满虫子的木棍，顺着洞口送了进去。

每次只能放三十只左右，少了没有效果，多了又很容易被发现。哪怕多实施几次，反正已经坚持三个多月了，很快目的就要达到了。邢越旻想。

他一边做着自己的事儿，一边看着楼下，由于没有开灯，邢越旻穿着黑色的外套，楼下人来人往，却没有人注意到他。

一阵手机铃声响起，着实让专心致志的邢越旻吓了一跳。是自己的手机，上面有个陌生的号码，邢越旻停下了手中的活儿，往屋里走了两步，接起了电话。

"喂——"

电话那头一阵沉默。

邢越旻又"喂"了一声，这次却深切感觉到了电话那头的喘气声。

他疑惑起来，从耳边拿下手机，再次看了看号码，不认识。

"你找谁？"邢越旻警觉地问道。

回答的是年轻的女声："你有没有想过其中的破绽？"

"什么？"邢越旻颤了一颤。

"我是说，用白蚁杀人确实很高明，可是你有没有想过其中的破绽？"

"……"

"让白蚁啃噬木头，让你的父亲从阳台上跌落，制造意外事故，这一招确实很高明。但那个破绽也是致命的，而且我担保，二十四小时之内，警察就会找上你！"

二十四小时超市的换班时间是在晚上七点。五点多钟的时候，上晚班的李桂芳就来到了店里。本来她正在家里做饭，白素梅给她来了个电话，说是家里有事，想早点走。李桂芳原本就是个热心肠，况且自己又没什么大事，谁还不会遇见个突发事件？帮人等于帮己，二话没说，她弄完番茄炒蛋，向家里人交代了几句，就去店里了。

白素梅连说了好几次谢谢，李桂芳拍拍她，那么客套干啥，白素梅不好意思地笑笑。

"啥事啊？"

见李桂芳热心地问着，白素梅也不好意思不回答，原本她不想说的，"也没什么大事，儿子学校里换寝室，我去帮个手！"白素梅撒了一个谎，脸稍微红了一下。

李桂芳没有觉察，大大咧咧地笑道："所以早生孩子还是好啊，早有出头之日。"都是下岗再就业，李桂芳年纪比白素梅大五岁，四十三岁了，孩子却比白素梅的小。

"也早吃两年苦！"白素梅客套得很得体。

"哦，这倒也是，"李桂芳是个直率性子，什么实话都往外说，"你儿子这病确实难为你了！"

这话戳到了白素梅的心里，邢越旻有先天性脊椎病，脊柱上多了一块骨头，医生说这病没法治，而且位置敏感，动手术风险太大，小时候还不明显，等邢越旻稍大了一点之后，要靠镇定剂缓解畸骨压迫神经带来的疼痛。白素梅总想着多挣一点钱，等钱攒够了就去国外动手术，靠打镇定剂总不是个事儿。

"久病成良医！"李桂芳可能也觉得自己这话有点突兀，加了一句算是鼓励。

白素梅笑笑，没说话。

"这镇定剂应该也有副作用吧，我婆婆失眠，晚上吃安眠药，第二天我看她都有点头重脚轻，走不稳路了！"

白素梅眉头微微皱了起来，是啊，镇定剂也好，安眠药也好，是个人都知道会有副作用，但凡有点其他的法子，谁会选这招？好在这两年白素梅找到个中医推拿，似乎对邢越旻的病有效果，虽说除不了根，但用药来控制疼痛的次数越来越少，否则动不动都疼得死去活来的，连学都不能上了。

李桂芳以为白素梅介意了，原本她只想安慰安慰白素梅，意思是说家家都有本难念的经，没想到她的表情一下子严肃了起来，弄得李桂芳反而不知道怎么接下去了。

"老年人最好不要吃安眠药，"白素梅也嗅到了气氛中的尴尬，解释道，"上医院看看，是不是神经衰弱什么的，吃点中药调调，安眠药副作用强不说，还上瘾！"这话说得没错，李桂芳分析得对，久病成良医嘛，对于神经麻醉和调理这块，白素梅有照顾邢越旻那么多年的经验，还真能说出点道道。

"就是就是，啥时候你有空来我家看看，跟我婆婆说说，我们也不懂！"

"我也不懂，只能说介绍两个医生给你婆婆认识认识。"白素梅看了看表，时间差不多了。

换了班，白素梅匆匆往家里赶。她对李桂芳说是儿子的事，也确实和寝室有关，但不是搬家，而是儿子的被褥不知道被哪个调皮捣蛋的学生偷到走廊里丢在地上，上面还浇了水。大冬天没被子，儿子晚上就没法睡觉了，她得赶回去找条新被褥赶去学校，帮他换上。

想到儿子，白素梅心里有种难以言表的感觉。他为什么会变成现在这个样子？除了那个病多少会有些影响，其他的原因，白素梅也是心知肚明的。说实话，邢越旻曾经是个听话的孩子。可自己改嫁之后，一夜之间，他仿佛换了一个人。她知道，邢越旻厌恶这个新父亲。

要是能够回到过去就好了！每当这样想的时候，白素梅就免不了眼眶微红，那还是五年前的事。那一年，噩运就像瘟神一样充斥在自己的身上，要不是那年阴差阳错嫁给了现在的丈夫万吉朋——可是谁又能理解自己孤儿寡母的难处呢，白素梅又要忍不住掉眼泪，只能怪自己命苦，只希望能够熬过这两年，等儿子毕业了，就能离开这个家了。

白素梅走在路上，天上突然飘起了雪，她加快脚步，回到家，万吉朋还没有到。她从五斗橱里找出了一条新的被褥赶往学校。

她是下午三点多钟接到的电话，到寝室时，发现儿子正蜷缩在没有被褥的床上看书。寝室里还有三个男生，各自坐在自己的桌子前复习功课或是上网。他们用的是笔记本电脑，只有邢越旻的桌上还放着台式机，笨重，占了很大的地儿，以至于书本都挤到了桌子的边角。光看电脑就分出了贫富差距，白素梅有点心酸。

另几个同学见到有人来了，站起身来，出了门，招呼也没打一个，剩下的那个似乎有些不好意思，轻声地叫了一声阿姨，也出门去了。不用问，白素梅从这氛围中也能了解到，邢越旻和同学们的关系并不好。

这方面的事，她有所耳闻。前几天，白素梅接到过班主任的电话，说起竞赛的事儿，也顺带提了提儿子的生活问题，婉转地说过貌似他同学养的一条狗死了，不知道和邢越旻有没有关系？因为当时老师主要还是赞扬他的数学天赋。白素梅并没有放在心上。

儿子在床上点了点头，面无表情，用嘴朝卫生间努了努。白素梅开门进去，脏了的被褥被放在了地上，上面一大摊水渍，看上去水淋淋的，就像还能挤出水来。她有点生气，转身出来质问："你是不是又跟人吵架了！"

邢越旻眼睛从书本里抬了出来，盯着白素梅，突然那种阴沉的东西又传递了出来，看得白素梅心里发慌，也看得她原先的火气又灭了下去。

白素梅想再说什么，儿子已经把头又埋进书本了，她把话咽进了肚里，叹了一口气，默默地从包里取出被子。"来，你先下来吧，妈替你把新被子铺上。"

邢越旻依旧什么话也没说，从床上爬了下来，坐到椅子上。白素梅铺好被子，然后进了卫生间，将那条脏的被褥塞进包里，洗洗也许还能用。

白素梅倚在门上说："那，那我先走了！"

儿子没有说话，白素梅有些失落，她走出了门，刚迈出去一步，邢越旻在后面说了一句话："你还没吃饭吧？"

"什么？"白素梅没想到儿子今天能主动问候自己，虽然只是一句再平常不过的话，她还是心头一暖。

"嗯——还没吃呢！"白素梅有点摸不着头脑。

"那就在学校食堂一块吃点吧，我也没吃！"邢越旻冷漠地说着。

"嗯？"白素梅有点犹豫，万吉朋也没吃等着自己回家做饭呢，要是吃饭的时间见不着人，他又要火了，"你爸爸，他也没吃呢！"

邢越旻眉头皱了起来。

"他没吃就让他自己解决去吧。"白素梅终于下定决心。

两人到了食堂三楼的小餐厅，母子俩选了角落的一张空桌子，要了几个菜，鱼香肉丝、青椒土豆、红烧鲫鱼和酸辣汤。"够了，够了，"白素梅有点心疼，"你要喝点饮料不？要喝点啥？可乐？嗯——妈不要，妈不爱喝，吃饭就行！"

嚼着饭菜，白素梅时不时地往儿子的碗里夹着菜。"多吃点！"邢越旻依然不开口，兀自吃着自己的食儿。

"我给你碗里盛点汤。"白素梅探着脖子说着。

邢越旻没有回答，过了一会儿，他说："你没看过我们学校吧？吃完饭，我带你去四处走走。"

白素梅心里一颤，儿子今天这是怎么了？很久没有对自己这么热情过了。她眼角皱了皱，有点开心，小时候儿子可是一时也离不开妈妈的，一转眼就长大成人了。

"嗯。"白素梅点点头，加速把饭塞进嘴里。

这是一座拥有不短历史的学校，文理兼设，但以理工科见长，历史上出过几个叫得出名字的人物。学校的中央有一座高耸的铜雕像，面对着一个足球场大小的草坪，儿子说那是学校的第一任校长。铜像身后则是主教学楼。草坪的四周围绕着稀疏的树木，形成林间空地，沿着长长的弯道和缓坡逐渐扩展开来。下了坡，是一泊湖水，下午的雪已经停了，积雪点缀在弧形的湖岸上，皓月下，一片洁白。

到了寝室门口，邢越旻指了指门卫室里的挂钟说："9：30了，你就早点回去吧！"

白素梅看了看儿子。"嗯，那妈先走了，你自己小心点，记得周末要去做推拿，还有——"她有点懦懦地劝着邢越旻，"别跟同学吵架！"

白素梅走在回家的路上，觉得有些不对，可哪儿不对她又说不上来，儿子今天的表现有点异常。也许是自己多想了，白素梅暗想，儿子毕竟是儿子，是自己身上掉下来的肉，和自己是有感情的，总有一天，他会明白，成人世界有太多身不由己的事情。今天是个好现象，起码儿子肯和自己说话了，还陪自己一起在学校里散步。白素梅忍不住就要笑出来了。

下了公车，离家还有几十米的地方，就看到家门口停了很多警车，闪着警灯，白素梅心又抽了起来。

她一路小跑赶了过去，看见万吉朋趴在阳台上看热闹，心里才松了一口气。一个穿警服的青年拦住了她。

"我就住在楼上，师傅，出什么事了？"

"没什么事。你先回家吧，待会儿会有人来给你做笔录。"警察的态度不冷也不热。

　　白素梅走进狭小的门洞，迎面一直遇到各式各样的警察，穿白大褂的，拿照相机的，楼下邻居的门半掩着，里面或蹲或站着几个男人，在轻声地说话。白素梅满腹狐疑，小跑上了楼梯。

　　"出什么事儿了？"进了门，她问万吉朋。

　　"楼下的那个男人死了，好像是被人杀死的！"万吉朋咂着嘴说道。

第二章 死去的邻居

李从安的预感还是很准确的,只不过没想到来得那么快。原本答应"模拟监狱"的实验告一段落,抽两天的时间陪陪自己的女朋友。没想到却接到了刘一邦命案。

比较幸运的是,在刘一邦命案发生之前女朋友在约定休假的日子也被公司安排出差了,明天才回,于是李从安就不必承担爽约的责任了。只是不知道明天是不是可以抽出时间接女朋友吃饭。

案发地点。几个妇女正围着警察,有点激动。

三个七八岁的小孩,爬到屋顶掰屋檐下的冰条时,从窗户看见刘一邦的尸体。母亲们觉得让那么小的孩子看到躺在满地血泊中的男人,全是警察的错。

那些孩子且得做一阵恶梦了。

同事在耐心地劝说,李从安听见他建议家长带着孩子们去看看心理医师。

李从安走进现场。杨静静穿着白大褂站在角落里往她的写字板上画着什么,她的身后是死者,被盖上了白布。法医助理正在将尸体搬出去。

李从安看了看四周。

实在没有想到一个人可以流那么多的血,他胃里一阵翻腾。干了近十年刑警,李从安每天遇到的都是腐尸、碎肢,肮脏变态的强奸、杀人案,他可以把罪犯的犯罪心理分析得头头是道,却始终无法正视一具尸体,他最不愿做的工作就是出现场,但又不得不每次到场。

李从安抬眼又看了看杨静静，她发髻朝后扎着，脸上没化妆，一看就是下班后被拉出来的，没准刚洗完澡，正在吃饭，就被电话叫过来了。

自从市局下达了有关重大刑事案快查快判的指示之后，有关的工作人员都必须二十四小时待命，随叫随到。

"初步情况看清了，右侧颈部有两条裂隙状的切口，呈30度夹角，部分重叠，这就是致命伤，颈动脉破裂导致的大出血休克死亡。死亡时间在晚上六点到八点。"杨静静抬起头看着李从安，说道。

李从安看看表，9：15，离作案时间过去不久。

"是不是可以排除自杀，或者伪装成他杀的可能？"

杨静静笑笑说："基本可以排除，手掌上有明显的切痕，受害者曾经挣扎过，脖子上除了那两条伤口，没有试刀痕，而且刀口是横向从前往后切开的，凶手从身后出其不意下手的，如果是自杀，完全可以换一个更加顺手的位置。"

"哦，你怎么看？"

杨静静推了推眼镜，答道："目前没有证据显示被害人被麻醉过，血液里也不含酒精，凶手应该与被害人是认识的，起码被害人没有防备凶手。"

"如果是个受过专业训练的人呢，有没有可能在对峙中一刀毙命？"他知道这个问题问得有点业余，但还是想从专业人员的口里，得到肯定。

杨静静还是笑笑。"这就要靠你们查了，"她转过身去看看尸体的位置，重新在纸上边写边说着，"如果是个职业杀手，就不会出现两道切痕。"

这语气其实是在否定李从安的假设。

李从安没有回应杨静静的话，这不是主要的，从被害人刘一邦的身份调查来看，他是一个无业人士，靠着救济金过活，职业杀手犯不着来对付这样的一个人。

李从安又看了看四周，现场痕迹的勘查结果表明，没有剧烈打斗的痕迹，死者的尸体头朝门平躺着，门锁完好无损，凶手用了什么伎俩，导致刘一邦转身走进屋里，然后从身后一刀毙命？

对于被害者这个阶层，理应不会是什么复杂的作案动机吧？最常见的经济纠纷或者情杀？

如果借钱不还导致因恨杀人，是完全有可能的；单身的中年男人，如何解决自己的生理欲望呢？由此发生些感情纠纷，也是完全有可能的。李从安想。

这看上去是一起普通的谋杀案，现场唯一的疑点是窗台上留下的半个鞋印，这得感谢下午的那场雪。从鞋印的走向看，凶手是从窗户爬出去的。

其他就没有什么太有价值的线索了，凶手似乎很小心，很有组织性，整个过程中，房间里没有留下一枚指纹。

但为什么会在鞋印上留下那么大的破绽？

这是让李从安想不通的地方。

李从安走到窗户看出去，是一条小巷，这里是老式居民区，错综复杂挤着上百户人家，晚上六点到八点，正值居民进出的高峰时期，爬窗户远没有从正门走到大街来得安全。这个门洞只有两户，而且还是上下楼，走正门被人遇上的风险，明显要小于爬窗户。

也许凶手认为这不会带来多大的麻烦？

正想着，辖区派出所的所长老张走了进来。

"怎么样，有没有什么线索？"

李从安摇摇头，反问老张："你怎么看？"他不想过早就给这个案子下什么定论，以免误导了其他人。

"这一带的居民虽说家庭条件都不怎么好，但总体来说民风还是不错的，就算偶尔发生些盗窃，也都是外来流窜犯做的，多少年没发生过大案了，没想到突然一下——"老张说着。

李从安继续保持微笑，心里在想，这又不是领导在开治安整治的大会，也没有人会追究谁的责任，如果告诉他审讯心理学当中，一块重要的领域就是识谎，估计老张就不会对自己说那么蹩脚的谎言了。

一般情况下，李从安尽量不会用识谎心理学的知识来分析身边的人。社交型的假话，会像润滑剂一样让我们的生活其乐融融。他职业性地打量着老张：脸盘圆润，身高不到一米七，头发捋向一边，额头上方还有一颗黑痣，脸庞有点黑，五个手指粗壮有力，给人一种憨厚的印象。

李从安最近正在阅读有关中医学的理论，将心理学和这门古老的科学嫁接起来研究。"相由心生"并非只是街头算命的术士才会用到的词汇。

李从安把老张这样性格类型和身份的人，称之为"麋鹿型"，他们谨小慎微，作为"生物链"的最底层，他们的最高任务，就是在芜杂多变的环境里逃离危险。生性质朴，让他们在说谎时很容易有负罪感，因而能够轻而易举地被识别。

老张在诉说那段的时候，音调明显有着上扬的走势，说完后就迅速地低下头，这又是一个典型的"视觉阻隔行为"，这都是因谎言而内疚的典型特征。

李从安据此知道，他所管辖的区域，并非风平浪静，现如今出了凶杀案，市里评选优秀派出所的指标，估计是泡汤了。

李从安没说别的，只是招呼上老张，还有两个手下，出了门，趁着不算太晚，他想去后窗外的巷子里转转。

"这条巷子是单向的，没有岔路，直通正街，大概三四百米的长度。"老张边走边介绍着。李从安兀自暗笑，这时候说的话就自然多了嘛！

清一色木头的房子，刷了新漆也遮掩不住它的破旧。二三楼高，里面挤满了人家，老电影《七十二家房客》曾经讲述过这类拥挤成一团的生活环境。除了自己的卧室，其他的东西都是公用的。光找齐所有的居民就得花上好长一段时间。

在派出所老张的带领下，好一会儿，李从安才算大致问完了能够问得着的人，结果一无所获，没有发现异常情况。

怪事，李从安想，他也同意杨静静有关熟人作案的可能。凶手是做好准备来的。还是前面的问题，为什么不走正门，而是爬窗户，穿过那条熙熙攘攘的小弄堂呢？而且居然没有人发现？

两个年轻的民警有点丧气，他们走到了这条弄堂的尽头，刘一邦的小屋就在最里，窗户正对着路，似乎没什么问题。

难道凶手就是这些邻居中一个？还是有所疏漏？

正准备走呢，李从安往左边望去，那里还有一小块拐角的空地，不通任何地方，他往前两步，突然眼前一亮！

尽管堆了很多杂物，可还是能够看到背后一条废弃的楼梯。楼梯到了一半，又折回到这边，直通刘一邦家二楼的屋顶。

李从安抬头看看，屋顶那坡有点斜，但如果小心一点的话还是能够走过去的。尽头是二楼的窗户，灯还亮着。

他又把视线转回到了地面。少量飘落到此的雪，现在已经化了。地上一滩水，李从安蹲下身子，奢望找到脚印之类的线索，但基本已经是不可能了。他用食指蘸了蘸地上的污垢，放到鼻子边嗅了嗅，然后站起来，看了看四边的环境。这是个死角，看堆砌的杂物，也有些时日了，应该不太会有人刻意站到这儿来。

"这梯子以前是干什么用的？"他问老张。

老张看了看，答道："应该是以前的居民在这儿搭过阁楼，几年前，区里的消防局有过一次违章建筑的集中整治，估计就是那时候被拆掉的，不过没拆干净，留了半截楼梯。"

李从安从杂物的缝隙中，又把手伸了进去。一根手指从左到右轻轻地摸着楼梯，摸到一半，他停了一停，然后换了根手指又接着感觉着。他把手伸出来，一根手指上沾满了灰尘，另一根则明显要少得多。

李从安拿出手帕擦了擦手，问："楼上住的是谁？"

老张愣了愣，才反应过来："嗯？哦，住着个货车司机，好像姓——姓什么来着？好像姓万。"

"走，上去看看！"李从安看了看时间，说道。

他敲开门，是一对中年夫妇，看上去四十多岁。俩人刚正坐在电视机前看电视，是个法制节目，讲述邻市一起ATM机房里的抢劫案。李从安知道这案子，好像还是年初的事儿，市里还特地为此开过治安防范的会。这些年，这类节目此起彼伏，看厌了侦探电视剧的观众，总喜欢在真实中寻找些刺激。这种节目往往是双刃剑，一方面，人们的防范和法律意识年年提高，可别忘了，犯罪分子也在看电视。随着尺度越来越宽，很多警方核心的侦破手法，几乎都在公众的眼皮子底下，导致如今想要找个"反侦查意识"弱的嫌疑犯，反而成了件难事。

李从安不反对纪实类的警事电视，但也不赞同，局里曾经好几次安排他参加电视台的访问，都被他找理由溜掉了。既然不能改变这个事实，难道还不能允许我有这样的原则？李从安总是暗暗这样想。他就是这样的观点，警察和法律的主要作用在于震慑犯罪，其中犯罪风险也是有些人犯罪的很重要因素。有些人有犯罪动机，没准就是因为觉得风险系数太大，才避免了犯罪，如果他们看看电视觉得警察也就这么一回事，没准就下手了，起码加大了抓住凶手的难度——毕竟警察不是神！

"不是已经来过了吗？"男主人是个黝黑的汉子，脸上坑坑点点，粗壮，他有点恼火，从电视机前转过头来。

李从安看了他一眼，听出了其中心虚的语气。不过这不能代表什么，李从安心想，谁责备警察，即使有理，也很难做到理直气壮。

"我们只是来补充问些问题。"李从安平静地回答。他左右望望，左边阳台的门开着一条小缝，那么冷的天，不关门，不久前一定趴在阳台上看热闹了吧；右边，前面从弄堂看上来的那扇窗也虚掩着，两边一流通，恰好一阵风吹过，李从安感到了一丝凉意。

女主人顺着李从安的眼神，似乎也意识到了问题所在，她走了过去把窗户合拢插上了插销。

"这扇窗平时开着吗？"

"什么？"

"我是问，这窗。"李从安指了指女主人的身后，又问了一遍。

"哦，是关着的，我也不知道什么时候开的，可能是风吧！"女主人显得有些诧异，不知道是因为窗户没关，还是因为李从安的质疑。

李从安没有接下去问，继续扫视着房间，不大，视线很快就能抵达角角落落，最后落在了门后鞋架的最后一排，那里有一双黑色军用皮鞋，上面还沾着泥点。

"这是你的鞋？"李从安指着鞋问万吉朋。

"是啊！怎么啦？"他似乎也有些吃惊，但回答问题的时候，在这个语境下，语速和情绪都很自然。

"没什么，我们能不能带走看看？"

"你们怀疑我？"万吉朋皱起了眉头。李从安瞬间捕捉到他的眉角并没有升高和靠拢等恐惧的典型特征，如果他是凶手，不可能做到无动于衷。

难道是自己想多了？李从安暗自琢磨着，况且凶手不至于傻到把证物留在那么显而易见的地方吧。

"没事，"李从安略微放松了一点，摸了摸自己的喉结，"只是例行调查，希望你能够配合我们的工作。"

"有需要的话就拿去吧。"娇小的女主人从万吉朋身后走出来，脸上带着微笑，她虽然不年轻了，但皮肤依旧白皙，年轻时一定是个漂亮女人。李从安又看看万吉朋，想不通这两个人怎么会走到一起。

"那我明天上班穿什么？"万吉朋似乎从李从安的态度中听出点底气，抱怨地说。

身后的年轻民警，刚要发作，被李从安摆手制止。"很快的，痕迹科的同事还在，只要对比一下，很快就能送上来！"

"晚上六点到八点间，你们在家吗？"把鞋子送下楼去，李从安接着问道。

"嗯——我不在，我丈夫在。"女人的回答似乎很小心翼翼。

"哦，你一个人在家？有没有听到什么？"

"能够听到什么？我什么也没听到。我七点才到的家，然后就吃饭喝酒，什么也没有听到。"万吉朋不耐烦的态度越来越明显。

李从安丝毫没有受影响，依旧耐心地问："那你呢，你说你不在家，我随便问问，能告诉去哪儿了吗？"

"嗯——我去见我儿子了，他在上大学，他们学校换寝室，我去帮忙！"女人说着，手不自然地摸了摸额头。

李从安觉得这个行为很突兀。"哦，平时你儿子回家吗？"

"一般不回，除了周末，学校离家不太远，但还是不方便，况且学习也紧张。"

看上去貌似滴水不漏，李从安停止了询问，他又转眼看了看屋内，陈设简陋，除了一些必需的日用品，并没有什么奢华的东西。老张说过，这里的居民大都经济条件不好。他又看了看地板，稍稍跺了跺脚，传来嗡嗡的回声。隔音条件不是很好，怎么会没有听见呢？如果万吉朋说的都是真的，那么起码可以把死者的死亡时间缩短到六点到七点，否则不可能一点异常的动静都捕捉不到。

他又抬眼看了看万吉朋，他正在看着自己。"有必要的话，我可以跟你们回去！"

李从安笑笑，他听得出这句话的嘲讽味道，货车司机毕竟有一些社会经验，知道怎么应付警察。

门外传来了急促的楼梯声，应该是那双鞋勘对完了，李从安并不做什么指望。民警进门后伏在他耳边说了两句话，倒是让李从安有些意外。

他回过身子，对着万吉朋。"看来，你还真得跟我们回去一趟！"

"怎么会这样？"李从安有点不敢相信。勘查报告上说是43码的男性皮鞋，估计身高在一米七四到一米七八之间，看脚印的纹路，是老式的军用皮鞋，因为款式老，估计凶手起码四十岁以上，这和万吉朋的年龄身高都相称。更重要的是，比对下来，留下的脚印就是万吉朋家的那双鞋子。审讯室里，万吉朋老实了很多，估计也意识到情况不妙。

难道真的那么不把警察当回事，就明目张胆地把证据放在家里显而易见的地方？"最愚蠢的往往也是最聪明的！"李从安突然想起这句话来。

"警察同志，这当中是不是有什么误会？"

李从安没回答，他正在想审讯策略，如果真是万吉朋的话，先前居然一点也没发现破绽？

万吉朋接着说，他今天出门穿的是另一双鞋，这鞋就放在鞋架上，动也没动过，谁知道怎么突然就成了谋杀证据了？

李从安视线往下，万吉朋现在脚上是双黑色旅游鞋。

"你今天穿着这双出的门？"李从安指指万吉朋的脚。

"对，就是这双，有问题吗？"

李从安还是没回答，他又抬头看了一眼，很普通啊，货车司机，日常工作是开短途，早上七点出门，跑一个来回之后，晚上五点回到本市，做一点交接，六点从公司出发，一个小时后坐公交车能够到家了。

"几乎都是这个时间点，我的工作很规律。"万吉朋努力想把事儿说清楚，他显得很平静，但下眼皮紧绷，这说明他正在被恐惧煎熬着。

是因为害怕谎言被拆穿，还是因为蒙受不白之冤而导致紧张？李从安琢磨着，都有可能，这不能说明什么。

"你可以去问我们值班的老古，六点的时候我从公司出来，他可以证明。对了，还有隔壁的邻居，他们看见我到家的。"

"那其他时间呢？"

"什么？"

"比方说从公司到家的那段路上。"

万吉朋愣了愣，"难道我每天坐公交车，也要留下时间证人？"他正努力克制着自己的愤怒。

李从安依然没有正面回答他，就算七点之后到家，也有时间偷偷溜下去作案，然后再从那个废弃的楼梯爬回家的。

但为什么不走门，而走窗户呢？两户人家在一个门洞里，走门应该更加保险才是。

李从安吓了一跳，他突然意识到自己在帮眼前的这个嫌疑犯开脱的路上走得有点太远。

"但你如何解释脚印？"李从安决定把分析往客观上拉一拉，而不要过多被主观左右。

"我怎么知道？我刚刚说了，鞋就放在那儿，我怎么知道它会成为你们的什么证据？况且这种鞋到处都是！"

"你爱人说，你回家的时候，她没在家。"

"她去儿子那儿了，也是巧，就在今天。"万吉朋沮丧地说着，现在没有人可以证明他的清白了。

又问了几个问题，李从安把身子往后靠在了椅背上，故意打了一个哈欠，然后看了看表，他相信自己的这个行为是能够触动对方的。"已经两点了。"李从安故意加重了语气。

"我，我什么时候能走！"

"得事情弄清楚之后，"李从安冷冰冰地说，然后一阵窒息的沉默，之后再次强调了一句不是很有关的话，"这是命案，是要枪毙的！"

万吉朋果然上当了，这句话击垮了他，他开始咆哮起来："你们他妈的能不能干点人事？这摆明了和我一点关系没有，你们就这样把我抓来了！"

"坐下！"身旁的民警大声呵斥着。

李从安面无表情地看着他，心里却在想，沉默才应该有问题，愤怒反而更有理由让人相信他没有说谎。

但这并不能作为释放万吉朋的理由——毕竟还有那双鞋。

第三章　对白

第二天一早，李从安刚回到分局，值班的民警就告诉他，万吉朋的老婆和孩子已经等了他挺长时间。"天还没亮就来了！"

李从安笑笑，拍拍那位民警的肩膀，民警告诉他人在会议室里，李从安走进长廊，还是决定去会会那对母子。

白素梅红着眼窝，比昨晚憔悴了许多，应该是一夜没睡。她看见李从安，站了起来，身旁还坐着一个少年，十七八岁的样子，戴了一副黑框眼镜。

长得像妈妈！李从安随即反应过来，昨晚的审讯已经了解到，这是二婚家庭，孩子是母亲带来的。

"我丈夫他怎么样？"白素梅急切地问。

"正在查！"李从安不好说什么。

"他虽说脾气不太好，但绝对不可能去杀人的，况且我们无冤无仇！"

李从安听着，心里却在想，邢越旻跟他这个继父关系一定不好，出了那么大的事儿，他居然无动于衷。

"他虽然和邻居们吵架，但最多也只不过推搡两下，绝不会杀人的。他是个货车司机，整天风里来雨里去的，有时候心情会不太好，但绝不会冲动到去杀人的！"白素梅说得很肯定。

"你昨天说你去学校给儿子换寝室了。"李从安指着邢越旻。

"嗯？哦，是的！"白素梅没料到李从安突然问了一个别的问题，她的语调弱了点，身子不由自主地往邢越旻那边倾了倾。尽管很快她就恢复了原状，但李从安还是看出了其中的端倪，他突然想起来昨晚白素梅提到儿子的时候，也有个突兀的行为。

她在撒谎！

李从安转过头来看着邢越旻问："寝室都换好了吧？"他尽量不让自己的语气过于生硬。

"嗯？"他也愣了一会儿，脸上有点吃惊，"是的！"

这对母子是有问题的，李从安下了结论。

他不知道这对母子为什么要撒谎，是因为有其他的难言之隐，还是与这件案子有关？看白素梅的表现，似乎对万吉朋的落案，还是挺关心的。"你和这个丈夫结婚多久了？"李从安看了看邢越旻，他对这个问题没什么反应。倒是李从安自己觉得不妥，当着孩子的面，问及母亲的婚姻，终归有些尴尬。

"差不多五年了。"白素梅回答得很大方。

"你们夫妻关系怎么样？"李从安忍不住又问了一句，他对这对母子不太放心。

"嗯？"白素梅坐在桌子背后的椅子上，李从安的位置离桌子有点距离，这是为了能够将更多的视线落在对方的肢体上，包括大腿。

白素梅在回答这个问题的时候双腿合并了一下，这是"防卫反应"，当人感到威胁时不经意的行为表现。倒不是每个人都会有这样的下意识行为，人的心理素质、性格或者社会地位不同，做出的反应就会不同，但李从安还是从这一细微动作中，感觉到了白素梅的紧张。

不过他并不认为这有什么价值，"不用紧张，"他直接点破了白素梅的压力，"这只是警察的例行调查！"

李从安遇到过很多这样的"防卫过当"，当警察在询问一起谋杀案时，谁都难免有些不自然。他可不想让白素梅过多地防备自己。

"关系还是不错的。"白素梅平静地说。

没有任何非语言信息的透露，可李从安还是觉得她在撒谎，这次不为什么，只是第六感，李从安总有一种奇怪的感觉，觉得他们的夫妻关系并不和谐。

"警察同志，会不会是什么误会？"白素梅问得很矜持，听上去像是没什么底气。

原本李从安不想说的，也不能说，这是案情，况且白素梅的身份也很特殊，但李从安突然灵机一动，觉得还是要再试探下她。"那双鞋和现场留下的脚印相符，"李从安边说边想着，这也不算是违反纪律，昨天对比鞋印的时候她就在场，"而且你家那扇窗，偏偏昨天开着，照你的说法，以前一直是关着的。"

白素梅有些愣住了，这在行为学上叫"冻结"行为，其实不用专业分析，凭感觉就能知道她有些不知所措。

估计她还没反应过来窗户开着意味着什么，不过这不是重点，李从安紧紧地盯着白素梅的表情，说出最重要的话："有人在刘一邦家做了案，然后从后窗的楼梯爬到了你家！"

这点是白素梅之前没有得到过的信息。

"什么？"白素梅眉毛紧皱，左嘴角微微歪斜，稍稍转过了脑袋，将右耳转向李从安一侧。所有的迹象都表明，白素梅陷入惊讶当中，仿佛自己听错了，所以本能地把耳朵靠近说话者，来求证是否真的是误听。

这意味着白素梅不知道这事，如果真是万吉朋做完案后从楼梯爬上来的。

"怎么可能？"白素梅又加了一句，这次李从安还在她的脸上读出了恐惧。一瞬间，这起凶杀案和她家有千丝万缕的联系，几乎成了铁板钉钉的事儿。

白素梅僵持在那儿，从上下的语境理解，她这次的"冻结"行为，是因为脑海中正想要捋清究竟发生了什么，而导致忽略了身体的行动。

白素梅僵持得很不自然，说明她一直在回想当时究竟发生了什么，"确定了吗？"她又问道。

"基本确定了，那段楼梯上有人踩过的痕迹，而且痕迹很新鲜，和刘一邦被害的时间不会有啥大的出入！"

李从安说着，一边依然被原来的问题困扰着，如果这一切都是真的，那万吉朋实在是太不把警察当回事了吧。

白素梅嘴唇微微启动着，李从安知道她正在酝酿着说辞，她肯定想到了什么，但却不知道怎么来说。他并不着急，也不说话，只是安静地等着。这时候，李从安反而希望白素梅能够给出些合理的解释，否则，开句玩笑话，这案子破得太没有"技术含量"了。又过了一会儿，白素梅终于准备开口了，李从安看见她咽了一口自己的唾沫，说道："那也许，也许真是他干的？"

现在轮到李从安惊讶了，他没想到白素梅会这样说。白素梅在说这话的同时，身体再次往邢越旻的方向不由自主地靠了一靠。

这代表什么？

李从安有了自己的想法，他不想过多地浪费时间，便说了一些安慰的话，国家的有关政策，还有一些客套，有点强硬地送走了这对母子。"有消息，我会通知你们的，还是那句老话，警察不会冤枉一个好人，当然，也不会放过一个坏人！"

看了看表，上午8：30了，接着审，还是再去走访一下邻居？他坚持自己的观点，白素梅这对母子是有问题的，所以白素梅的一面之词不足为信，与其在这里分辨她有没有说真话，不如听听旁观者的意见。

正想着呢，门外说有人找，李从安出去一看，是贺北光。

贺北光夹着个小公文包，活像个皮包公司的老板，头发梳得锃亮，不像是律师，倒像是包工头。这个从小学一直到高中的同学，自从大学选择了不同去向，就不怎么联系了。李从安记得就算上学的时候，两人也不怎么交流。上个月同学会的时候，才算是多年以后的重逢，听说他考了个律师证，刚从北京回来不久，在本市开了一家律师行。

"你怎么来了？"李从安摸了摸自己的喉结，笑得很自然，走上前把贺北光迎进了门。

"在附近办个案子，顺带过来看看你。"贺北光从荷包里掏出了中华烟，递了一根过来。

"什么案子?"

"嗨,就点捏葱扒蒜的琐事,不值一提。"

"看你这样子,挺矫情的!"李从安揶揄着贺北光的穿着。

"这年头人不就靠点衣装,你要穿得跟民工似的,都没人理你!"

"我们才是民工的兄弟,民警民警就是民工他哥,挣得少干得多!"

贺北光笑了:"不过说实话,我也挺纳闷的,你怎么就当上警察了,我记得你小时候都打不过我,现在居然腰里别着枪,满世界扇小偷耳光!"

"原来你就这么看我们人民警察的?现在打人可犯法!"

"拉倒吧,糊弄谁呢,"贺北光不信,"说正事,吃个饭吧,一块儿!"

"啥事啊?"李从安警觉起来。

"别慌,不找你借钱,也不找你办事,不就吃个饭嘛,怎么说也是一个系统里的。"贺北光翻着白眼笑得更放肆了。

这话说得李从安倒是尴尬起来。

"忙不?"

"忙!"李从安没客套,这是实话,正说着呢,门口说又有人找。

贺北光看出来了,他是真忙。"行了,不打扰,回头再约吧,反正你记着这个事,留个空出来。"

李从安答应着,送贺北光出了门,途中说了些道歉的话:"是真忙,都说不上两句话!"

"我知道!"贺北光在李从安的胸口打了一拳。

李从安送他上了出租车,回过身来,民警说找他的是邢越旻,他和母亲分开之后又折了回来,说是有件事要对李从安讲。

邢越旻坐在公安局会议室里,耐心地等着。他跟白素梅说回学校去,转头从巷子里钻了出来,回到了公安局。他的心脏有些不舒服,在这样的压力下有点不适也很正常,周末要去做推拿了。从生下来开始,邢越旻仿佛就是一个"不健全的人",因为脊椎上那块多出来的骨头,所以邢越旻从小就不能参与过多运动,当别人的童年都在田间摸爬滚打的时候,他却只能躺在床上看书。

不过这样也好,这给邢越旻带来了另一个世界,除了热衷数学之外,邢越旻的阅读范围很杂。亲生父亲还在的时候,倒是很鼓励他看书,这和父亲本身就酷爱阅读是分不开的。邢越旻的亲生父亲赶上了十年浩劫的尾巴,没机会念书,所以把满怀的希望都寄托在儿子的身上。

邢越旻有很多藏书,除了数学,他最钟爱的还是故事类的读物。也许是为了弥补少年充沛的精力无处释放的缺陷,他把自己的童年都虚构在那些小说情节上了。

"算是入伙了吗?"现在,邢越旻看了看窗外,在问自己。他愿意用浪漫的情怀来雕饰眼下发生的这些匪夷所思的事情。

"她是谁呢?有多少人?还在这个城市吗?她长什么样?多大了?为什么会找上我?"一连串的问题兴奋地涌来。

差一点就"抓"着她了!邢越旻转过头来,坐在那儿想着心里的事儿,他有点丧气。一切都在安排之下,拖住了母亲,让万吉朋没有时间证人,还有那双鞋,后窗那截废弃的楼梯,那个女人似乎一步一步地把眼前这个警察引到了万吉朋的面前。现在还有最后一个环节,还有最后一个环节,万吉朋就永世不得翻身了。唯一有点遗憾的是刘一邦的死,邢越旻有点惋惜。坦率地说,他还是挺喜欢楼下这个男人的。不过这一切现在都已经不重要了!

门外传来了脚步声,邢越旻侧着耳朵听,是往这儿来的,他端坐起来,背向着窗户,不让已经升起的太阳,把耀眼的光芒射在自己的脸上。

门被吱呀一声推开,进来一个三十岁左右的男人,理着平头,高高瘦瘦,之前他们已经见过了,邢越旻觉得这个叫李从安的男人,说话的声音比实际年纪要成熟些。

"你好!"李从安走到了对面,拉开一张椅子,坐了下来,"你有事找我?"

"嗯!"邢越旻回答。

注意自己的语气、语调,时刻都控制住自己的身体,包括手指、大腿、不要有无谓的抖动；尽量保持匀速的呼吸；即使很怪，也不要做任何企图掩饰的表情。那个人可以看穿你的一切，除非你什么都不做。他想着女人对自己的告诫。

不能掉以轻心，他对自己说。她说得没错，这个警察会通过突如其来的提问，扰乱自己的准备。前面差一点就露馅了，也许已经露馅了，母亲为什么要撒谎呢？也许是为了保全她的面子？难道儿子被人欺负是一件很丢人的事吗？为什么要去撒这个谎？刚刚和那个警察眼神对了一下，就知道他已经开始怀疑了。不过没关系，没有挑战，就无法得到捕获"答案"后的快感。

现在应该怎么办？对，要注意动机，这是李从安识谎的第一步骤，自己要时刻准备铺垫一个语境，让他相信这个动机，让他相信自己所说的一切都是合情合理的。

"尽管他也算是——我的父亲，"邢越旻说，"但我想我发现了他杀害刘一邦的凶器了！"

邢越旻心跳得很紧，他知道现在已经无法回头了。

李从安没有说话，脸上也没有任何吃惊的表情，邢越旻不知道这是不是因为受过训练的缘故。他不自觉地咽了一口唾沫。

该死！他懊悔地想，任何一个小差池都有可能导致前功尽弃。人的很多行为都是下意识的，无法控制的，这正是李从安识破谎言的根本，虽然没有办法避免这些下意识的行为，但却可以误导他。

"如果真是他的话，要枪毙吗？"邢越旻又咽了口唾沫，这次是故意的。他尽量让两次的强度一致，不知道能不能过关。女人说过，下意识地咽唾沫也是因为压力所致，在特定的语境里面，有经验的识谎者很容易辨别出这是生理还是心理反应。

知道自己的继父将会被送上刑场，应该也会有同样的反应吧？

接下来该怎么做？应该什么都不做，反过来看看他是什么反应，结果他却依然面无表情。这又是什么圈套？他只是平静地说了一声："哦，是吗？"仿佛一切都在意料之中。

"是的，我在家地板的隔层里，发现一把匕首，上面带着血。"邢越旻小心翼翼地说着，他保持匀速的语速，既不能太快，又不能太慢，过于流利会让人识破这是早就准备好的，迟缓又难以控制面部的尴尬。

"隔层里？"

"隔层里。"邢越旻看着李从安，他现在也得时刻注意着对方的表情。邢越旻发现这并不是一件很难的事儿，只要细心，果然如女人所说的那样，非语言行为往往更能透露人的内心所想。

"这是什么意思？"

"我家是木地板，时间长了，有一块烂了一个坑，换过新木板，中间有个空当可以放东西，我记得我妈开玩笑说过，防小偷，这倒是个藏存折的好地方。我回家发现地板有些不对，而且正好发生了这事儿，第一个反应就是去看看，结果发现了这把刀。"

"哦，原来是这样，那何以见得这就是杀人的凶器？"

又是一个突如其来的问题。邢越旻知道，李从安的目的不在于自己的回答，而是在于自己听到这个问题之后的反应。

女人说，去编造一个最简单的发现凶器的场景，宁愿让其怀疑这个事实有多么不合理，也不要编造一个复杂的谎言，让其有"可乘之机"。法律讲的是证据，无论陷害万吉朋的手段有多么拙劣，漏洞百出，鞋印、楼梯，这一切都不重要，还有即将在匕首上可以提取到的万吉朋的指纹，只要证据确凿，万吉朋就一定会百口莫辩地被送上刑场。

"上面有血，恰巧又遇上这样的事儿，我想应该是吧！"邢越旻用几乎没有回答这个问题的措辞，来回答了这个问题。

"不管怎么说，他也是你的父亲。"李从安果然问到了。

"你是问我，为什么要告发他？"邢越旻反问道。他回忆起万吉朋的种种，眼神开始充满了愤怒。

"这时候要用你真实的感情告诉对面那个警察，你就是这么想的，并且就是准备这么做的。"他头脑中回想着女人的话。

"我原本就想杀了他！"他狠狠地说。

对方明显愣了一愣，这回连邢越旻也看出来了，最直接的理由，往往最能够让自己开脱，女人说得没错！

与其说邢越旻看到的是李从安眼中的惊讶，不如说是迷茫，他在迷茫，已经失去敏锐的判断力了，这样很好。

未料隔了好一会儿，李从安突然说道："你在撒谎！"

就像晴空霹雳，打在邢越旻的头上。什么？难道被他识破了？他看着对方，李从安正死死地盯着自己的脸孔，就像看放在显微镜底下的一个细胞。哪里出了问题？不可能被识破的。女人说过，按照这个步骤，他是不可能识破谎言的。问题出在哪儿？邢越旻的心快跳出来了。他依然盯着自己，是的，盯着自己。

等等，这眼神是什么？不是确认，不是在确认自己对这个问题的答复，而是在探究，在观察。

他突然明白过来，李从安没有识破，他只是在试探自己，这又是一个圈套。

邢越旻几乎咬牙切齿、一字一顿地说："我没有！"

又是一阵沉默，李从安看看他，最终松了一口气，他摸了摸自己的喉结道："如果这样的话，你和我去录一份正式的口供吧！还有——能告诉我你为什么想杀了自己的父亲吗？"

邢越旻也松了一口气。

可正是这样的结局，让邢越旻被另一个问题更加深刻地困扰着。这个女人究竟是谁？

李从安坐在"吴越人家"一楼靠窗的位子上。天色暗了下来，他看看表，时间快到了，拿出手机想催催姚若夏，号码找了一半，想想还是算了。她刚下飞机，算算时间，现在应该就在路上。服务员礼貌地站在一边，等候着他的吩咐，李从安笑笑："待会儿再来吧，人还没到齐！"

服务员拿着菜单转身消失在长长的走廊里。这座江南风格的饭店，店铺装潢很有特点，不是大帮哄似的全都堆在一个大厅里，而是由木制的屏风隔出一个个小空间，曲径通幽，让人不由自主地放低了声音说话。李从安图的就是清静。待会儿贺北光也要来，李从安特地留了今晚的时间，既陪了老同学，也不会冷落女朋友，一举两得。

人还是没到，趁着这个空当，李从安回想了一下今天的进展。可以这样说，案子有了重大的突破，邢越旻提供的那把匕首上，提取的指纹也与万吉朋一样，这案子基本上铁板钉钉，唯独差的就是万吉朋的供述了。

原本他想再次提审万吉朋，可是一转念，决定还是再放一放。李从安总觉得结果来得太轻易，太轻易获得的结局，让他心里不踏实。他突然冒出个很奇怪的想法。

问题出在那对母子身上，尤其是邢越旻。与他的对话，看不出什么问题。但问题就在这儿，邢越旻的陈述，非常不自然，不是漏洞百出，而是滴水不漏。

李从安没有遇到过这样的情况，识别谎言并没有固定不变的标准。个体差异，以及谈话环境等众多因素，都有可能造成各式各样的小动作，但这些并不代表着他在说谎。在海关被警察叫住的客人，呼吸急促，紧张，可能并不是因为他的包里装有走私品，而是他看见警察会产生莫名其妙的压力。这些都会造成误差，也只有这样才算正常。可邢越旻的一举一动都在透露着自己"没有说谎"的信息，仿佛参照着一本识谎心理学的教科书来的。

在这种情况下，除非邢越旻少年老成得厉害，否则没有问题就说明很有问题。

再说，还有一件很匪夷所思的事儿，邢越旻居然一直都想杀了自己的继父。按他的说法，这个继父一直殴打他，所以才有了杀掉他的想法。这个动机很朴素，但是不能说完全没有可能。有很多二婚的父母，并不能处理好与继子之间的关系。然而这还是有问题的，邢越旻为什么要提这点呢？在为自己"出卖"父亲找一个合理的理由？而且他还主动去寻找匕首，并毫不迟疑地交给了警察，仿佛迫不及待地要把自己的继父送进刑场一样。如果他提供了凶器，什么都不说，李从安反而有了联想的余地，觉得这是可信的。而现在这又是过度证明自己并没有说谎的表现！

反正很不自然。

他突然想起来,白素梅提到案发那天,儿子换寝室的事儿,也有着非常突兀的非语言行为,她不自觉地靠近她的儿子;而且还有,在说到她家窗户的时候,她也有这样的小动作。这是一种本能,母亲护犊的本能,当然她不可能像一头豹子一样,横在野牛和自己的孩子面前,但这还是看得出来,母子的感情非同寻常。

母亲看到儿子受虐会不会因此而痛恨万吉朋呢?

这对母子很有问题!

会不会两人联起手来陷害万吉朋?李从安冒出的就是这个想法。

这个想法很突兀,突然一下子就出现在他的脑海中,也没什么证据,可一旦形成,就像一根肉刺,不拔出来,让人不舒服。所以李从安没有提审万吉朋,而是按照原计划去了他的家,李从安还是想从周围的邻居那儿了解更多的情况。

原来这对再婚的新婚夫妇,是一年前才搬到这个地方的。据说原来的家离这儿不远,这房子的房东是个寡妇,八十多岁了,身体不便,被家人送进了敬老院。老人没有劳保,所以她的儿女就把她的房子卖了,一方面支付老人的养老费,剩余的被她的儿女提前继承了。当然这些都是邻居们的猜测,具体卖房的动机是什么,谁也不知道,也不是重点。李从安更多的是想要了解万吉朋和刘一邦。

听邻居们一说,李从安才知道万吉朋和刘一邦还真是风马牛不相及的两个人,现在他有点相信为什么万吉朋要说"我杀他干吗"了。

万吉朋的口碑不是很好,这个男人秉承了长途货车司机的臭脾气,喜欢在晚饭的时候喝酒,喝完酒便倚在搭出来的阳台上,一边浇着花盆里的花,一边抽烟,雷打不动。他享受于此,并且还包括把烟灰和烟头肆无忌惮地投向地面。这其中是不是有着顽劣的儿童恶作剧般的心态,只有鬼才知道。不知道有多少人,猛然间后脊梁一阵灼烧,仰头痛骂便遭到从天而降的一口浓痰。几乎周围的男人都和他吵过架,也打过架,看来邢越旻说他老是揍自己,并不是无中生有。

唯一例外的就是他家楼下的这个刘一邦，因为刘一邦家的大门，就在万吉朋家小阳台的垂直下方，所以"遭袭"的机会就更多一些，刘一邦却从没有与万吉朋争吵。好几次，碰巧"灾难"从天而降，万吉朋摆好架势正准备和这个文弱的男人较量，男人却选择了不可思议的沉默，像什么事儿都没有发生过一样，走进了自己的那间小屋子。

按照邻居们的说法，这个刘一邦脑子有毛病。

不过这倒给了李从安灵感，也许阴郁内向的人，反而会做出格的事儿，要么杀人，要么招来杀机。但还是没有证明自己古怪念头的证据出现，这个灵感反倒证明了万吉朋杀掉刘一邦的动机，忍气吞声的刘一邦没准正阴暗地想损招报复万吉朋呢，却被他发现了，结果被万吉朋先下手为强杀害了。

可如果真是这个推理，那万吉朋应该是激情犯罪，怎么可能在屋里一点线索也没有呢？难道他的作案手法如此高明，可问题是，这样细心的人，居然在窗台上留下脚印那么大个破绽，而且几乎不费吹灰之力，就找齐全了他的犯罪证据。

奇怪，实在是太奇怪了……

正想在兴头上呢，背后被人重重地拍了一下。

回过头一看，原来是贺北光来了，李从安想得出神，竟然没看见客人是怎么进来的。

"想什么呢？就你这防范意识，我要是歹徒，你小命已经休了。"贺北光拉开椅子，把小公文包放在一旁，坐了下来。

李从安笑笑，把贺北光的杯子翻过来，倒上茶。

"服务员！"贺北光大声地叫着，李从安没跟他说女朋友要来的事儿，他以为自己到了，人就齐了。

"我女朋友正在路上，快到了，先点菜吧！"

"早说呀，"贺北光露出吃惊的表情，"你媳妇要来？那待会儿再点吧，回头菜凉了——人还没到齐，待会儿再点吧。"

服务员被忽悠了两次，脸色不是很好看。

"没事!"李从安说道。

"没事!"贺北光也说道,"待会儿再点吧!"

"不好意思啊!"李从安对服务员道着歉,他给贺北光递过去一根烟,"在忙什么呢?"

"瞎忙!"贺北光接了过去,点上,两人闲聊起来。贺北光最近在忙一件民事案子,一个十七岁的小女孩,刚刚死了爹,家里保姆死赖着不肯离开家,小女孩在两个叔叔的怂恿下,把保姆告上了法庭。原本保姆也只不过是个被雇佣者,要你走也是很正常的事儿,可案子查下去才知道,那根本不是保姆,二十年前就跟小女孩的父亲有婚姻事实了,只不过一直没办结婚手续。现在人一死,为了那套房子,一家人都反目成仇了。

"顾不得亲情了,都是钱闹的!"贺北光摇摇头。

听上去还真是挺无聊的,又是二婚惹出来的麻烦!

"你在查什么案子,刑事案?挺带劲的吧。"贺北光把头探了过来。

李从安笑而不答。

"你的卷宗跟我说说,"贺北光抱怨地说着,"怎么说我也是业内人士,不算外人,帮你出出主意又不会犯什么错误。"

李从安转念一想,这倒也是,有很多法律问题,倒还真要讨教眼前的这个律师同学。

"这事危险,"当李从安把万吉朋的案子大致说了一遍之后,贺北光这样评论道,"按你们现在掌握的线索,证据确凿,不判他死刑,都对不起法律。我知道,不就是没招供嘛,可中国不唯口供论,说什么不重要。而且就算用到识谎仪,一般情况下,也只能参考用,不能用来上庭,就算能上庭,那也是测出他有没有撒谎,而不是反推,不是说没测出说谎,就能证明万吉朋是无辜的。"

这些道理,李从安自己其实也懂。没有什么建设性的意见,李从安有些失望,不过,他决定还是要去看看,去邢越旻的学校看看。如果确定那对母子在案发的时段果真在学校换寝室,也就证明自己的古怪想法是错误的,那也就死心了,可以移交到检察院了,当然,这都要到明天再说了。

"那姑娘不错!"贺北光笑嘻嘻地指着窗外,一个二十五六岁的姑娘从出租车上下来。她穿着奶黄色的风衣,牛仔裤,皮靴,辫子扎在脑后,她从后备厢取出了红色的拉杆箱。

李从安笑笑,心里却有一丝得意。那姑娘从大门进了饭店,远远地问着服务员,然后看向这边,一路微笑着走了过来,在贺北光惊诧的表情下坐了下来。

"这是我的女朋友姚若夏,"李从安介绍着,"现在真的可以点菜了!"

第四章　姚若夏

手机一直处于关机状态。

拨打女人的号码，几乎成了邢越旻的一种强迫症行为了。当然他也知道，打通的可能微乎其微，但他想知道为什么。

在邢越旻的生活里，从来没有一个时刻如同现在这般兴奋。除了数学和那些虚构的小说情节，几乎没有什么能让他激动起来。自从父亲去世、母亲改嫁之后，他的丧父之痛，迅速在万吉朋的拳头下，转变成了愤怒。

他憎恨周围的一切，憎恨母亲的懦弱、自己的弱小。在他的眼中，那个离奇出现的女人就是神，把自己带离黑暗的神。

他想知道为什么。

为什么选中的是自己？

直到现在他都不敢相信，一切就像"没发生过"一样地发生了，而且还顺理成章。站在家里，他看着窗外，那个女人对自己的行为了如指掌，那么她一定就在附近，就在视野所及的范围之内。

那是一排五层楼高的老公房，邢越旻和它们面对面了一年，从来没有想过，会有人透过对面的窗户，偷窥毫不起眼的自己。

她是个什么样的人？像传说中的女侠那样，俯视着人间的疾苦，路见不平、拔刀相助？她一定知道谁是该死之人！想到这，邢越旻就不为楼下的刘一邦感到愧惜了，女侠一定有她的理由。邢越旻现在唯一想做的，就是找到她，告诉她，自己也能为铲除人间不平献上一份微薄之力。

她为什么不肯见我？

是担心我会拖她后腿吗？

邢越旻有点懊恼，到目前为止，除了张慧佳，他还没有留下任何破绽，张慧佳的事自己曾经跟女人说过，难道她就是因此判断自己会拖后腿吗？

邢越旻想告诉她，那只是个意外，而且现在自己可以为她做一切弥补，只要她肯见见自己。

差一点就"抓"着她了！邢越旻想着，看着对面的老公房。她住在其中的一间？近在咫尺。邢越旻花了很长时间，躲在窗帘之后，像一只警觉的耗子，观察着对面的楼层。最后他猜测，女人就在五楼的那间小房间里。

邢越旻不敢确认。

夜晚来临，每个家庭都从临街的窗户，向外若隐若现地透露着隐私。

邢越旻在偷窥之前从来不知道，生活可以那样丰富多彩：亲情、友情、欲望、争吵，每个窗户里都在讲述各自的故事。

唯独五楼的那个房间，从来没有亮过灯，也从来看不见黑漆漆窗内的动静。

也许这只是一间空置的房间，可邢越旻实在找不到除此之外，还有哪里可以适合长时间观察自己。

现在，邢越旻仍然躲在窗帘之后，就像那个一直打不通的电话，也许等着她回来也是一种奢望，可除此之外，邢越旻找不到任何线索。

直到——屋里的灯居然亮了！

邢越旻心里一抽，他跃跃欲试，但强烈抑制住了自己的冲动。他必须有点耐心，宁愿等着，看看对方的动静再说。

那灯亮了一会儿，确切地说，是亮了好一会儿。邢越旻的眼睛盯着窗户与楼下的门洞，还有街上的芸芸众生，没有陌生人进出。

突然间，有个身影出现了，很熟，邢越旻却看不清她是谁。他揉揉眼睛，身影消失了，邢越旻努力想记起些什么，但一无所获。

又不知所措地等了一会儿，邢越旻终于决定行动了，无谓地等下去，不知道会发生什么意外，他必须迅速把她堵在门洞里。

他下了楼，穿过街道，仰视五楼，灯依然亮着，邢越旻信心满满地走进了楼里。走过狭长的楼梯。他来到门前，心跳得紧，脸贴在门上听里面的动静，扑通扑通声传来，像是在搬弄屋里的家具。

邢越旻整理了下头发和衣衫，他吐了一口气，然后敲了门。

开门的却是个男人，邢越旻愣了一愣。

"你找谁？"

"我找——"邢越旻脑袋往里面伸着。

"她搬走了！"男人反应过来，"前两天搬的，你是她什么人？"

"嗯？朋友！"

"哦，已经搬走了！"

男人说不知道她哪儿去了，她租了半年，却只用了三个月，因为押金付得多，所以也就允许她将丢失的身份证补回来以后，再给房东。

想必这也是事先就准备好的。邢越旻又扑了一个空。

他沮丧地下了楼，出了门，那个熟悉的身影竟然就在眼前，正抬头望着自己家的二楼呢！

李从安往姚若夏的碗里夹着菜，以示恩爱。单身的贺北光在一旁看得不爽，抱怨道："得了，欺负我们这些光棍是不是！""吴越人家"的客人越来越多，被服务员领着穿梭在包厢之间，一群客人出去，另一群客人马上填补了进来。

"幸好来得早！"李从安举起杯子，同贺北光干了一杯啤酒，"要是晚到了，还得在门口等着。"

"换一家不就得了，我也很纳闷，偏偏约这家，我最不爱吃的就是江南菜，没味道不说，还放糖。"贺北光的口味很"本地"，喜欢吃辣的。

"我的口味轻，吃不了辣的。"姚若夏微微笑了笑，表示歉意，"是我让他约这儿的。"

贺北光不好说什么，笑笑说："其实清淡的也挺好，健康！"

他转得倒是挺快。

李从安吃了一口糖醋鱼，酸甜的感觉其实李从安也不习惯，他咽了下去。"这是西湖醋鱼，名菜，别的地儿你想吃还吃不着呢！"他也夹了一筷子给贺北光。

　　"现在流行养生，咱们老百姓没那么矫情，但该注意的还是要注意！"

　　"那是！你们刑警累，这我知道，"贺北光笑着凑过身子来，"听说城北分局的副局长刚去世，好像新闻都播了，说死在工作岗位上！"

　　李从安认识这个人，才四十八岁，电视播得有点夸张，但他自己也是干这行的，知道警察工作的辛苦，如果干别的工作，那个副局长肯定不止这个岁数。

　　"什么都是假的，身体是真的！"贺北光欷歔道，"还是要趁着年轻多挣点钱！"

　　李从安心里一紧，贺北光吃饭是有目的的？他最担心的就是这点，贺北光的语调意味深长，如果他是为了自己的这个职位才和自己接近的，这感觉就不舒服了。

　　"你还记得刘文海不？"

　　"哪个刘文海？"贺北光莫名其妙。

　　"就是和我们一个学校的，比我们低一届，他爸在校门口开了个杂货店。"

　　"你是说那个坐过牢的？"

　　"不是，"李从安耐心地指引贺北光记起这个人，"那是他哥，刘文海比我们低一届！"

　　"是不是脸瘦瘦的，个头不高，"贺北光似乎想起来了，"他怎么了？"

　　"说起养生，我突然想起来了，去年我办了个假保健品的案子。到了那家工厂，厂长躲在办公室里不出来，敲了半天门他才开，我当时就认出他来了。"

　　"他说我好像认识你，我说我不认识你，你这事搞得太大了，全桐州最大假药厂估计就是你这儿了。"

　　李从安暗示得很直接，如果贺北光也因为这种事儿"拜托"过来，估计也是一样的待遇。

"呵呵。"贺北光当然听得出李从安的意思，他语塞在那儿，也不知道该说什么，只是傻笑。

李从安见效果已经达到了，也就不再多说了。"所以说，挣钱也得有挣钱的路子啊——你那律师行办得怎么样了，看你西装革履的样子，应该混得不错！"

"瞎混，"贺北光笑笑，"咱们是老同学了，我就没必要瞒你，现在律师也多，打官司是次要的，主要还是一些'咨询'的业务。"

这个李从安倒知道，许多律师都有这样的副业，依靠自己的人脉关系，干些游走于法律边缘的商业窥探。

"没什么太出格的事儿，出格的咱也干不了，你还不知道我？从小胆子就小！"贺北光把杯子的酒满上，这话貌似是让李从安放心。

"嫂子是干什么的？"贺北光把头转向了姚若夏，

姚若夏笑笑："我在助听器公司工作，做培训。"

"助听器？哦，这个职业好。"

"没什么好不好的，就是一份工作。"

"她学的就是这个专业。"李从安在一旁插话道。

"还有助听器专业？"

"是听力学。"姚若夏纠正道。

"听力学？耳科医生？医科大学的？"

姚若夏还是笑笑。"我们是工科生，但也隶属于医学院，你说的耳科医生，那是耳鼻喉。听力学主要给那些耳聋没办法治愈的人，科学地配置听力辅助设备，当然耳鼻喉我们也学。"她解释得言简意赅。

"那你们不会也要解剖尸体吧？"贺北光开了个玩笑，"医学院听起来就阴森森的。"

没想到姚若夏回答说："解剖是医学院的基础学科，除了那些计算机、英语之类的专业，但凡和医学有点关系，都要解剖尸体。"

"咦，那你不怕吗，女孩子？"

"有什么好怕的，那么多同学一块儿上的解剖课。"

"不过这个倒和他对口了！"贺北光指指李从安，笑了起来，"他也见天和死尸打交道呢！"

"正吃饭呢！"李从安皱皱眉头。

"尸体有什么好怕的，比活着的人安全多了。"这句话很正常，可不知道为什么，姚若夏说这话时候的语气，总让人感觉有点冷。

贺北光没话接上去，尴尬了一会儿。"不提这个，我刚回的时候，听几个朋友说起过你，"他又转向了李从安，"说你身上有绝活儿！"

"不是说，不提这个嘛！"李从安说。

"这个又不是尸——哦，我是讲听说你一眼就能看到别人心里？"

"听谁说的？"

"那你就别管了，反正名声已经在外了，有那么神奇吗？——你现在知道我心里在想什么吗？"贺北光有点不信。

"没那么神奇，我又不是神仙，我哪知道你心里在想些什么？"

"所以说嘛。"

"不过你别不服，你小子要是有什么花花肠子，我还真能琢磨出个一二来！"见贺北光不以为然，李从安有了"挑衅"的兴致。

"啥意思？你又能知道了？"

"那倒未必，但是你要说谎，我还真能看出点名堂！"

"不信！"贺北光笑着摇摇头，"你要说我在不知道的情况下，你能看出我哪句是真话哪句是假话，还有点信，我要真做好准备来骗你，你能看得出来？"

"不信？"李从安见他不信邪，笑道。

"不信！"

"这样，"李从安想了想，"你早上吃的啥？不不，这个太简单了，你家养狗了没？"

"咋的？有条狗。"

"你说五个狗的名字，四是假的，一个真的，看看我能猜对吗？"

"啥意思？"贺北光斜着眼看着李从安，"你等等，我想想！"

"想好了没?"

"好了!"贺北光克制着自己的情绪,尽量平静而又舒缓地报了五个名字,"豆豆、阿黄、花花、小白、天天!"他憋着气说完之后,隔了好一会儿,才长长舒了口气,"猜吧!"

李从安没做声。

"怎么,看出来了没?"

李从安依旧不做声。

"还是没看出来?"贺北光得意地笑笑,"吃菜吃菜!"他拿起了筷子。

"你家根本没养狗!"李从安突然说道。

贺北光愣在那儿,夹到嘴边的菜停在半空,好一会儿才缓过神来,"你是怎么知道的?"

看答案正确,李从安笑而不答,慢悠悠地喝着杯子里的啤酒。

"你是咋知道的?"贺北光放下了手中的筷子,"别卖关子,教教我呗!我这一行遇到最多的就是骗子。"

"这玩意儿没几年功夫下不来!"

"总有点儿窍门吧!"贺北光把椅子搬过来,靠在李从安的身边,现在他显得很虔诚。

"信了吧?"

"信了信了!"

"主要看眼球。"

"眼球?"

"嗯,"李从安点了一根烟,贺北光给他打上了火,"眼球移动的方向,和你使用大脑的部位有着密切的关系,你无中生有还是回忆,不同的心理活动,会用到不同的大脑部位以构建出信息,所以你的双眼会相应地往不同的方向移动。我刚刚让你想那只宠物的名字,你眼球不自觉地朝右下方移动了五次,我就知道这五个名字全都是瞎编出来的!"

这话说得贺北光一愣一愣的。"真的假的?你再试试,"他把椅子移开,靠了回去,"这回你再试试,我眼珠子不动!"

"就算你眼珠子不动,总还有其他的身体语言能透露出信息!"

"你再试试?"

"不试了不试了,回头把你全教会了,你小子犯事了,我都没法看出来!"李从安开着玩笑,"就这条都够你学的了,多看看别人眼珠子的转动,你能总结出意外的收获!"

贺北光被说得心服口服,这回他知道李从安不是浪得虚名了。

李从安有点得意地看了一眼姚若夏,她坐在那儿吃着自己的菜,仿佛一切都没发生过似的。

1998年扩招以前,宿舍楼还远没有现在那么先进,四人一间,带独立卫生间。那时候还是七八个人挤在一个房里,也没有独立的课桌,中间一张长方形的大桌子,吃饭学习大伙围成一圈。自从大学扩招开始银行贷款,大规模兴建校园建筑之后,那种有着几十年历史的老古董宿舍楼基本就看不见了。

这座横向展开的二层女生宿舍楼之所以依然存在着,是因为它的一头连着一座钟楼,不用想,一定是座文物。

这使得小部分女生依然有机会在21世纪的今天,感受到十年前的大学生是生活在怎样的屋檐下的。十年不算长,但中国发展太快,十年可以当二十年、三十甚至五十年来看。这一小部分女生住在这座楼里就很有历史感,比方说十九岁的张慧佳。

女生用来照花容的大镜子是安在门外的,每隔三四间房一面。门外是条长廊,正对着学校的大草坪,侧旁有一条小路,通往女生宿舍,大概离宿舍门二十米的样子。小路还有条岔口,连着一座小桥,直通往图书馆。

张慧佳站在二楼的宿舍门外,等着她的同学一起去吃午饭。她双手扶在栏杆上,远方,草坪的那一边,戴着眼镜的邢越旻正走着,从路线看,是去图书馆的。

张慧佳回身叫了同学一声:"你们快点!"

"着什么急啊!"里面的女生回应着。

"要不我先过去，我突然想起来我还要去教室一趟，有东西忘拿了！"张慧佳编了一个理由，匆匆地往楼下走，路过一面镜子时，她停了一会儿，稍微拨了拨额前的刘海儿。

在路上，张慧佳和邢越旻擦肩而过，"嗨！"张慧佳叫了他一声。

"什么？"邢越旻停了下来，他认出了自己的同学。

"去哪儿啊？"她尽量让自己显得自然一些。

"图书馆。"

"哦！"

"有事吗？"

"没事，就打个招呼！"

邢越旻什么也没有说，依旧面无表情地转头离去，留下张慧佳站在路边。

"真是个奇怪的人！"张慧佳有点恼，"听说他的父亲，被怀疑杀了人，现在还在公安局里，也许他心情不太好。"张慧佳找着理由，"不过——真是个奇怪的人。"

邢越旻和同学们的关系并不好，张慧佳早就听说了。

"他的父亲就是个杀人犯，没准他的血液里也流着暴力因子！"

"别瞎说，法院还没判的，只是怀疑而已！"张慧佳埋怨道。

"怀疑？没事能怀疑他爸吗？怎么没人怀疑我！"

这话张慧佳不爱听。

上个礼拜，男生寝室有一条小狗死了。它是女生捡来的，寄养在男生宿舍里，这原本是违反规章制度的。但这不是重点，邢越旻早上出门洗漱的时候，一脚踩在软乎乎的"黄金"上。小狗出来遛，把排泄物排在了门口。邢越旻"运气"好，他的眉头皱了一下。

遛狗的刘伟拥有这个时代年轻人的特点，不懂得说"对不起"，只是站在一旁哈哈大笑。邢越旻瞪着他，眼神中突然透露出一种阴森的东西，刘伟笑到一半笑不出来了，转而有些恐惧，这种眼神不应该出现在他们这个年纪的人身上。

边上有人提醒他："这是个呆子，别理他！"

"那又怎样？"刘伟依旧犟嘴，但口气明显软了不少，"他不会去告诉老师吧？"刘伟不无担心地问道。

然而事实却证明刘伟的担忧是错误的，三天后，当学生回到寝室时，发现小狗失踪了，人们在楼下的花丛中看到它的尸体，它是被人从四楼上丢下来的。

邢越旻成了重点怀疑对象。学生们不干了，把他变成了众矢之的。邢越旻却置身事外，面对众人的指责和质问，一律不理不睬。有几个学生差点揍他。这事闹得挺大，甚至有人放出话来，要他好看，其中就包括刘伟。

"你又没证据，凭什么说是邢越旻干的？"张慧佳质问得很有技巧。

"除了他还有谁？看他的样子就是干这种事儿的人，"刘伟愤愤地说着，他的眼珠子滴溜乱转，似乎听出点名堂来，"你是不是喜欢他？"

"瞎说什么呢，都是一个班，搞这事不好！"张慧佳眼望着别处。

要不是亲眼所见，她或许还会一边倒地"支持"邢越旻。

张慧佳也是那个计算机竞赛的成员之一，那天班主任在教室里找到她，让她和邢越旻一块儿去趟办公室，邢越旻手机关机，教学楼里也找不到他，张慧佳就来到了宿舍楼。

看门的老头不在，她直接上了三楼。邢越旻的房间门没锁，桌上还放着冒热气的方便面。

"有人吗？"张慧佳叫了一声，空荡的走廊里，无人回应，阴森森的寒气逼人。她不禁打了一个冷战。正准备走呢，忽然听见卫生间里传来了水的声响，她探头进去，虚掩的门里，邢越旻正聚精会神地拿着一个杯子，往被子上浇水呢！

张慧佳吃了一惊："你在干吗？"她第一个反应，是他在报复刘伟，"你怎么能这么干！"

邢越旻也吃了一惊，他没想到上课的时候会有人回到寝室，他转过头来。

"谁的？刘伟的？"张慧佳四处望望，压着嗓子，"你怎么能干这事？大家都是同学！"

邢越旻没说话，他从卫生间里出来，坐到了自己的床铺上，冷冷地问

47

道："你来干吗？"

"你怎么能干这事？被人发现了多不好！"张慧佳耳朵竖着听周围的动静，还好没人。她看着邢越旻，以及他的床铺，等等。邢越旻床上没有被子，这是怎么回事？她狐疑地看着他。

邢越旻拨了拨桌子上的面条，说："我自己的，洗洗，你找我有事？"

自己的？洗洗？把我当傻子呢，谁会这样洗被子！张慧佳吃不准邢越旻究竟想干吗，她说："班主任让你去一趟！"

"哦，知道了，我吃完面就去！"邢越旻回答。

尴尬的沉默，一分钟过去了，邢越旻一句话也没有说。连张慧佳自己都觉得再待下去是有点傻了，邢越旻心里究竟在想啥呢？

"那，那你吃完饭就去吧！我先走了！"

"嗯。"

张慧佳一转身，被邢越旻叫住了："还有，你看到的事别跟别人说！"

"什么？"

"别跟别人说！"

张慧佳确实没跟别人说，可她心中的疑问实在大得很。哪有自己往自己被子上浇水的？他在干吗？张慧佳突然想到，他和刘伟有矛盾，不会是要陷害他吧！

这个猜测让张慧佳心里不太舒服，有点阴阴的感觉。

还好后来她担心的事儿并没有发生，只不过发生了更让人吃惊的事儿，邢越旻的父亲被当做杀人嫌疑犯带走了！

邢越旻已经好几天没来学校了。班主任找到张慧佳，想让她去他家慰问慰问。她明白班主任的意思，其实是看看他还有没有可能代表学校去参加计算机竞赛，以便早做准备。

张慧佳按地址来到了邢越旻的家，抬头看着亮着灯的二楼，正准备叫呢，突然身后传来邢越旻的声音。张慧佳回过头，着实被他的眼神吓坏了，这种眼神里带着恼怒的愤恨，仿佛自己坏了他的好事似的。

第五章　识谎训练

吃完了饭,与贺北光告了别,李从安开车送姚若夏回家。在去往停车场的路上,姚若夏问道:"这个贺北光怎么以前没有听你说起过?"

"哦,他去北京上学了,中间断了四年联系,以前也不是经常走动的。"

"那怎么现在又走动起来了?"

李从安不好说如果自己不是做了这个刑警队长,也许他就没那么热情了。"都是同学,"他敷衍道,"那么多年了,见着也不会感到生分啊!"

"别是让你干些不好的事情。"姚若夏倒是点破了这点。

"不会的,"李从安笑笑,"他天生胆小,做不了什么出格的事儿!"他拿贺北光自己的话来搪塞。

"那就好。"

两人继续往前走,姚若夏不再说话了。李从安已经习惯她突然的沉默。他们并排走在冬天的夜晚里。

姚若夏不是个大大咧咧的女孩,属于那种小心翼翼型的,这是李从安得出的结论,说什么都是点到为止。但她也不是内向,她只是善于观察,这点和李从安的职业倒是很像,她喜欢默默地观察,然后心里盘算事情的来龙去脉,再一针见血地暗示自己的见解。李从安觉得姚若夏吸引自己的地方也就在这里。

要想成为一个刑警的女朋友可不是那么容易的。

说实话,李从安每天都和形形色色的人打交道,多数时候,他都能把人分析出个丁丁卯卯，但她却是个例外，有好几次，他还真尝试过"走近"她，反而让李从安觉得姚若夏是个防御性很强的女孩。

不知道是不是因为这样，才让她更具魅力？人总喜欢挑战，选择伴侣也是一样的吧！

也许是从小就是个孤儿的原因，李从安又想。姚若夏没有瞒这点，她是被养父母带大的，不在本市，她念完大学之后，助听器公司去大学面试，把她带来了这里。

她在这座城市所有的朋友都是新交的，新同事、新邻居、新朋友，包括自己这个新男友。

"本来想单独吃饭的，后来怕一忙起来又没准，正好贺北光今天也找了我，所以就一块吃了。"李从安想想不对，还是解释一下，也许她正在为多了一个"灯泡"而生气呢。

"没事。"姚若夏笑笑说道。

走到车旁，两人开了车门，电话响了起来，是姚若夏的。她看了看来电显示，重新关上已经开了一半的车门，退了两步，李从安听到她对着电话叫了一声："妈妈！"

原来是她的养母。李从安也关上了车门，他没有打扰她，趁着这工夫，他点了一根烟，自觉地站在车旁抽起来。

姚若夏的养父母还没有见过这个准女婿，路远，工作也忙，本来说好国庆的时候去一趟，后来因为姚若夏临时要出差培训，只好作罢。她的养父母只知道，她在和一个刑警谈恋爱，其他的都还不清楚，虽说不反对，但现在这个状况，还是不要过于参与她家的事儿。

姚若夏不愿多谈自己的身世，隐约听说她的亲生父母都死于车祸，她十岁的时候就成孤儿了，那一定是个悲惨的经历。李从安知道这对于一个少女来说意味着什么，与其听故事似的让她讲述自己的伤心往事，不如一点点地让她感受到自己的温暖。这样的创伤，影响可大可小，要慢慢呵护关怀，李从安有这个信心。

姚若夏那边声音不大不小地说着："什么？医生怎么说？哦，这样啊，需不需要转院？"

　　李从安断断续续地听着，好像她的养父病了，而且病得不轻。挂了电话，她愣在了那儿，好像是在想心事，李从安走了过去，把手搭在她的肩上。

　　姚若夏猛地一惊，一耸脖子，把李从安的手打开了，李从安吓了一跳，手停在半空，也愣在了那儿。

　　"哦，我爸爸病了！"姚若夏缓过神来。

　　"怎么样了？"李从安狐疑地看着她，她的表情，仿佛刚刚从遥远的回忆中走回来。

　　"没什么事儿。"姚若夏歉意地笑笑，走回到车旁，开门钻了进去。

　　也许这让她想起了什么？李从安想，既然她不愿再说，那就不要再触到她的柔弱点了。他也钻进了车里，扭动了钥匙，汽车轰了一声之后，开动了。

　　第二天，李从安起了个大早，赶往桐州大学。

　　桐州大学在城区的北面，面对着一片清澈的人工湖，从一条堤坝进入校园，李从安不禁感叹时光飞逝，曾经，自己也是校园里的一分子，转眼间离学生时代就已经那么遥远了。

　　到了之后，李从安才发现无从下手，原来想通过周边的人了解一下，可什么才叫"周边的人"？以什么样的角度切入比较好？

　　别引起不必要的谣传，李从安想，他也是从大学里出来的，知道少年时代，舆论可能会毁了一个人。

　　经过调查，基本确认，刘一邦案发的当天，在被害人法医鉴定出来的死亡时间段，母子两人被认识的同学证明确实是在学校。就算那些"时间盲区"，可学校离刘一邦的住址，相距约莫一个小时的路程，作案后再回到学校的可能性基本可以排除。这也排除了母子联手杀害刘一邦，然后陷害万吉朋的可能。

　　白素梅确实撒了谎，这点也被确认了，不过不是在"来没来过"的问

51

题上撒了谎，而是在来的目的上撒的谎。邢越旻同寝室的同学说，那天有人在邢的棉被上浇了水，所以他妈妈帮他来换棉被来了。

"棉被被浇了水？"

"是啊，可能是他被人怀疑摔死了一条狗！"

李从安知道了大致的经过，现在的学生，整起人来手段还真恶毒，李从安想着。不过这倒解释了白素梅为什么会撒谎了，也许是因为怕丢人，毕竟自己的儿子和同学关系不好，被人欺负不值得四处炫耀。

看来是自己想复杂了，李从安自嘲地笑笑。他回顾着案发时留下的线索，窗台上的那个脚印，为什么万吉朋不走楼梯，要爬窗户呢？是欲盖弥彰吗？

那段废弃的楼梯隐藏得很好，如果不是运气好，多走多看了几步，也许窗台上的脚印这条线索就摸不着了，这样的话，反而会把万吉朋第一个排除在外了。

作案工具为什么留在了家？没准是来不及，要知道尸体很快就被发现了，这可能是万吉朋自己都没有意料到的，与其冒险把这些作案工具转移出去，不如就光明正大地放在那儿，还是那句话："最愚蠢的，往往就是最聪明的！"

李从安突然觉得人其实是很主观的动物，不同的环境、语境下可能会对同一件事物做出完全相反的判断，而且都合情合理。看来真是自己想多了，李从安又笑笑，只是和万吉朋交锋了几次，李从安居然一直都没有看出破绽，他有着一种挫败感。

得好好审审他，李从安想。正准备到学校保卫科说一声，却遇到了辖区派出所的老刘，在市里的工作会上，见过几次面。

"你怎么也来了？"老刘热情地打着招呼。

"办个案子。"由于是徒劳无功地证明自己一个古怪的想法，李从安没什么底气，生怕被人看出犯了一个可笑的错误。

他说他也是来办案的，有个叫张慧佳的学生不见踪影了，学校找不着，家里也找不到，这个女孩就这么凭空消失了。"她大伯是我的老战友，碍

52

于老朋友的情面过来看看，他们生怕学校不把这当回事，"老刘凑过身子压低了嗓音，"其实上哪儿找去，那么大人了，自己有腿，又不是小孩让人拐跑了，没准是跟着男朋友私奔！"老刘声音更低了，以前发生过这样的事情，警察忙活半天，当事人从海南岛转悠了一圈回来了，"现在的小孩都很有个性，把离家出走当时髦！"

李从安笑笑："没什么事儿，我先走了。回见！"

"行，回见！"

李从安往外走，老刘和保卫科的人核实情况，说着一些基本资料，刚说两句，听到他们谈话的李从安又折了回来。"你刚刚说，这个张慧佳也是计算机系大二的学生？"

"是啊，怎么了？"老刘见李从安又折回来，有些好奇。

"哪个班级的？"

"计算机就一个班。"保卫科的人想了想回答道。

李从安皱了皱眉头，这个张慧佳和邢越旻是一个班级的。"你接下来去干吗？"他问老刘。

"去找找她班主任，怎么了，有什么不对？"老刘问道。

"也没什么，她正好和我查的一个案子的嫌疑人的儿子是同班。"李从安的回答像绕口令。

老刘原本想笑，但看到李从安表情挺严肃，也就收起了笑容。

"既然这样，那就一块儿去看看吧。"李从安说。

班主任过了好一会儿才弄明白，原来李从安和老刘是为了两件事，现在又为了同一件事来的。"我还以为你们都是为了邢越旻。"

"不是，我是陪他。"李从安指指老刘。

"张慧佳照常理说，应该不会无缘无故地离家出走。"班主任想了想说道。老刘一开始就按照离家出走的思路引导着班主任，所以他在努力回想张慧佳有没有这样的动机。

"你知道她有男朋友吗？"

"这个我不太清楚，"班主任说，"不过据说好像没有，我参加他们聚

53

会的时候,他们有朋友的都会带来,这也不瞒老师,不像我们那会儿,谈了恋爱还遮遮掩掩的。"

"是啊,时代不一样了,"老刘点头表示同意,"那她同学关系处理得好不好?或者最近有什么不开心的事情发生?"

"没有啊,张慧佳还是一个蛮讨人喜欢的学生,人长得挺漂亮,也活泼,学习成绩也不错,还代表学校参加计算机竞赛呢,哎——对了,就和那个邢越旻一起,"班主任突然皱起了眉头,"说来也巧了,昨天晚上,我让她去找过邢越旻,邢越旻昨天没来学校,哦,这个李警官知道,他家出了点事儿,所以我让张慧佳去问问他还能不能参加竞赛。"

李从安猛地把头抬了起来:"什么?张慧佳去找过邢越旻?这事儿前面怎么没说?"

"我,我没以为这之间有什么关系啊!"他看见李从安突然的反应,被吓了一大跳,"怎么了?"

李从安也意识到自己反应大了,他只是觉得这个邢越旻的事还真够多的。"哦,没什么,邢越旻现在在哪儿?"

"应该在班上,或者寝室吧!"班主任小心翼翼地回答,生怕又说错什么话,"上午上课的时候,看见他已经来了!"

"哦,"李从安顿了顿,转过头去看老刘,"要不我再和你一起去找找邢越旻?"

邢越旻坐在对面,这是他在事发之后,第一次回到自己的学校。他们正在上课,李从安看了看表,还有五分钟下课,等着铃声响起,才让班主任把他叫到了办公室。班主任识趣地走了,带上了门。

现在的邢越旻似乎有了些和警察打交道的经验。

"不能因为——那个男人杀了人,就什么事儿都怀疑到我的头上来吧!"听了李从安和老刘的来意,他看上去有点气愤,不过这次明显没有上次"表现"得那么好,可能是突如其来的缘故,他仿佛没来得及"复习过功课",感觉很做作,李从安想。

"没这个意思,"李从安的语气既不威严,也不愧疚,"只是了解一下情况。"

邢越旻果然有些不对劲,他的眼角动了动,然后瞬间又恢复了冷笑。"这么说,你是怀疑张慧佳的失踪和我有关?"

这不是李从安的本意。

"不是,就是问下情况。"可李从安还是看出了明显的问题。情绪的突如其来,会产生一些防不胜防的下意识动作,邢越旻有,可他居然可以在这些动作发生之后,能找到最合理的情绪来掩饰自己!

李从安不动声色,他觉得这个邢越旻确实不简单。他代替了老刘,继续着自己的话题:"我们不是怀疑,我们只是想知道张慧佳究竟去哪儿了。"他指了指身边的老刘和自己,"昨天你和她见过面吗?"

李从安在等待着他的回答,邢越旻回答得很干脆:"没有!"

"没有?"李从安愣了一下,难道张慧佳在去找邢越旻之前就已经失踪了?还是压根儿就没去过他家?

"是的!"

"哦,"李从安有点意外,"那昨晚你在干吗?"

几乎没有考虑,邢越旻脱口而出:"我在家看书,一直在看书!"

李从安又听出了问题,尽管很不起眼。一直在看书,无来由地重复强调也是可能说谎的表现之一。

或者他还在气愤?警察因为张慧佳的事儿找到他,所以他才强调自己和这个没有关系?李从安没有把握。

"中间还下楼买过一包方便面。"邢越旻的语调降了下来。

李从安吓了一跳,如果说前面不敢确认的话,那么这次,他能够断定邢越旻在撒谎了。他不是看出了邢越旻的谎言标志,而是看出了邢越旻肯定受过识谎训练。

"中间还下楼买过一包方便面。"如果只是因为气愤,他不会补充这句话,这等于否定了"一直在看书",等于泄了自己的气。邢越旻之所以会补充这句话,是因为他也意识到了,无来由地重复会被识破自己在撒谎,所

55

以犯了一个本能的错误，他本能地用一个错误去弥补另一个错误。

李从安紧紧地盯着邢越旻，邢越旻身体保持着僵直，这是集中精神在思考问题的表现，明显他已经意识到自己露出破绽了。

李从安决定不给他机会喘息："能告诉我你在看什么书吗？"

"什么？"

"你在看什么书？"

"一本有关数学的月刊杂志。"

"叫什么名字？"

"就叫《数学杂志》。"

"你一直看这本杂志吗？"

"不，哦，也不能说完全不。"

"你应该还记得你看的是哪篇文章吧？"

"有关于——微积分的。"

"就看了这一篇？"

"是的。"

"一晚上只看一篇文章？"

"这——也不能说一篇，后来又看了几篇。"

"你刚刚不是说，你只看了一篇？"

"我主要是在看那一篇。"

"那其他几篇叫什么名字呢？"

"……"

一连串的问题，让邢越旻喘不过气来，如果他真的如同他自己说的那样，果真看了那篇文章，也应该知道自己想的时间太长了。

"你究竟想问什么？"他干脆放弃回答了。

是在转移话题？李从安和老刘都没说话，如果从技术指标来看，李从安愿意相信邢越旻说了谎，在张慧佳是否找过他的问题上，说了谎！

现在可以确认的是，两件事邢越旻都被牵扯进去，而且邢越旻在张慧佳的问题上撒了谎。更重要的是，邢越旻果然受过识谎训练，这很不正常。

可到底为什么？真相究竟如何？李从安不知道。邢越旻在受了惊吓之后，选择了沉默。这也是问询过程中的一大难点，如果对方就是什么都不说，李从安还真没有什么办法。

尽管邢越旻刚刚在刘一邦案中被自己排出了脑海，可现在在张慧佳的失踪事件上又和他扯上了关系。但他一时半会儿还真找不到这之间有什么联系。

李从安把自己的发现告诉了老刘。

"这么说，张慧佳的失踪，和邢越旻有关？"

"不出意外，应该可能性很大。"李从安不敢把话说死，毕竟识谎是很主观的心理技术，存在着很多不确定性，自己有分寸，一旦发现开始的判断出问题，可以马上调整侦查方向。可张慧佳的案子不归自己管，万一是判断出了错，误导老刘犯了方向性的错误，那就不好了。

"当然也不能排除其他可能性，我觉得你还是按照常规的思路来查吧，只是重点注意这个邢越旻！"

出了桐大的校门，那边肖海清的电话倒是来了。

肖海清刚刚从失去儿子的悲伤中恢复过来，检察院对她的审查也告一段落。前不久，她不幸卷入一起系列杀人案，她本来抱着科研的态度去研究嫌疑犯的犯罪心理，未料中计，变相协助了凶手的越狱，在桐城掀起了不小的波浪。

现在说恢复教学工作还为时尚早，她的课程是《犯罪心理学》，李从安忙于破案，她正好可以协助完成那个"模拟监狱"的实验。

肖海清说"看守们"已经开始变得十分粗鲁，他们还想出多种对付犯人的方法。"犯人们"也垮了下来，要么变得无动于衷，要么开始积极反抗。

在实验之前，李从安曾经翻阅过国际上类似实验的记录，还特地减少了可能会造成"囚犯"不适的环节和要素。

跟1972年津巴多在斯坦福大学所做的实验相比，可以说已经温柔得多了。

"可有个学生还是出了一点小问题。"肖海清电话里说。这种心理类的实验可不能掉以轻心,特别是在实验性的心理创伤之后,不及时恢复,可能会造成难以想象的后果。

肖海清从初衷上,并不是很赞成这样的实验。李从安当然知道。美国著名的连环爆炸案凶手麦肯·蒂姆就是因为在其青年时代参加过一场心理实验,并且未得到适当及时的舒缓,才埋下了祸根,直到二十年后,成了臭名昭著的连环杀手。

人类的进步,总是要付出代价的。

任何一个闪失所造成的心理伤痕,都有可能在潜伏数年之后突然爆发出来。

肖海清的口气有些担忧,那个学生,已经影响到了他的生理表现,不明原因的低烧、呕吐、厌食,李从安实在想不明白问题出在哪儿?

实验的强度,再怎么样也不可能超过真实的监狱,那些监狱里真正的囚犯,岂非会更多地崩溃于强制的管教下?

不管怎么说,先安顿好学生家长。

肖海清说:"学生现在已经平静下来,我就跟你说下情况,你也没必要特地跑一趟,忙你自己的事吧。"

李从安想想也是,肖海清是给自己台阶下,现在这种情况,自己还是不要出现为妙。

他放水泡澡,舒服地躺在浴缸里,浴缸边的桌子上放着音响,柴可夫斯基的浪漫乐曲传来。门外有了开门声,姚若夏下班来他这儿了。应对了几声,李从安擦肥皂冲洗,擦干净身子,焕然一新地走出了客厅。

姚若夏说她又要出差了,明后天的事儿,李从安早已习以为常。

"上哪儿吃去?"

"出去吃吧。"姚若夏回答道。他们走到一半,李从安裤袋里一阵振动,他笑笑,接起了电话,是杨静静。

"等一等!"李从安示意姚若夏到客厅里坐会儿,自己走进了书房。办案的时候,他并不刻意回避姚若夏,但只要能回避,就尽量不告诉她。

杨静静说刘一邦病理组织学检查刚出来,除了先前的判断确认无误之外，还发现他肾脏有药物性慢性中毒的症状。还有一点，死者肾功能严重受损。

"肾功能受损？"

"我怀疑是长期服用药物导致的肾中毒，但从其他的脏器来看，导致肾中毒的药物所针对的疾病，刘一邦并没有！"

李从安眉头皱了皱，道："这说明什么？"

"说明刘一邦在没病的情况下，却在长期服用某种药物！"

"什么意思？"李从安更糊涂了，"难道没事找药吃！"

"是的，"杨静静说道，"刘一邦有可能是试药人！"

"试药人？"

"专门帮医药公司或者医院有偿试验新药的人！"

李从安对这个职业不是很了解，也不知道会不会影响到刘一邦案现在的结论，也许只是他赖以生计的工作，但这跟万吉朋杀他没有什么关系吧。

他在书房里想了一会儿，没什么头绪。他看见书桌上放着姚若夏送他的助听器样品，笑笑，这是她公司的，提醒他要提高听力健康意识，李从安关上灯，带上门回到客厅。

第六章　顺风耳1号

张慧佳不知道这是在哪儿,脑袋裂开那样地疼。四周一片漆黑,也不知道过了多久。究竟发生了什么事儿?

她的意识在一点点地恢复,有点想起来了。

那是在哪儿?

上了狭长幽黑的木头楼梯,是去了一个人的家?张慧佳的记忆继续在恢复着,这是谁家?一张脸孔在她的眼前浮现,短发,额头上零星有一些青春痘,黑框眼镜架在圆圆的脑袋上,这张脸竟逐渐清晰——白皙的邢越旻的脸。

为什么会去他家?

情节像一幅幅电影画面在她的眼前闪过,先是在学校的铜像下面,班主任说,不管怎么样还是要去问下邢越旻,如果可以的话,还是希望他能够参加这次比赛。

邢越旻不在家?他在自己的身后,他令人窒息的眼神,像是拨开浓雾的一把利剑,把张慧佳又带回那个晚上。

究竟过了多久?不知道。张慧佳感到又饿又渴,她摸了摸后脑,一个馒头大小的肿块。

她跟着他上了楼,为什么要上楼?在大街上说说就可以了。邢越旻说上楼有东西要给我看,却对我那么凶。

"你是不是发现什么了?"他在问我。

我什么都没干,什么也没发现,他却好像认为我在从中作梗。

"你是不是知道了我的计划?"

"什么、什么计划?"这是什么意思,发现了什么?张慧佳莫名其妙。

等等,往自己的被子上浇水?张慧佳很快联想起这个情节,难道这就是邢越旻的"发现了什么"?

"就是因为那事?"她狐疑地看着他。

邢越旻没有回答,冷冷地看着他,张慧佳浑身散发着冷意。

"他们一家没准都流淌着暴力因子!"

现在张慧佳确实相信了,他的父亲没准真是杀人犯!连被自己发现往被子上浇水都会被质问,还有什么事不会被激发出暴力侵害!

可——想起邢越旻的父亲万吉朋,张慧佳突然发现了一个巧合,看见邢越旻淋湿被子,就是他父亲杀人的那天!

难道这其中有什么猫腻?这才是所谓的"发现了什么"?

"咦,你爸那天——"张慧佳脱口而出,立即感觉不妙,住口已经来不及了,邢越旻已经知道自己想要说什么了!

空气里突然充满了紧张的气氛。邢越旻的表情突然丰富起来,就像是面对一个待宰的羔羊,他们的眼神一对上,张慧佳就感觉到了危险。"你要去告发我?你今天来干什么?想要敲诈我?"

这是什么跟什么呀?是班主任让我来的。张慧佳刚要说话,突然一阵疾风。

这绝不至于要为此往自己的脑袋上来一下吧?

她的眼前再一次一幕幕回放着当时的情景,随即悲伤地闭上了眼睛,一切又暗了下来。好像传来了脚步声。

张慧佳的求生欲望促使她喊叫救命,她拼死力气要吼出自己的最大音,就在快要脱口而出的那一瞬间,又生生地咽了回去。

自己被囚禁了!这个可怕的念头,再一次回到脑海。

这是在哪儿?她反复被这个问题困扰着,为什么要囚禁我?这其中是不是有什么误会?必须解释一下。张慧佳没有喊救命,她伸手拍着墙壁,问："有人吗？"

可就在她思考的那短暂时间里，脚步声已经消失了，没有人回答她。

张慧佳发现自己一直躺着，起不了身，尽管意识已经越来越清晰，脑袋依然疼痛。她感觉到背部的潮湿，伸手摸了摸，捏起了一把泥。

自己是躺在泥土上的？张慧佳强撑着身子想要起来，仰身30度角，额头却碰到了天花板。她撞了一下，伸手往上摸了摸，这是个一米高都不到的密闭空间，这他妈的究竟是怎么回事？自己好像被人敲晕后，塞进了这个四壁封死的小洞里。

恐惧涌了上来，这回张慧佳几乎不用思考了，她大声喊着救命！

无人应答。

迟早要被憋死，即使没有幽闭恐惧症，被埋在像地震废墟一样的地下，用不了多久也会被逼疯的！

张慧佳用力拍着墙，转着圈地想摸清黑暗里的情形，空间不大，但却很牢固。

咯噔一声，手掌拍到了一个凸起的物体，摸上去毛毛糙糙的，是一块有些松动的砖头，张慧佳双手捏住砖头的边缘，用力往外拉，砖头居然开始松动起来。

张慧佳像是看到了希望，那块松动的砖头，说明这个囚室并非固若金汤。可很快就用手扒到了极限，砖头又牢牢地嵌在墙里不动了。

她停了下来，手指有点疼，但脑子越来越清醒。顿了一顿，张慧佳取下了头上的发簪。还好这时候还戴着。黑暗里，她摸索着砖头与墙壁之间的缝隙，将发簪沿着边缘凿去，一点一点地将水泥屑刮下来。刮一会儿，再拔拔砖头，一点一点地为自己打开求生的门。

这是一个漫长的过程。没有黑夜与白昼。饥饿与恐惧，并着浑浊的空气，始终围绕在她的周围。坚持，坚持，再坚持，她终于打通了一个出口，尽管只有砖头大小。当张慧佳满怀希望地探头出去，却只看到了密密麻麻的竹子的根部，这是一片竹林？

张慧佳拼尽力气，喊了一声，随即感到一阵晕眩，她再次晕了过去。

又听到了脚步声，不知道是幻觉还是现实，手已经冰凉到了麻木，以至于冰冷的雨滴滴在她的指尖，都感觉到了一点温暖。

张开沉重的眼皮，确定这不是幻觉，虚弱无比的张慧佳真的听到人声了。

"救，救命！"

传来"砰砰"声，像是重物击打在墙壁上。

那人在救我！"救命！"张慧佳不知道哪里来的力气，配合着外面的击打声，用手、用肩、用头，奋力撞击着墙壁，仿佛就要撞碎坚硬的砖块。

轰的一声，墙被砸出了一个口子，张慧佳被人从"囚室"里拽了出来。

获救了！

"谢——谢谢！"张慧佳抬起头，眯着眼看清眼前的脸，和对方扛在脑后的锄头。

她心里一惊，刚刚涌起的惶恐表情还没来得及绽开来，就成了她生命中最后一个定格的瞬间。

下午4：30，姚若夏接待了最后一个用户。是个六十多岁的老太太，她的耳朵有问题，小心翼翼地诉说着自己在上个月，在此购买的一套内置型助听器，使用后听力不进反退。

姚若夏不动声色地为她做着检查，期间老太太一直怯生生地希望她能够帮自己。

"我没几年好活了！"老太太颤颤地说。

她唯一的儿子，在千里之外劳教。狱警还算通人情，每个月可以往家里打一次电话。昂贵的路费和老太太日益衰弱的身体，使得他们不能相见，电话成为他们母子唯一的联系。

"现在听不清——"老太太继续说着。

姚若夏看了看手中的病历。分泌型中耳炎，半年前被确诊。她又看了看放在桌上的助听器，然后抬起头。很明显，对方对此一无所知，不知道内置型助听器不恰当地使用会导致中耳炎的复发；更不知道，这个款式的产品因为质量问题，早就应该被回收回去。

63

"姚工。"从卫生间里出来的王耀，几步跨了过来，横在了姚若夏和那老太的中间。

"这是你的用户？"姚若夏问。

"对，"王耀用不很肯定的语气回答，随后转过头去，不耐烦地对着老太吼，"你怎么又来了？说过多少次了，每个人的体质不一样，你本身耳朵就聋，助听器不是药，治不好你的聋病的！"

老太持续着拘谨，像个做错事的孩子，接受着面前这个年轻人的训斥。

姚若夏已走回了柜台，拨弄着桌子上的笔，又上下打量了下那老太。头发雪白，布鞋，穿了一条深色的直筒裤。对于有钱人来说，助听器的价格不算什么，可对于这样的人，这也许是相当长一段时间的积蓄。

打发走老太之后，姚若夏感觉王耀有话要说，她知道王耀要说什么，也知道这话根本开不了口。

姚若夏继续摆弄着手中的笔。

中医药大学听力学专业毕业之后，她就来到了这家制造助听器的公司。由于这个专业在国内稀缺，就业没有问题。面对几乎没有竞争压力的岗位，姚若夏的专业背景让她毕业后三年就坐上了培训师的位置。

二十五岁，二十五岁就被人称为"姚工"。这个国家以匪夷所思的速度前进着，年轻人像被暖棚"扣出来的速成品"一样，占据着很多名不副实的名头。姚若夏成了工程师，而她原本只能胜任的验配专员，则由各个行业的销售担纲，在被简短地培训之后，匆匆上岗。

王耀在此之前是个药用香皂的业务员。专业知识的欠缺，加之销售业绩的压力，卖一些不合格的产品给一些不适宜的用户，自然不是什么新奇骇人的事情。

记得去年这个时候也发生过类似的事情，依然是一批次品率超出标准的产品。这是个在公司内众所周知的秘密，却神奇地绕过了质监部门，顺利地从柜台销售到了消费者的手中。听力辅助设备在国内鲜有权威的监管部门，普通百姓对此更是一无所知，往往除了自认倒霉，别无他法。

"你要成熟一点！"这是姚若夏在去年就此问题对公司提出意见时，销售总监的回答。

姚若夏觉得很无奈，也很可笑。自小到大，从来没有人这样认为她幼稚，即使她顶着工程师的名头，一脸稚气地坐在培训台上，给那些年长于她的叔叔阿姨们讲解助听器的常识，也从来不会因为年纪的关系而遭遇到不屑。

也许，销售总监所说的成熟，和姚若夏的成熟不是一个概念。

没有人知道，十五年前，就在姚若夏十岁的时候，她就已经成年了。

尴尬的沉默让空荡荡的店堂显得格外压抑。奇怪的气场充斥在不大的空间里。

"姚工，是不是助听器的原理和窃听器是一样的？"王耀没话找话，讨好地问着姚若夏。

"有区别，但如果讲到效果，倒还真有些相似。"

"那岂不是很容易被用于窥探隐私？"王耀继续笑得很假地和姚若夏说话。

姚若夏这次没有做声，她笑笑，低头看着柜台上的一张报纸。

王耀讨了个没趣，无所事事地转来转去。

时钟滴答滴答地往前走着，一声打破沉默的钟声响了起来。

"当——"五点，下班了。

姚若夏看了看钟，取上包，绕出柜台往前走去，走到一半的时候，转过脸来。王耀抬起头以为她会说什么，姚若夏只礼貌地说了声："再见！"

"再见，姚工——"王耀狐疑地看着她，"您明天还来吗？"

"不来了，"姚若夏驻足停顿了一会儿，"明天开始我休假，家里有些事！"

李从安再次提审了万吉朋。

因为这次心里有了数，所以对万吉朋的态度就没有以往那么好了："老实点！"

电视剧里一般这样的话都应该由普通民警说，而像他这样的"领导"，应该沉稳地坐在一旁，阻止手下不文明执法，然后晓之以理、动之以情，"想想你的母亲，想想你的孩子"。仿佛这样罪犯就会自觉地痛哭流涕，一下子悔悟过来，然后滔滔不绝地供述。

李从安知道那些都是文艺幻想，现实当中罪犯哪会那么乖乖就范？为了逃脱，他们挖空心思编造着一个又一个的谎言，用形形色色的方式想要躲过警察的盘问。一想到这，李从安就有些灰心。

之所以说是灰心，是因为李从安还真有些"文艺"。他不是那种五大三粗，靠着一把子蛮力以暴制暴的警察。对讯问技巧不遗余力的探究，就是为了以和平方式，将罪犯从一群无辜的人当中分辨出来。罪犯也是人，也有基本的权利，也应该获得尊重。

看到驻伊拉克美军虐囚的照片，李从安的不适感不亚于看到一具血肉模糊的尸体。

可每当自己"彬彬有礼"，换来的却是罪犯狡猾的欺骗，李从安总是要问自己，用文明的方式去对待破坏文明的歹徒，难道真的是文明进步的表现？

他叹了一口气。

眼前的万吉朋就是一个例子。该使用什么样的讯问策略呢？李从安拉回了思路，在想，可以利用的"子弹"不多。而且先前自己居然一点也没看出来。

"我就不信你开不了口！"李从安赌气的成分，此时甚至还要大于案子本身。

万吉朋落案很迅速，几乎还没来得做详尽的调查，李从安心里分析着，他知道警察都了解一些什么：没有时间证人，那双鞋，自己不佳的口碑。

现在唯一能够让他措手不及的就是邢越旻送过来的那把匕首，他一定还没想到，他的儿子，已经把他就是凶手的铁证，拱手送到了警察的手里。

万吉朋属于什么类型的犯人呢？李从安再次抬头看了看，蹲了几天监狱，他看起来似乎还不算憔悴。他坐在对面的椅子上，双手拷在椅子的把手上，耷拉着脑袋。

"真不是我干的！"万吉朋说了一句。

李从安没有回答，而是接着在想，应该属于情感外露型的吧，这几次接触，李从安并不认为他是一个城府很深的男人，稍有风吹草动，他就会抑制不住自己的情绪，大喊大叫起来。这样的人如果杀了人，多少会有些痛苦和自责吧，李从安决定从他的"愧疚感"下手，而不是直接抛出那把带有指纹的匕首。如果他还算是个人，杀了一个鲜活的生命，哪怕只有一点点无法做到无动于衷，李从安就可以让他自己供述。

心里有了大致的策略和方向，李从安决定先给他施加压力。

"你说，刘一邦死的时候，你一个人在家里？"

"是的！"万吉朋抬起了头，这句话已经说过很多次了。李从安当然知道，他现在只是用这样的对话，让万吉朋迅速进入到压力状态。

"也就是说，没有时间证人？"两句反问，其实是在暗示万吉朋，再狡辩也不能改变他完全有这个时间去杀掉刘一邦的事实。

万吉朋果然紧了一下，他的双膝并拢了一点，并且微弱移动着方向，从正对着李从安，变成了"指"向李从安的身后。李从安知道他已经陷入了焦虑当中，光凭以上说的，他就很难从案子中脱身出去。

"我已经说过很多次了，这事儿和我没关系。"

"我现在再给你一次机会交代，你确认你什么都没干？"

"没干！"

沉默。李从安什么都没说，只是紧紧盯着万吉朋，沉默的策略在审讯中也是至关重要的，它能够让嫌疑人更加感到局促。

他的微表情没有变化，没有心虚的表现，也没有挤压嘴唇之类的典型的说谎标志，除了身体有点僵直之外，他的脸上依旧一副哀怨忧戚的模样。

"果然不好对付！"李从安不动声色，万吉朋居然没有一点流露出撒谎的表现。接下来这个问题就不能再问了，再问他一定还是否定，反复否定反而会增强他的信心。

不过没关系，他现在已经处于重压之下，人在重压之下难免不露出马脚，接下来李从安要用几个封闭式的问题，再次进攻。哪怕发现一些无关痛痒的谎言，只要被自己抓住，他的心理就处于更加不利的境地。不出意外,他就会尽最大的努力,来让警察相信他说的每件事都是真的。再出其不意地射出匕首这颗子弹,他就完全陷入被动了。李从安要看着他是如何崩溃的!

"你平时都是一个人吃饭的?"

"不是。"

"昨晚是个巧合,白素梅不在家?"

"嗯。"

"你自己做的饭?"

"不是啊,楼下买的熟食。"

"喝了点酒吧?"

"喝了。"

封闭式的问题,往往嫌疑人只要一两句话就可以回答,他不需要过多思考。这样做的目的,可以很快将嫌疑人置于规定情景,跟着警方的思路走,如果他在某个问题上表现出过多的思考,或者有不肯定的语气和有所保留的措辞,让李从安有了怀疑,就会被深入地挖掘下去。

"但这个时间段,偏偏刘一邦死了,你说和你没关系,那你在干吗呢?"

"都说了,我在吃饭喝酒。"

"光吃饭喝酒?"

"哦,还有看电视。"

李从安着重注意了他在补充这个信息时的表现,他的双手摆在椅子把上,既没有捏成拳头,也没有无谓的小动作,表情很淡定,眼神自然地看着自己。

"看电视?什么电视?"

"抓特务的,孙红雷演的,"万吉朋眼珠子这时候转了起来,"是不是这就能说明我没有作案时间,如果我能把剧情说出来的话!"

李从安依然面无表情,但心里却暗自懊恼,没有让他露出破绽,反而让他在这个问题上引导了话题。

万吉朋努力在回想着那晚电视剧的情节,然后断断续续地说着故事。

他说的这个片子李从安没看过，是首播还是重播，究竟是不是事实，李从安都不知道，他决定不兜圈子了，单刀直入："可为什么在你家发现了杀害刘一邦的凶器？上面有你的指纹！"

万吉朋愣了，一脸茫然。"凶器，有我的指纹？"

在嫌疑人不知情的情况下，突然知道警察已经有了重要的物证，不可能在瞬间一点反应没有。

"是把匕首！"

"什么？"万吉朋的表情更加莫名其妙，"匕首，带有我指纹的？"

69

第七章　助听器

　　出了助听器店的店门，一股寒气逼了过来，扑在了姚若夏裸露的脸蛋上。

　　去年，次品事件发生之后，姚若夏曾悄悄地将那批助听器不合规范的地方整理成了一份文档，寄给了那些怀疑产品有问题却又无可奈何的用户。这份文档，足以让他们找到正确的途径和证据，来投诉于工商部门，获得理应的赔偿。结果公司不仅全数照赔，还因此遭到了罚款。

　　时隔一年，还没有人怀疑到她的头上来。那个老太的遭遇，姚若夏完全可以用同样的方法去帮助她，神不知鬼不觉。

　　可姚若夏内心泛起一丝涟漪。如今与往时不同。

　　姚若夏左拐，然后向前走去。过了两条街，四周没有发现认识的人，然后她悄无声息地折进了一条小弄堂，如同幽灵一般。

　　在弄堂的另一端，姚若夏叫了一辆出租车。华灯初上，城市的夜色像是一幅幅会移动的画，幻灯片似的从她的眼前闪过。

　　出租车"吱"的一声停下。这是她所熟悉的小区，姚若夏来过很多次，所以要特别小心翼翼，以免被人认出来。她悄悄地走进了一个门洞，尽量不引起人们的注目。到了顶楼，确定没有异常，开门进到了房里。姚若夏脑袋四处转转看看其他的物件，架在窗帘背后的那台望远镜还在。

　　一直到前天，她也是在和现在这个差不多大小的房间里，陆陆续续待了几个月。那是一条不宽的街道。街道的一边横向盘踞着数栋上世纪90年代初期的老公房，延伸出去。由于年代久远，墙体剥落，像一只只得了皮肤癣的小狗，痛苦地趴在路边。

另一旁则是解放前就已存在的石库门，两层高，半空中到处是突兀插出来的违章建筑，毫无章法可言，在惨白的路灯下，更加痛苦地仰视着对面五层高的楼。

很明显，那里是贫民窟。单调的色彩，在冬季的夜晚颇显萧杀。两边的建筑就像贴着鼻子一样近在咫尺，不用任何工具，也可以让对面的人在视野里纤毫毕现。直愣愣捅在窗台上的镜筒反而容易让自己暴露。和现在不同，对付刘一邦的时候，姚若夏只在熄灯的房间里偶尔用一下望远镜。

半年前，当她终于找到了刘一邦的住址时，依然记得十五年前，那张在她眼前闪过的脸孔。

十五年来，姚若夏一直为了一个目标而活。

那个念头贯穿始终，自己所做的一切，都是为了那一天。刚刚完成的只是第一步，为了这个计划，她构思了十五年，也准备了十五年，它成为姚若夏过去、现在，乃至未来生命的一切。

尽管与最初的设想已有很大的变化，姚若夏反而觉得现在的做法更有把握。半年多的监视，让她摸清了刘一邦的一切。

他几乎没有交际。起码在姚若夏监视的半年里，没有任何人造访，他似乎也无意与周围的人交流。他到过的最远的地方不过两条街之外的银行，每个月的8号，他去那里把微薄的失业救济金取出来。回来的路上有个小菜场，刘一邦总是在六点之后，去买一些便宜的蔬菜，偶尔会切几块钱的瘦肉，不抽烟、不喝酒，不做任何无谓的事。

这是一个乏善可陈的男人。

之所以等到那一天才下手，是因为姚若夏无意中发现楼上少年的奇怪举止。

说实话，刘一邦楼上的那一家子，生活要比刘一邦丰富得多，为她枯燥乏味的监视平添了许多生气。只不过那不是其乐融融的镜头，也不是暗流涌动的夫妻家常，尽管家庭暴力已是司空见惯的题材，可当它最终出现在自己偷窥的视线中，还是有些不舒服。

71

后来知道，这是二婚，女人迫于生计，带着孩子嫁给了一个脾气粗暴的货车司机。那个男人最热衷的事情，似乎就是喝完酒之后殴打老婆，来发泄自己无止无休的性欲，那个柔弱的少年也难免牵连其中。姚若夏通过望远镜多次的观察，发现了一个更为隐秘的秘密，也终于在明白了他真实目的之后，一个崭新的计划出现在她的脑海中。

帮他一把！姚若夏很真诚地想着。不仅如此，这样的借刀杀人，即使不能将她要干的事儿复杂化，也起码能让警察"来得晚一些"。借刀杀人，而且两全其美，她唯一要做的就是找到一个现实可行的方案。她知道自己的对手是李从安，一个可以通过蛛丝马迹就能捕获他人"心灵"的警察。

姚若夏没想到，事情进展得如此顺利。

那个少年已经做完了他所做的一切，自己要在他找到这里之前，抽身离去。

中途改变杀刘一邦的计划，姚若夏到目前为止还是挺满意的。一切在她的预料之中，光这个案子就够他忙一段了，就算有机会识破了邢越旻，再轮到自己，且得转上好几个弯。姚若夏倒不是害怕被警察逮着，甚至枪毙，这些都是她一开始就已经想过的结局。她现在更重要的是争取时间，因为对于她来说，一切才刚刚开始。

只是那个法医官，居然查到了刘一邦的职业，这倒是个未在料想之中的意外，现在还不知道这个破绽会意味着什么，一定要在李从安查到这根线之前，解决下一个目标。她坐在窗边想着。还是按照原来的套路，下一个目标的对面，监视点已经设置好了，不过还没有想到合适的办法。

那个男人，并没有什么可以值得利用的生活规律，早起早睡，坐着单位的小车上班，司机是个四十多岁的魁梧汉子。男人没有不良嗜好，不抽烟，不喝酒，也没有生活作风问题。他的儿子，一周回家两三次。他的妻子是个退休教师，夫妻俩基本没有性生活。老头身体很硬朗，唯一的爱好，是侍弄放在阳台上的那几盆盆栽。

"得想个法子！"姚若夏暗自琢磨着。

第二天是冬至。

上午的时候，姚若夏早早去花圃买来了两束菊花和一盆盆栽。回家的路上，又顺道在拐角的五金店买了微型电钻、十字螺丝刀、电笔和进口的纽扣电池。

上了楼，姚若夏啃着冰箱里的面包，开始工作。

她的面前放着一部外置型的助听器，是她自己公司的竞争品牌，良好的性能，有时候甚至连姚若夏都得佩服。

她看着说明书，回忆着学校里学到的知识，一张助听器的结构图纸在她的脑海中浮现。哪儿有细小的接触线，哪里需要倍加小心，姚若夏了如指掌，没用多久，一个由金属盒包住的小玩意儿制成了。姚若夏给它起了个名字，叫"顺风耳1号"，随着技术越来越娴熟，还会有2号、3号，不过现在已经足够了。这个小东西，可比市场上能够买到的任何窃听器都更有效、更安全、更"长寿"地来完成窃听任务。

她把盆栽里的土壤挖松，倒出绿色的植被，试了试位置，然后在花盆的壁上用微型电钻钻出了一个芝麻大小的洞来，再将"顺风耳1号"裸露在外的接收器从里面送向洞外，再把多余的部分剪掉。姚若夏重新埋上了土和植被，除非花盆破碎跌落，否则谁也不会发现会有人把窃听器埋进花盆的土里。

就算到时候发现了，该结束的事情也都应该结束了。

姚若夏捧着菊花，打了一辆车，朝郊外驶去。

这是一座寝园。节日里，人满为患。周边省区的风俗，冬至是落葬之时。

空气里到处传播着恸哭和低泣，鞭炮声此起彼伏，宗教音乐萦绕耳边，姚若夏看见黄色大袍的僧人在作法超度。她看着路边的小石碑，上面刻着不同片区的名称和编号，根据年代的不同和价格的区分，呈现出相差迥异的质感。

16、17、18、19……姚若夏心里默数着编号，在柳园21号跟前停了下来。

陵墓看上去有些年头了，起码十年以上，墓碑已经失去了光泽，但很干净。这排墓碑跟前，还有另一户人家前来祭奠。

她在路边的椅子上坐下，墨镜没有脱，那户人家始终在她的视线之内，姚若夏耐心地等候着，她不想让人看见，哪怕只是陌生人。

过了一会儿，祭奠的人走了，姚若夏站起身来，冬日的阳光照在她的身上，像是一层光芒圈在她的身外，她走了进去。

墓碑上刻着一个叫邹国庆的名字，按照生卒年来算，死的时候他刚过三十，照片看上去却像苍老的老年人，即使是遗照，也形容枯槁，毫无生气。墓碑上没有家属的信息，他孤零零地住在这座坟里，也许除了姚若夏，再也不会有人来看他了。

姚若夏站了许久，像是一座镶在水泥地上的雕塑。

中午时分，李从安和一帮同事吃着火锅。桌上放着血红的牛羊肉片，桌边的菜架上还有贡丸、虾丸、绿色蔬菜、豆腐皮等。桌上没有放酒，因为还在班上，一行人喝着饮料或茶。

万吉朋见到了棺材仍然不落泪，在确凿的证据面前死活不招，还大声说自己是冤枉的。事后李从安特地去查了查他所说的那个电视剧，情节都对，也是首播，但李从安还是多了个心眼，上网一看，果然网上已经有了全集。

准备得还挺充裕，但一个货车司机会做得那么细致吗？电视剧的情节虽然说对了，依然无法撼动像铁一样的证据。比起这些小问题，李从安更多的是种深深的挫败感。他居然没有识出一个货车司机的谎言！先前的猜测已被证实是不可能的，案发时，白素梅母子确实是在学校。万吉朋做了这些，居然能够表现得像没事儿一样，骗过了自己的火眼金睛！

会不会是另有他人？陷害万吉朋的不是白素梅和邢越旻，而是另有其人？李从安仍然不死心。但很快这个念头又被动摇了，这次是经验，刘一邦只是一个无业游民，和万吉朋一样都是"底层"人士。这一阶层谋杀案的动机往往很直接，没必要绕那么多圈子，兴师动众。

可如果只是普通的货车司机，没有受过抗压训练，万吉朋的心态为什么能够做到那么好呢？还有邢越旻——他的儿子。他甚至更加技高一筹，居然懂得用技巧来掩饰自己的谎言！

这些个矛盾像春蚕一样，蚕食着李从安的好心情，疑问、沮丧外加一点点气愤，让他不是很心甘情愿地准备结案。

毕竟等着他们去办的事情还有很多，不能在一个证据充分的案子上钻牛角尖，究竟有罪没罪，等着法院判断吧。

出了火锅店的门，李从安刚想松一口气，就接到了电话，说一个居民小区的竹林里发现一具女尸。

李从安带着队伍，匆匆赶了过去。

杨静静已经到了，李从安再次不可避免地出了现场。这回别说是他，就算职业法医也皱起了眉头。

李从安看着杨静静的表情，就知道事情不妙，他耍了个小聪明，横在了她和现场的中间，背对着尸体。"杨大夫在，什么蛛丝马迹都逃不过去！"他给杨静静戴着高帽，言外之意，看看尸检报告就可以了，不用直面那具尸体了。

"凶器是把锄头，正中面门，不用我再多说了吧，通俗一点讲，死者被砸了个稀巴烂！"

对于一个专业的法医来说，能够触动到她，以至于置专业术语不顾，用老百姓的话来形容一具谋杀案的死尸，悲惨的程度可想而知。李从安庆幸父亲没有心血来潮，让他做一名法医官，那样的话，李从安非被逼疯不可。

"是第一现场，杀人的第一现场，那里有个废弃掉的简易灶台，以前附近造房子的建筑工留下的。"李从安顺着勘查人员的手指望过去。一个方形的由红色砖块搭成的灶台蹲在那儿。它的一边已经塌陷了，但仍然看得出来它原来的形状。正中间开了一个口子，应该是放柴火的入口，现场一片狼藉，砖头散落得满地都是，看砖头数量，原来灶台边应该还有别的什么小建筑。

"有人用砖头把灶台的几个口子都封上了！"

"哦。"李从安还没有听出什么来。

"是在死者被埋进灶台之后。"

"你的意思是说,她死了以后被埋起来了,不是说是第一现场吗?"李从安听出了问题。

"不是死了之后,是活着的时候,我们在灶台内部的砖块上看到了划痕,应该是死者被关在里面的时候自我救助造成的。"

"死者被活活地封在灶台里?"李从安有些头皮发麻。

"她的脑后有钝器伤,应该昏迷了之后,才被移到这儿来的。"

什么事情,会导致如此大的仇恨啊?活埋了不说,还要等她醒过来之后,再用锄头把她砸个稀巴烂?李从安心里不禁在想。

"死者身份有线索吗?"

"有的,"杨静静补充道,"在她的裤子口袋里发现了学生证,桐州大学计算机系二年级的学生,叫什么来着,等等,"杨静静翻到了报告的第一页,上面写着死者的名字,"哦,叫张慧佳。"

"谁?"李从安差点没跳起来。

"怎么了?"杨静静看着他,被他这个过度的反应吓了一跳,她确认了一下手上的记录,"张慧佳,弓长张,智慧的慧,佳人的佳,怎么了,你认识她?"

"你带我去看看尸体!"李从安冷静下来,但仍然一脸诧异。

尸体被装上了担架,上面有一块白布,法医助理掀开了它,露出了血肉模糊的脸。

李从安转过头来:"如果要确认她就是张慧佳需要多长时间?"尸体面目全非,看脸基本分辨不出什么。

"还不算彻底毁容,如果有死者照片的话,对比一下应该马上就能得出结论,再加上家属认尸,八九不离十!"杨静静凭着经验很有把握地回答道。

李从安安排着手下走访附近的群众,看看有没有目击者,自己则带着另一队人马,去往桐州大学。

他没有想到张慧佳居然死了！现在失踪案变成了命案，案子自然而然就从老刘那儿，转到了自己手上，李从安自然而然也就第一个想到了邢越旻。

　　他曾经在这个张慧佳有没有去找过他的问题上，撒过谎，现在李从安可以"光明正大"地把自己的判断作为第一侦查方向了。

第八章　杀手写"信"了

邢越旻失踪了，手机关机，不在学校，家也找不着人，白素梅说没有儿子的任何信息。他就在张慧佳尸体被发现之后，人间蒸发了。

除非是有电影编剧刻意让他们经历这样的剧情，否则再说是巧合，就过于牵强了。

邢越旻在张慧佳的问题上撒了谎，这让他怎么样都与张慧佳案逃不了干系的，他成了张慧佳案目前的最大嫌疑人。

难道是我们的问询触动了他什么，导致狗急跳墙？李从安心里想着，他有点内疚，如果邢越旻真的是张慧佳案的凶手，那真的就是在眼皮子底下让凶手溜了！

但刚刚去找过他了解张慧佳的事，然后张慧佳就死了，他就失踪了，不是明摆着告诉警察他就是凶手嘛。邢越旻不像是这么蠢的人！

但这一切该怎样解释？李从安感到茫无头绪。

走在桐州大学的校园里，李从安五味杂陈，短短几天，他就来到了这座校园两次，而且每次来都为了恶性谋杀案，这原本应该是莘莘学子书写青春的地方，怎么突然一下子就成了人间屠场呢？

因为已经有了和学生们打交道的经验，所以这次的切入比较顺利。

邢越旻是个书呆子，这是同学们的评价。

"据说前几天还被怀疑是一件杀狗事件的主角！"在女生宿舍，李从安的对面坐着一个脸上有雀斑的女孩，据说平时她和张慧佳走得最近。李从安静静地看过去，十八无丑女啊，这个女生绝对不能说好看，但年轻就是这个世界上最管用的化妆品，让女孩身上处处散发着活力。

"正准备去打羽毛球吗？"李从安看到她穿着运动衣、球鞋，身旁还放着羽毛球拍，他尽量不让女生因为警察的突然到访感到紧张。

"没事，有什么问题就问吧！"女孩显得很大方，倒是李从安自己想多了，现在的学生"资格"都老，不会怕生，他兀自笑着自己多此一举。

"邢越旻和张慧佳的失踪有关？"女生压低着嗓子问道。她问话的语气很天真，就像一个八卦妇女，张慧佳死亡的消息还没有传到学校来，要不然非把她们吓个半死不可。

"哦，未必，只是可能，有一点关系吧。"李从安不知道该如何回答这个问题。

"不过两个人一起失踪了，我一点不觉得稀奇。"

"哦，这话怎么说？"李从安警觉起来。

"其实张慧佳，怎么说，她有点喜欢邢越旻。"

"喜欢邢越旻？"李从安是第一次听到这样的信息，有点好奇。

"是啊，邢越旻不太说话，也不太合群，说实话我们都不喜欢他，只有张慧佳每次都在暗暗地帮他说话。"

"哦，是这样。那他们有交往吗？"

"交往？"女生看着李从安，笑了起来，"警官，你是不是韩剧看多了，你是说谈恋爱吧？他们没有！"

李从安脸红了，他原来以为现在的90后都喜欢用这样日韩电影里的台词。

"她有和你说过吗？说她喜欢邢越旻？"李从安设法把问题又拉了回来。

"那倒没有，她怎么会跟我说这个？"女生把脸转向了别处。

李从安原本想问"怎么会不跟你说呢？"想了一下还是没问出口，女生之间那点小九九，可不会随着时代的变化而变化。

"如果他们在谈恋爱，我是说如果，你觉得正常吗？"李从安想了一下，用这样的问题来了解双方的情况，才不会显得生硬。

"当然不正常！"

"为什么？"

"邢越旻怎么配得上张慧佳！"

李从安看着女生的表情，没有看出有讽刺的意思。

"怎么讲？"

"张慧佳那么活泼，邢越旻那么闷，他们根本就是两个世界的人！"

李从安也觉得不配，张慧佳和邢越旻的样子他都知道，有时候光凭外表，就能判断出是不是一对儿。

"那张慧佳为什么会喜欢邢越旻？"

"可能是因为他成绩好吧，邢越旻学习成绩不错，总是代表学校参加计算机竞赛，还屡屡获奖！——不过，我也不太了解他，他这个人很怪，根本没有人在乎他的存在。他根本不和人交流，怎么说呢，他就像个很陌生的名人。"

李从安觉得女生这句形容，几乎就已经囊括了邢越旻的一切。

可如果女生所说属实，邢越旻为什么要杀掉一个喜欢自己的女生呢？

男生寝室那边也是差不多的情况，虽说共处一室，可同学们对这个邢越旻还真是了解有限。"谁也不知道他在干什么，除了看书就是看书，这就是他的桌子。"

李从安看到一张堆满书的课桌，上面是厚厚的成摞的专业书籍，李从安随意打开了一本，密密麻麻的数字让他顿时犯了晕。书的扉页上写着数学研究生参考用。邢越旻才上大二，看来还真是个用功的孩子。

"最近他有什么奇怪的举动吗？"

"警官，你应该问他最近有什么不奇怪的举动，他就是个呆子，神神道道的，就算哪天说他杀了人我也信！"

李从安紧绷着脸，盯着那个学生，直到看出那个被盯到腿发软的学生只是开玩笑才作罢。

"我只是，只是举个例子！"突如其来的严肃，让学生变得结巴起来。

李从安露出了微笑，缓和了气氛，他不好说什么，不想现在就告诉学生张慧佳已经死了，但迟早这个信息会传过来的。

"这是他的电脑？我可以看看吗？"

"当然可以！"

李从安坐了下来，打开电脑，这是一台用了很久的旧台式机，可能是因为邢越旻本身就是计算机系学生，开机速度依然很快，Windows 的启动音很快就响了起来，呈现出一个黑色的页面。

桌面很干净，看得出来邢越旻是个很有条理的男孩，不同主题文档，被一级一级地安排在各个标题明确的文件夹中，有图像、数学资料、课程安排、音乐，等等。

电脑嘎吱嘎吱地响着，李从安低头看了看主机，光驱亮着绿灯。他伸手按了弹出键，里面有一张电影光碟。

"哦，"男生看到后突然想了起来，"如果说有什么奇怪的话，他这两天一直在看这部片子！"

李从安把碟片从光驱中取了出来，片名叫《天生杀人狂》。李从安看过这个片子，讲的是一对职业犯罪夫妻亡命天涯的故事，影片里充满了暴力，还有虚幻的非正常爱情。

又一次见到班主任的时候，班主任还是那样热情，他给李从安拉过一把椅子，问："李警官坐，张慧佳失踪的事调查得怎么样了？听说现在连邢越旻也找不着了？"班主任皱起眉头，但李从安看得出来，他还没到忧心焦虑的时刻。

对学生们不好开口说，但班主任这边就没必要隐瞒。"张慧佳死了。"

"什么？"班主任愣了。

"她的尸体刚刚被发现。"

"是邢越旻干的？"班主任压低着嗓音问道。

"还不好说，但邢越旻的失踪确实对他不是很有利。"

班主任一副不相信的样子。"怎么会这样？"

"所以说，我又来了。"

"怎么会这样？早知道我就不让张慧佳去找邢越旻了！"

"你也别太自责,现在还在侦查阶段,什么都不好说,这种可能,哦,我是说邢越旻是凶手的可能,别四处传去。"

"放心,我不会说的,这点基本的道理还是懂的,但怎么会这样?!"班主任还是无法从震惊中恢复过来。

"邢越旻这个孩子,本来就不爱跟别人交流,我总共让张慧佳找过邢越旻两次,没想到就把她推入了火坑!"

"你说什么?两次?"李从安被这个意外信息吸引住了,在此之前,他并没有得到过这样的信息。

"是的,"班主任说道,"四天前,就是他父亲被认为是杀人犯的那天,我也让张慧佳去找过他!"

现场走访没有获得有价值的线索,侦查员们做了细致详尽的调查,因为尸体发现的地方属于新建城区,很多监控设备还不完善。居民们也正在陆陆续续地往里迁,配套的设施,诸如医院、超市之类的二十四小时营业场所,几乎没有,到了晚上可以用人烟稀少来形容。

很明显,凶手对这一状况非常了解,所以才有了目击盲区,没有人发现什么时候、什么人把张慧佳弄到这儿来。

搬运一个大活人,怎么着也得有交通工具吧,这里离邢越旻的家不远,但多少都有些距离,总不可能邢越旻背着张慧佳就来到小竹林?所以李从安带着邢越旻的照片走访了本市的出租车公司,然而得到的回馈也令人沮丧。下发下去的调查,没有一个司机说当晚载过照片上的这个少年。

要不要发协查通告呢?回到局里,李从安琢磨着这个事儿。想想还是再等等,等有了确切的证据再说,毕竟现在所有的一切都是自己的主观推理,万一协查通告发下去,却发现凶手另有其人,媒体又要大做文章了。

李从安都想象得到,如果真是那样,媒体会如何把它渲染成警察办案不力导致的天大笑话。他让手下把邢越旻的照片复印了若干份,先下发到各派出所吧,看看他们在日常工作当中,会不会有意外的发现。

杨静静那边传来了消息,死者是张慧佳无误,连DNA都不需要做,按她的经验，确实八九不离十，张慧佳的母亲一见到尸体就认出了这是自己的女儿，然后哭得死去活来。还好自己不在，李从安想，他不太愿意看到死者家属，特别是谋杀案死者的家属，将心比心，都能够预料到现场悲戚的气氛。

坐回自己的位子，李从安拿起万吉朋案的卷宗，结案陈词写到一半，是接着写下去，还是先放放？李从安想了会儿，还是决定放一放。

他觉得这是负责的表现，虽说两件案子还没有什么关联，现在只知道张慧佳在刘一邦案发生那天，也去找过邢越旻，这也有可能只是巧合，也没什么说服力，但先放一放，总比草率了事要好。

做完手中的事情，李从安在想还有什么漏洞，在办公室留守的同事急忙忙地赶进来说："局长找你半天了！"

"怎么？"李从安莫名其妙，他看了看手机，屏幕黑着，他按着开机键，开不了，什么时候没电的？"发生什么事了？"李从安又问了一句。

"赶紧上网看看吧，这事现在闹大了，记者转眼就到，局长正在安排新闻发言人，找你又找不着！"

李从安打开电脑一看，着实吓了一跳。

网上传播着一个变态杀手的自白书，把张慧佳的身份、生前照片、学校名字还是藏尸地点全都传上了网，末了在最后还加了一句：张慧佳已死，我想见到你！

李从安一惊。而且因为先期去大学里调查过邢越旻，桐州大学论坛上一篇题为《桐州大学学生邢越旻杀害同班同学张慧佳》的帖子，点击率现在正呈几何级数疯狂增长着。

"你的意思是说，邢越旻是在给另一个人'写信'吗？"肖海清坐在椅子对面，有点局促，不知道是不是因为过去的阴影还没有散去。

李从安吃不准这个时候找到肖海清来帮忙，会不会不妥。她的前半辈子都在研究犯罪行为，不料自己的儿子却死在因之而起的犯罪中。然而话说回来，全省乃至全国，肖海清的专业都是数得上来的。她的《边缘系统行为研究》一度成为自己对人类行为了解的自学教材。

没有人比她更了解犯罪行为了。

"否则我想不出这样做的目的是什么,当然邢越旻只不过是假设的嫌疑人。"李从安回答得依然很严谨。

他把笔记本电脑转了过去,上面有一副骇人的现场死亡画面。死者被锄头击中面部,几乎面目全非,要不是死者裤子口袋里还装着桐州大学的学生证,估计确认死者身份,都得花上一段时间。

死者的后脑部还有一处伤,不是致命的,现场勘察回来的调查报告说,张慧佳死前曾被封闭在那个废弃的露天炉灶里。炉灶是以前附近民工施工时,在简易帐篷边用砖头垒砌的。张慧佳很有可能事先被敲晕,然后再搬过来的。

"为什么囚禁了一段时间,才把她杀了?"肖海清问了一个李从安也搞不清楚的问题。

"也许死者自我救助,被凶手发现了?勘查报告上还写着,这炉灶遭到了毁坏。"李从安说道。

"一般来说,谋杀者破坏死者的面部,就是为了让人认不出来,"肖海清看着照片,"可这个案子却轻而易举地就确认了死者的身份,而且除了学生证,其他钱包之类的东西,一概不见了,因此学生证被凶手因疏忽遗漏的可能性就比较小。凶手还是希望被人知道死者是谁的。既然是给人'写信',正如他信的内容所说,张慧佳的身份,就必定是信中的内容之一。"

"从作案手段的残忍度来看,凶手对死者有很大的怨气。"肖海清又补充了一句。

她分析完,立刻把电脑又转了过来。她两腮的肌肉微微颤抖了一下,这个微弱的表情被李从安捕捉到了,他能够明白这其中的含义。

"家里的事儿处理得怎么样了?"李从安用尽量平实的语气问着,这时候客观的陈述,反而比同情更有效。

肖海清抬起头,看着李从安,过了一会儿笑了,"别分析我!"她说。

李从安愣了一愣,也笑了,他忘记肖海清也是干这行的了。

"我比较纳闷的是,邢越旻是在给谁写信?为什么要通过网络的方式,通过杀掉一个人来传递想要传递的消息?"李从安问道,"如果说邢越旻是想和他见面,那么神秘人,哦,暂且让我把那个收信的称之为神秘人——和他又是什么关系呢?都是大学里的学生,有什么深仇大恨,要用这样恶劣的方式来解决?"

"会不会是情杀?"李从安又把走访学生的情况说了一下,"有同学说,张慧佳有点喜欢邢越旻。"

可李从安这个推理有点没有底气。难道张慧佳阻碍了邢越旻和另一个女人?可他们只是学生而已,转念一想,又觉得有些大惊小怪了。李从安从警多年,对罪犯已见怪不怪,知道为什么那些人会愤怒、吸毒、盗窃、恐惧甚至杀人,就算精神病人也有属于他们自己的一套扭曲的逻辑。更何况现在的大学生和自己那一代早就不可同日而语。就算再离奇的动机,他也见过,没准真是因爱杀人。

肖海清没有直接回答李从安的问题,而是考虑了一会儿,又开口说话了:"从现场的心理痕迹分析,可以得出以下几点结论:

第一,邢越旻与张慧佳有很大的怨恨,而且这种怨恨与神秘人有关,'张慧佳已死,我想见到你',从语法上来看,它的言外之意是张慧佳的死是前提,是神秘人愿不愿意见邢越旻的前提。

第二,邢越旻和神秘人之间的交叉点,从目前来看,是张慧佳,他们都认识,这三个人以什么样的结构,组成什么样的关系,现在还不知道。

第三,张慧佳明显阻碍了邢越旻和神秘人之间的什么事儿,而导致邢越旻把张慧佳看做是障碍,是必须清除的障碍。

第四,仅从邢越旻与神秘人两个来看,很明显神秘人是主导者,邢越旻处于下风。

第五,邢越旻要用网络的方式传信,是因为他现在也不知道神秘人在哪儿。

至于是不是因爱杀人,我的意见是有可能的。"肖海清算是回答了李从安前面的那个问题。

"你觉得应该照哪个方向查？"

"怎么来切入这个案子？"肖海清又想了一会儿，"我觉得最重要的是从排查邢越旻和张慧佳更广阔的社会关系开始，看看他俩之间有没有什么特殊的纽带！"

这点李从安也是这样想的。

"而且现在问题不是那么简单。"肖海清指了指电脑上有关邢越旻的传闻，"这是很危险的，邢越旻通过'张慧佳'写信，那么快就把自己真实的身份暴露在公众视野下，如果是事先未预料到，这会让他陷入极大的焦虑中；如果那个'收信人'并未作出反应，我想他会再次给他发送信息，以确保自己在被捕之前，和对方取得联系！"

"你的意思是说——"

"没错，他还会接着杀人！"

第九章　窃听器

　　这也许是李从安见过的最让人哭笑不得的案子，一对父子在三天内被同时认为是两宗看似毫无关系，却又互相牵扯的谋杀案的嫌疑人。父亲这边是证据确凿，却死活不认；儿子那边倒是没有什么实在的证据，可在有限的交流中，他涉及张慧佳的对话谎言频出，而且现在还失踪了。

　　说它们互相牵扯，是因为张慧佳在刘一邦案发生的那天也去找过邢越旻。

　　李从安首先还是按照情杀的路子调查了邢越旻的情况。邢越旻的手机通讯记录调查结果不佳，他手机通话的对象，别说是女人了，就算是男性也少得可怜。李从安甚至还想过他是不是同性恋，但很快就被他自己否认了，因为邢越旻电话对象只有两个来源，学校老师和家里的父母，倒是在刘一邦遇害的前一天，他接到过一个陌生电话，通话时间大概有五六分钟。这个陌生的手机号码，去查的时候，发现它只用过一次，就是打给了邢越旻，随后就再也没有用过。因为是流动小摊上买来的充值号码，所以也没办法确认用户。

　　怎么说呢，这是个疑点，而且还是个很大的疑点。有人特地买了个号码，就为了打给邢越旻。这就是个很奇怪的现象，普通人谁会特地去买张手机卡通话？如果是打错了，也不至于要通话那么长时间啊。

　　会不会就是那个神秘人呢？李从安想。这说明邢越旻确实有问题，但这条线索就此断了。

　　到了第二天，调查回来的专案组不仅没有传来更多的好消息，反而彻底陷入了困境。几路派出去的民警都没有什么收获。更大范围内的张慧佳和邢越旻的社会关系的排查,也没有什么值得深究的线索。他们各自活在自己的世界里,从他们学生信用卡入手,查了他们经常出没的场所,完全没有交集,张慧佳的父母也说,从来没有听女儿说起过这个叫邢越旻的人。

关于那个计算机竞赛,李从安也调动了人手,这点,他的灵感来自于日本校园推理小说,那些小说里的学生时常会因为一些鸡毛蒜皮的小事儿,设计一整套匪夷所思的方式来杀人。但结果也不尽如人意。竞赛的规则很严谨,很透明,按照主办方的说法,不可能出现不正当竞争,我们都鼓励学生友谊第一,比赛第二。

一切都在原地踏步。

李从安实在找不出邢越旻和张慧佳之间还有什么关联,就更别说那个神秘人了。难道这是三个不同的事件?刘一邦被害案,张慧佳被害案,邢越旻失踪案,它们是各自独立的。李从安的信心有了动摇。

临近中午的时候,局长找他谈了一次话,询问案子的进展。因为网络的影响,媒体闻风而动,新闻发言人昨天已经和他单独了解过案子的详情,做好应对措施了。原本李从安等着挨批,没想到局长倒没说什么,只是听着李从安讲完案情,然后说了些鼓励的话,诸如尽快破案之类,就让李从安回去了。

回到办公室,李从安走到窗口放烟,坚持在工作岗位上的侦查员们靠一根接着一根的吸烟来保持状态,桌上放满了方便面和空饭盒。

放了一会儿烟,李从安自己又抽上了,然后坐回了自己的位置上。现在只有一点联系着三个事件,张慧佳曾经在刘一邦遇害那天去找过邢越旻,他又想到了这点。

李从安从头把案子又顺了一下:先是有个神秘人打电话给邢越旻;第二天他家楼下的刘一邦被人杀死了,凶手是万吉朋;与此同时,张慧佳因为竞赛的事儿去找过邢越旻;刘一邦案发生之后,邢越旻提供了最重要的证据,那把匕首,将万吉朋彻底锁死在牢房里;他之所以这样做的理由,是因为他原本就很想杀掉继父,自己曾经怀疑过邢越旻母子合起伙来陷害万吉朋;但是经过走访发现他们没有作案时间;刘一邦事发第三天张慧佳又来到了邢越旻的家；邢越旻说谎否认见过张慧佳；第二天张慧佳的尸体被发现，网上出现了一封信给神秘人；现在邢越旻也失踪了。

李从安想着想着，身体不由自主地就从椅子上直坐起来。

他突然发现，这三个事件，虽说联系很少，但居然可以这样顺畅地被扭在一起，就像一部推理小说的提纲，剩余没有想透的，就是作者刻意用来设置悬念的隐藏的情节。

他拿出一张纸来，把脑海中的这段想法，经过加工之后写在纸上。他反复改了几次，最终呈现在他眼前的是这样的一个过程：

1. 先是神秘人打电话给邢越旻，计划杀害刘一邦陷害万吉朋。
2. 第二天他家楼下的刘一邦被人杀死了，凶手是神秘人而不是万吉朋。
3. 与此同时，白素梅和邢越旻来到学校，就有了不在场证明。
3. 张慧佳因为竞赛的事儿当天去找过邢越旻，可能发现了线索。
4. 刘一邦案发生之后，邢越旻提供了最重要的证据，那把匕首，将万吉朋彻底锁死在牢房里。
5. 他之所以这样做的理由，是因为他原本就很想杀掉继父，因为自己有不在场证明，所以可以光明正大地说出来。
6. 自己曾经怀疑过邢越旻母子合起伙来陷害万吉朋；但是经过走访发现他们没有作案时间，因为作案的是神秘人。
7. 刘一邦事发第三天张慧佳又来到了邢越旻的家，又碰巧发现了线索。
8. 邢越旻说谎否认见过张慧佳，因为这事触动了他。
9. 第二天张慧佳的尸体被发现，邢越旻要杀人灭口，后来还在网上发了一封信给神秘人。
10. 现在邢越旻也失踪了。

李从安看着纸上的文字，有些假设和推理好像可以说得通，如此看来，邢越旻杀死张慧佳并不是因为爱情，而是她无意中撞破了邢越旻的计划？

但还有一个很大的疑团。据这个推理，邢越旻杀掉张慧佳是因为她发现自己的阴谋，但为什么要通过写"信"的方式来见神秘人呢？神秘人又是什么样的身份？为什么要帮邢越旻完成计划？如果是拿钱消灾的杀手，那就没必要见面，再说杨静静也说过，这是个新手干的。

如果是熟悉的人，那一定是非常亲近的人，那为什么神秘人不肯见邢越旻呢？而对邢越旻的社会关系的排查发现，完全没有这个神秘人的踪影。

这个问题如果回答不了，那么纸上的这些推理也就不能成立了。李从安又想了一会儿，还是没有什么结果，他有些失望，在纸上画了一个大大的问号。

外卖的饺子送来了，是转角老王家的。老王是山东人，外出打工的时候认识了同去南方的本地妹子，两人在鞋厂做工，攒了一点钱，回到这儿来开了家饺子馆。因为是手工擀的皮子，颇有嚼劲，加之价格便宜得让人吃惊，所以刑警队一旦遇上通宵达旦的案子，为图方便也会时不时叫他家的外卖。

老王已经对公安局很熟了，他端着大锅，熟门熟路地走进刑警队大门，揭开锅子，热气腾腾散了一屋子的温暖，米汤的香味伴着陈醋的酸味，钻进大伙的鼻子里。

"今天怎么那么久，你想饿死我们啊！"年轻的民警走上前去，迫不及待地捞出一个，放进嘴里，然后被烫得歪着脖子吸着口水。

"呵呵，慢点，慢点，"老王是个老实人，话不兜圈子，"店里一直忙着，好不容易才抽空跑出来一趟！"

"所以说呀，还是做小买卖好啊，多少有个盼头，没准什么时候就混成你们山东人的骄傲了！"

"小本生意，小本生意。"老王笑得嘴都合不拢了，"你们忙着，我先走了，锅回头我来拿！"

"等等，又想不要钱了不是，每次都这样，害得我们还得给你送过去！"

"没几个钱的，"老王接着笑，"你们帮了我那么大忙！"他说的是去年有几个小流氓到饺子馆捣乱的事儿，被正在店里吃饭的几个警察逮个正着，老王总想感谢感谢大伙，所以饺子钱每次都是刑警队硬塞过去的。

"一码归一码，那是我们应该做的，再说我们也有纪律，不拿群众一针一线！"

"今天这顿还非得我请客不可!"老王站在那里执拗地说。

"此话怎讲?"

"呵呵,怎么说呢,不好意思,我媳妇怀上了!"

"又怀上了?"

"什么叫又怀上了?"另一个民警纠正道,"老王一直没孩子嘛。"

"对对对,瞧我这脑子,行啊老王,老当益壮,一不留神就要当爹了!"老王还是站在那里傻笑。

民警回过头来看李从安:"怎么样队长,这不算犯错误吧?"

李从安笑笑:"行,我们收了!"

老王走了之后,大伙争先恐后地涌到桌前。"队长,你赶紧来吧,再不来都快给这帮小子吃光了!"

"没事,你们先吃着。"李从安还是笑笑,他在桌上找着东西,从一沓文件中抽出一份牛皮信封包裹着的文档。

"找什么呢?赶紧来吃点儿!"

"你们先吃。"李从安摆摆手,他还在想前面的推理,虽说最后并没有得到结果,但如果真的是仅仅因为陷害万吉朋才导致刘一邦被害,那他也太冤了吧。

李从安打开信封,里面装着刘一邦的档案。李从安一目十行地看着,他的档案和白纸一样干净,三两句话就记载了一个人的一生。也许再也找不到比他更孤独的人了。

初中毕业,外乡人,约莫十五年前定居本市,父母已去世,没有结过婚,也没有兄弟姐妹。劳动保险上的记录,他只在两家工厂做过工,都是没有什么技术要求的搬运,一家是在国营面粉厂,另一家是在货运公司。分别干了一年和三年,其余时期几乎都是空白。

李从安突然想到杨静静说刘一邦还曾经从事过"试药"的工作。由于案发之后万吉朋就落网了,所以先期的侦查方向,都在寻找万吉朋杀害刘一邦的证据和动机上,对于被害人的研究工作,反而没有做透,他在想是不是要花点功夫来重新查一查。

他打了个电话给分管治安的老刘。"试药"这个行业埋在地下,虽说也是凭劳动吃饭,但毕竟不是很人道,供需双方谁也不会拿出来炫耀,比那些见不得人的行业也光明不了多少。就算干刑警有些年头的李从安,对此也陌生得很。

老刘说他也没接触过这样的案子,估计实质性的忙是帮不上了,但可以问问。李从安说那就先这样吧。

挂了电话,李从安站了起来,走到桌子前吃饺子,刚装上一碗,边上有个小子胳膊捅着李从安。

"干吗?"

"队长,你看谁来了!"

李从安看向门外,姚若夏端庄地站在那里。

"你怎么来了?"

姚若夏没有回答,而是露出了微笑,她的手里提着一个塑料袋,里面装着一个花盆,右手还有一个保暖瓶。

"队长,你这饺子是不是可以让给我了?"原来那小子又拱拱李从安,指了指姚若夏手上的保暖瓶,"你那儿都有温暖牌便当了!"

"找抽呢!"

那小子闪了过去,李从安脸带笑容地走向姚若夏。

在接待室里,李从安喝着姚若夏带过来的皮蛋瘦肉粥问道:"你怎么来了?"

"上午去了一趟客户那儿,路过这儿,就来了,这是带给你爸的。"姚若夏把塑料袋里的盆栽拿了出来。

"你不去?"

"去啊,我下午还要回店里,拿着不方便,你直接带过去好了。晚上怎么说,是你来接我,还是我们各自去?"

"各自去吧。"李从安看着盆栽,姚若夏心里有点紧张。

"我这说不准。你这个——"李从安指了指盆栽,皱了皱眉头,姚若夏心跳加快起来。

"我说，别惯着老爷子！"李从安把盆栽收起来放在脚下，继续喝着粥，"他都快成花迷了！"李从安开着玩笑说道。

姚若夏松下一口气来。

马路这边有家二十四小时的永和豆浆，斜对着公安局的大门。从这个靠窗的位子望过去，正好被一棵大树挡住了部分视线。出了公安局的大门，姚若夏走到马路对面，假装看橱窗里摆放的小木偶，她从镜子倒影中确认没有人注意到自己，才折进了豆浆店。她点了一杯果汁和两个蛋挞，坐到了那个位置上。

这个座位遮住了姚若夏大部分身体，使得从分局出来的警察，无法一眼辨认出她的身份，而自己一偏头又可以把大门尽收眼底，虽说预计"顺风耳1号"的有效距离可以远致一千五百米，但这个位置如果足够安全的话，就没必要去试验顺风耳的极限性能了。

她环顾了一下店面。和李从安谈恋爱之后，她一直就用着类似的方式在监视他，为今天所做的一切做着准备。

店里没有可疑的人，角落里一对穿着校服的中学生，正搂在一起说着悄悄话，时不时会爆发出银铃般的笑声，他们的桌上摊放着课本；往左是个戴着绒线帽子的老头，小心翼翼地嗒着碗里的小馄饨；还有一个穿着出租车公司制服的司机，在大口吃着菜饭，一边嚼一边往嘴里灌着冰凉的汽水；服务台那边有个中年妇女端着小锅，在耐心地等待下灶的面条。

一切正常。

姚若夏从包里取出了耳塞，就像一个无聊的少女听MP3一样，把耳塞自然地塞进耳朵里。耳塞里传来一阵杂音，姚若夏把手伸进包里，调试着口袋里的设备，杂音一点点弱下来，人声渐渐清晰，好像调试到了一个清晰的电台。

效果还不错，姚若夏心里想着，她听见李从安在说话，谢天谢地，他没有把盆栽留在接待室，而是带回了刑警队。

姚若夏断断续续地听着刑警队里的动静，没有她想要的信息，他们好像是在说一件校园里面的案子。"态度好点儿！"她听见李从安又说。

说了一半，李从安还接了另一个电话，"我回去的时候问问我妈，"李从安在电话里说着，"你知道的，她已经退休了，不过可以去问问他们的教务处，一有消息就通知你！"挂了电话，李从安苦笑，"都是人情，他儿子明年中考，想入重点中学，提前打个招呼！"他似乎在向另一个警察抱怨，李从安的母亲退休前在一所重点中学教语文。

仍然没有讲到刘一邦的案子，姚若夏有了些把握，估计已经结案了。

豆浆店里又进来几个人，姚若夏看了看，不认识，是路过的行人，她把注意力再次放回耳朵，耳塞中有李从安的声音传来："刘一邦的案子再等等吧！"

姚若夏觉得有些不妙。

"等张慧佳的案子有了些眉目再说！"

姚若夏觉得这个张慧佳的名字好熟，但一时半会儿又想不起来，她不知道这和刘一邦的案子有什么关系。

"这事弄得挺大，没想到网络一下子就传播开了，这让我们现在很被动，所以说科技也是有利有弊的，要放在过去，就不会发生今天的事儿。"

姚若夏更是听得一头雾水，貌似刘一邦的案子，因为一个叫张慧佳的学生被搁置了，她不知道原因何在。她没有带电脑，这时候上不了网，姚若夏心里没底，喝了一口杯子里的橙汁，起身站了起来，走出了门。

依然没有人发现。拐过两条街，姚若夏看到了一个网吧。她开了一台机器，在百度上打了张慧佳的名字。网上跳出了几百条有关张慧佳的讯息，说她死在一个变态的杀手手里，杀手说自己杀了一个人，把抛尸地点传上了网，已被确认属实。凶手在论坛上说完这些，临了还加了一句：张慧佳已死，我想见到你！

张慧佳？姚若夏觉得这个名字很熟，她继续翻看着网页，报道上说她是桐州大学的学生，《桐大学生邢越旻疑似张慧佳案真凶》的标题赫然在目。

她突然想起这个张慧佳是谁了，姚若夏面无表情地看着电脑，心情却难以平静，她想，她知道发生什么事了！

第十章 试药人

姚若夏刚走，学校那边传来了消息。张慧佳的家长终于到学校里去闹了，情绪激动。这是意料中的事儿，谁女儿发生这种事儿都受不了。网络清理工作还要进行一段时间。网警那边传来消息，信息发布者的 IP 地址还是没法锁定。李从安对这个不太懂，但他想，隐藏 IP 地址，对于能够参加计算机竞赛的邢越旻来说，应该不会是什么难事吧。

电话里说，张慧佳父母与学校主要就赔偿责任方认定的问题有争执，现在还出动了保卫科进行干预。

"咱们尽量别参与这事，"李从安吩咐着学校那边的民警，"如果实在避免不了，态度也要好点！"

现在到处都在讲警风警纪，稍微有点过激行为，闹不好就会出事，况且这案子已经在媒体的眼皮子底下了，没必要为了这点小麻烦，扰乱了查案的进度。

到了下午的时候，李从安还是不踏实，又打电话问了一次。

"放心吧，已经基本平息了，这事没有闹大！"那边的民警说。

据说校长出面了，态度还算诚恳，加之连蒙带骗，连恐吓带劝慰，总算制止了家长把灵堂设到学校来，李从安舒了一口气。

到了傍晚，又是一天过去了，仍然没什么好消息，李从安伸了个懒腰，老刘的电话倒是来了，说是可以介绍个人给他认识。

搞治安的实际上比刑警涉及的面更广。扫黄打非、无证摊贩、寻衅滋事、斗殴打架,甚至连经济案件,只要不是金额巨大,他们都可以插一脚。当然工作量也大,有时候就需要安排一些眼线。

这些眼线有些是捏了把柄在警察手里的,另一些则会收到适当的报酬,但羊毛出在羊身上,费用不可能由公安局自己来掏,罚点款,抄几个违章也就解决了。其中就有一个"倒钩"者,干的是试药的营生。据他说,穷得发疯的时候也去吃过几次,按照他自己的话讲:"但凡过得下去,谁他妈没事去吃药?这不是拿自己命开玩笑嘛!"

老刘非常热情,直接把那个人带到了刑警队。李从安见到那个人的时候,并没有吃惊。下午的时候,李从安还特地咨询过杨静静,一般来说,敢拿出来"试"的药基本都是有安全保障的,只要用量适当,符合基本的医学规律,问题不大。

"放屁!"等李从安和老刘带来的人聊的时候,他又反驳着,"我去的两次,和我一起的人中,就有两个头晕呕吐的,在家调养了一个多月才恢复过来。他们给的报酬,一次才千儿八百,要遇上点问题,这钱不仅全都给医院再挣回去,还得自己倒贴!"

李从安有些吃惊:"难道你们就没什么保障?"他这话脱口而出,听上去不像是个警察,反而有点像记者。

那人说:"开什么玩笑?还保障呢,群众演员有穴头,卖血的有血头,这行也有药头,就是吃人肉喝人血的主儿,你见过农民工跟工头签合同有保障的吗?"

李从安突然觉得自己问的话有点幼稚,像个愤怒的大学生,这几年警察算是白干了。他看看那人暗笑。吃人肉喝人血,他的措辞倒还很有文采!

"你能不能把你的那个什么'药头'介绍给我?"李从安问道。

那人狐疑地看着李从安,老刘在一旁咳嗽了一声,那人看看老刘的脸色,说:"我想想,但可不能说是我说的!"

李从安看看表,正事肯定干不了,如果明天特地再为这事跑一趟也不值得,这是今天唯一的新线索,不如一并去拜访下这个所谓的"药头"吧。

"药头"是个麻子。李从安看到他的时候,才知道为什么会有"吃肉"

这一说了。麻子黝黑的皮肤，一看就是劳动人民，还带着一身匪气。李从安一米七八，站在他的身边，还矮半个头。他把粗壮的手臂搭在李从安的肩膀上，李从安肩头一沉。

"怎么，小兄弟，缺钱花了？"

李从安架开了他的手，亮出了自己的身份。那麻子触电似的往后退了两步，看了看门，那边还有个年轻的民警守着。他说："警察同志好！"

年轻的民警忍着没笑，调侃了一句："怎么，想跑？"

"不是不是，我只是看看！"

"别慌，偷鸡摸狗的事儿我们不管，今天来主要向你打听个事儿！"李从安上下打量着麻子，看目前表现也就是个怂蛋，白长了那么大个头，就算有事，估计也是些鸡毛蒜皮的小勾当。

"听说你组织人给药厂试药？"

"没有没有，我怎么会干那缺德事儿！"

李从安盯着麻子，看得他浑身不自在。"谈不上组织，只不过偶尔也会介绍两个有困难的兄弟给药厂的朋友——我可半毛钱都没拿过！"

"只要拿你该拿的钱，我们管不着，你别太放不开。你干的这事，没法律说不能干，从另一个角度来说，也算是为了医药事业作贡献。"

麻子没想到李从安会说这样的话，他脑子不好使，有点分不清东南西北。

"你认不认识一个叫刘一邦的人？"

麻子仰着脑袋想了半天，说："没印象！"

"真没印象？"

"真的不记得有这号人了，"麻子又想了一会儿，真诚地说，"就算有我也不认识，来这儿的，没几个人会讲自己姓甚名谁。药厂有记录，不过是真是假，就搞不清楚了。他们也就留个档，抽血验尿，观察几天，然后就两不相欠了！"

李从安没觉得麻子是在撒谎，况且也犯不着撒谎。他有点失望。

话一说开，麻子也放松了许多，说了些有关试药的内幕。信息不少，

97

可有用的没有，李从安就当是在听故事。按麻子的说法，全市的药厂、医院有不少，每年又出来那么多新药，还不算外省外市的，加之刘一邦也未必会留下真名，警察同志你们的工作量肯定不会小。

李从安笑笑没说话，这不是侦查的重点。告别了麻子，正要各自散去，偏偏这时候杨静静的电话来了。

事情就有那么巧，杨静静说的就是试药的事儿。她说她以为试药是条重要的线索，刚好刘一邦的尸体组织培养有了新发现，所以就赶紧打电话过来了，刘一邦尸体体内苯三氨明显超标，这是一种医用化合物，用来治疗心肌梗塞的。原泰民制药厂，现在的北华医药集团，专业生产治疗心肌梗塞的药。

天暗了下来，华灯初上，李从安开着车，身边坐着一个民警。民警说着中午的饺子，他妈也是山东人，好的就是这一口。

"没想到那么大年纪了还能生孩子！"他说的是老王的老婆，在印象中，她好像已经四十挂零了。

"这就叫福气！"李从安说道，"人生最大的快乐事儿是什么，就是老来得子。"

"就是就是，不过现在养个孩子也贵，什么都在涨，我表姐的孩子四岁，去念什么双语幼儿园，一年的学费就是八千多，跟明抢一样。我们忙死忙活，到头来，自己的孩子也送不进这样的学校！"民警气愤地抱怨着，"老王又要苦了！"

"那也是幸福的苦。"李从安似乎很羡慕人家。民警听出了其中的意思，调侃道："队长，你什么时候办事啊？"

"我呀，呵呵，还早！"他脑子里想着姚若夏，时间差不多了，她那边应该下班了吧。

"趁早把事儿办了呗，看得出来，嫂子对你不错，我那位饭都不肯给我做，更别说送汤来了！"

李从安心里有点小得意，嘴上却在说："她也是正好空着，今天顺道过来的。"

"那起码知道心疼人啊，你说咱们整天风里来雨里去的，图个啥，不就图了家庭美满嘛！"

李从安笑笑不作答，婚姻的事儿，不是说办就能办的，顺其自然吧。他按照记忆中的路线抄着近路，但到药厂的时候，工人们还是差不多都走光了。

李从安最终还是决定辛苦点，跑一次这个泰民制药厂。门卫得知两人的来意之后，很热情地打着内线电话，转了一圈之后，总算碰上了一个负责生产的科长。按照门卫的说法，这是还在厂里最大的干部。

等了一会儿，那个科长来到了门口，一聊才知道，这事要靠他来了解，还真有点困难。

"我一个负责生产的，一般不参与前期的研发和效果评估，我只管按照程序下单。"

"知不知道'试药'这个事情？"

"应该有吧，"生产科长没有回避，"我们一般会做些样品出来，交给实验室，观察药的稳定性和副作用，有时候也会在配方方面做些调整，这不是一天两天可以弄完的，临床上一种药付诸市场，一般都要用上一到三年，有的时间甚至更长，都是人命关天的事儿。"

李从安没想到这个科长一点也不避讳，看来自己倒是孤陋寡闻了。

"那这事谁比较清楚？"

"我得问问，问问我们厂长吧，他正在出差，我打他手机。"

手机响了十几下没人接。过了几分钟，还是没人接，生产科长有些不好意思。"真不巧，可能手机不在身边。"

李从安不好说什么。他转过头去，年轻的民警打了个哈欠。

"那算了，明天我再来吧！"李从安没有提更多的要求，警察也是需要休息的，"到时候你带我们去找找知道这事的人。"

告别了同事，李从安开着车，往回家的路上赶。还好让姚若夏自己过去，刑警这个工作还真是没准。

"话没说出来之前,你是它的主人,话说出来之后,你就成了它的奴隶!"

李从安忘记这句话是谁说的了,做刑警最好不要轻易答应别人什么,没准就成了奴隶,而且还有可能成为骗子。"出尔反尔"经常发生在他跟姚若夏之间。

差点过了时间。到了父亲家的小区之后,看见姚若夏已经在小区门口等着。他按了喇叭,在路边踩了离合器,姚若夏上了没有熄火的车。

李从安问你怎么不上去?

"我估计你也快到了,所以干脆就等等吧。"

"那你也应该打个电话啊,这天怪冷的。"

"我不是怕你正在执行任务嘛。"

"一般不会。"李从安笑笑,"真遇到了不能接电话的那种任务,你想找我也找不着了。"

李从安把车停在了一个单元门口。

"别忘了盆栽。"

"哦,你不说我还真差点忘了!"李从安从后座提起了那个塑料袋,领着姚若夏上了楼。

李从安的母亲开的门,一开门就抱怨怎么那么晚才到,菜都快凉了。

她把两人让进了屋。李从安的父亲正戴着眼镜在看报纸,看到他们来了,折起报纸,站了起来。

"爸,这是姚若夏给你的!"他把盆栽递了过去。

"呦,这个品种好啊,小姚花了不少钱吧?"

"没多少钱,"姚若夏笑笑,"叔叔好!"

"来,坐,坐!"

"我都说了吧,他都快成花痴了。"李从安笑着说道。

李从安的父亲这两年一直在培养兴趣爱好,这个干了半辈子刑警,又干了三分之一辈子公安大学领导的老头,再过一年就要退休了。现在老干部容易患上"退休综合症",防患未然,别到时一下空落下来,没了主张。

"还是老百姓好,当了一辈子干部,到最后退休了还那么多名堂,这也算是职业病吧。"李母从厨房把菜端了出来,她的腰上还系着围裙。李母这辈子当的最大的官是中学年级组组长,还是个副的,所以经常拿这事揶揄自己的丈夫。

"小姚喜欢吃清蒸虾丸吧,这是我特地为你做的。"她把菜端上了桌。

"谢谢阿姨。"姚若夏礼貌地说着。

"坐呀,别傻站了!"李母又招呼起来。

四个人坐在一块儿吃饭。

"最近在忙什么?"李父拿出了一瓶酒,五粮液,李从安拿过来,帮父亲倒上。

"两起谋杀案!"

"哦,最近事儿怎么那么多?"

"也不能算是两起,哎,这么说也不对,反正就是一对父子都惹上了杀人的官司。"李从安给姚若夏倒上了果汁。

"吃啊。"李母在一旁给姚若夏夹着菜。

"什么意思?"

"有个叫刘一邦的给人杀了,怀疑是他楼上的邻居干的,凶手的儿子在三天之后又成了一个女学生被害的嫌疑人。"

"谁?刘一邦?"李父问道,他举到一半的酒杯停在了半空。

姚若夏不动声色地听着。

"怎么,你认识?"

李父没说话,像是在思考。

"吃饭的时候聊啥工作啊!"李母不高兴了,"成天杀来杀去的,这事别在饭桌上说。"她下了最后通牒。

"嗯嗯。"李父点着头,可思路还在回忆中。

倒是李从安抽身出来说着别的话题:"你们东西都准备得怎么样了?"

他说的是明早去度假村的事儿。"你们也该享享福了,我钱都交了,明个一早就有车来接!"

"有什么好准备的，"李母呵呵笑着，"我们学校也常组织旅游。"

"这不是旅游，是养生，对身体好！"

"只要吃得下，睡得着，就是对身体最好的保养。以后少花这冤枉钱。"李母嘴上虽是这样说，但心里一定像吃了蜜。

"你还在想什么呢?"李母拍拍她的丈夫，"别想了，吃饭！"

"你懂什么！"李父被李母打断思路，吓了一跳，抱怨地说。

"咱们别理他，吃咱们的！"李母翻着白眼。

李从安了解父亲的心思，自从去了公安大学，等于从一线上退了下来，这可算是把老头闲坏了。李从安把下午去找试药人和泰民制药厂新得来的"见识"像说故事一样大致说了一遍。这个话题既和案子没多大关系，又不算太"家长里短"。

姚若夏在旁边微微一颤，李从安注意到了，问："怎么了?"

"胃有些不舒服。"

"都说了，别在饭桌上谈工作了，你看小姚都不舒服了！"李母彻底不开心了。

"好，算了算了，不聊了！"李从安拿起筷子夹菜。

李父又想了一会儿，最终还是没有想起来。"也许是记错了。"他摸了摸自己的鼻子。

吃完了饭，聊了一会儿，李从安送姚若夏回家。

路上李从安问她胃怎么样了，还有没有不舒服。

"没事了。"

"怎么好端端的胃又疼了，以前没听你说过啊?"李从安心疼地问道。

"没事，可能是天气凉吧，以前没疼过，估计是今年特别冷，一下子不适应。"

"这病得了特别麻烦，不治好，得养着。"

"我以后注意就是了。"

到了目的地，李从安和姚若夏一起下了车。恋爱以后，她一直还坚持住在租来的房子里，没有搬到李从安家。两人其实已经有了男女之欢，但一般情况下，李从安不会强求姚若夏留在自己家过夜，也不会轻易提出去姚若夏家里的请求。

"早点回去吧，别送了，怪冷的。"姚若夏开了楼下的铁门，倚在门框上不让门合上，说着。

李从安知道她今天没那意思。"嗯，你上去吧，我在底下看着。"

姚若夏转身进了门，楼梯间的声控路灯亮了起来。一层一层，姚若夏家住四楼，在四楼的走廊里，她探头望了出来，李从安正看着她。"走吧！"姚若夏挥了挥手。

李从安做了一个再见的手势，打开车门钻进去。

姚若夏进到屋里，已经听到他发动车子的声音了。她开了客厅的灯，然后停顿了一会儿，又开了卫生间的灯，自己转身出来进了卧房，那里正对着小区出去的那条路。姚若夏拉开窗帘的一角，看着李从安的车悄无声息地行驶在黑暗中。

姚若夏不放心，看着那辆车驶出小区的大门，刚准备拐出视野，又停了下来。姚若夏吃不准他要干什么。她看见李从安下了车，来到路旁的一家便利店，过了一会儿，从店里搬出一箱东西来，车又驶了回来。

姚若夏赶紧来到卫生间，换上睡衣，洗了把脸，把头发弄得稍微凌乱一些，看上去像正准备洗澡，然后等着李从安。

门铃响了起来，李从安上了楼，开门，他把那箱子东西递了进来。"热一热再喝。"原来是牛奶，突如其来的关怀，让姚若夏心里有一丝温暖掠过。

姚若夏一愣，迅速冷静下来，把这丝温暖赶出了心房。

"我走了。"李从安笑笑，"洗完澡喝杯牛奶，早点上床！"

这次是真的走了。姚若夏看着李从安的车消失在视线之内，坐在沙发上想了一会儿，然后站了起来，换上衣服，戴上帽子，围上围巾，重又出了门。

出了小区的门，拦到了一辆车，她说了目的地，然后靠在出租车的车窗上想着，必须要加快速度了。

差一点被看出破绽，她继续琢磨着，未料到邢越旻会做出如此出格的事来。这是她事先没有预料到的。

与其这样的话，当初不如自己干得了。原本以为他可以暂时转移警察的视线，结果现在弄巧成拙，反而吸引警察更多的注意。而应该被送到检察院起诉的万吉朋，也被滞留在拘留所里，充满了变数。

网上闹得沸沸扬扬，媒体也接连报道，就像油锅里滴下了凉水，炸了锅。更要命的是，就在刚刚的饭桌上，姚若夏发现李从安竟然误打误撞，那么快就知道了泰民制药厂！

必须得加快速度了，她在心里强调着这一点，在李从安发现一切之前。

她相信以李从安的能力，怀疑会迟早落到自己头上来。漏洞其实留了很多，之所以到现在为止依然安全，是因为李从安再厉害，也不可能把工作上的案子和自己的女朋友联系在一起，更不会想到，她接近李从安的目的，不仅是为了知己知彼地逃脱警察追捕，更是为了接近他的父亲。

出租车直接开到了楼下，刚刚她就是从这个小区回家的，她一边付着钱，一边四处望着，确定没有人发现，下了车。

姚若夏上了楼，来到另一间出租屋里。窃听器已被成功地输送，姚若夏躲在对面的房间里。一切都和对付刘一邦的手段没有两样。唯一不同的是，这次没有邢越旻这样的计划外事件横插出来。就算有，估计她也不会再掺和进去了。

她调了调接收器，老夫妇两人正在商讨明早郊游的事。

这其实是姚若夏提出的，然后唆使李从安以孝敬的名义促进这事，果然成了。姚若夏对明天的行动成竹在胸，但她不放心，必须斟酌一切细节，以确保万无一失。

他们在谈着明天要带的一些物件。老年人总是对出游过分热衷，就像幼儿园期待春游的小朋友。李父坐在那儿看报纸，李母忙进忙出，姚若夏在望远镜里看到她在往便携袋里装着茶叶蛋和水果，过了一会儿又从卧室拿出一盒东西放在桌子上。

姚若夏看不清那是什么。

李母对李父说:"别忘提醒我,下次小姚来了,把这个给她,刚刚晚饭的时候,忙,忘记了。"

李父转过头来,问:"什么?"

"胃药。晚饭的时候你没听见她说胃疼嘛!"老伴走近两步,声音稍微低了一点,"难道你看不出来?这事都是小姚安排的,咱们的儿子哪会那么细心,想到安排我们去度假村?小姚还真是不错!"

姚若夏听在耳里,嘴角微微颤了颤。

"咱们还有点积蓄,让儿子早点把她娶进门,她是个苦孩子,早娶进门咱们也好光明正大地照顾!"

姚若夏突然鼻子又毫无来由地酸了一下,类似的话,十五年来她再也没有听到过。她关上了接收器,在黑暗中坐了一会儿,调整好了情绪,才重新站了起来。

对面的窗帘已经拉上了。接收器没有声音再传递过来,又过了一会儿,灯灭了。

姚若夏走下楼,出了小区,来到了大街上,她没有打车,想独自走一会儿。她不停地强迫自己回想起邹国庆那张可怜的脸来,这可以让自己充满愤怒和仇恨,她走在冰冷的街上,像一只没有归宿的孤鸟。

前方惨白的路灯底下,还摆着一个小摊,摊位的前面摆着一张写有"热茶"的纸板。居然还有人在做这个生意?

姚若夏走了过去,突然觉得这个老太太很面熟。

往前五十米,姚若夏站定,想起来那个卖热茶的老太太就是来店里配助听器的那个老婆婆。老人在寒风中缩成一团,或许她的口袋里还躺着一把毛票,在深夜十点的晚上,等着几乎没有可能再来的生意。

姚若夏远远地看了一会儿,然后悄无声息地又走了。

第十一章　水鬼

"为什么要摸自己的鼻子呢？"一清早，李从安就开车去泰民制药厂。他今天起了个大早，准备在到局里之前去一趟，这条线索就像鸡肋，犯不着兴师动众，但既然已经查了，就不要半途而废。

一路上他一直在想这个奇怪的问题。昨晚吃饭的时候，谈起这个案子，父亲有点奇怪，虽然很细微，但李从安还是有点发现。这念头一闪而过，也许是自己想多了，就像对待派出所的老张一样，他不喜欢主动去分析身边的人，更何况那个人是自己的父亲。

半路，他在街角停了下来。那边有一排早饭摊，李从安找了一家干净一点儿的坐了下来，要了两根油条和一碗豆浆喝了一口。滚烫的豆浆让李从安精神抖擞起来，这才算彻底"醒"了过来。

他看看表，又看看小摊前的马路，然后一边吃着油条一边等人。李从安在这儿停留，是为了接另一个专案组的民警，顺道一起去制药厂，昨天也是他跟自己来的，查完之后，正好再一起回局里。

比起对父亲的好奇，李从安现在更担心的是姚若夏的身体，昨天她说胃疼，李从安觉得不仅仅如此。姚若夏气色有时候会显得很不好，像是在经常熬夜。等空下来的时候，要带她去中医那儿调理调理，李从安一边啃着油条，一边想着，有一个同事的父亲就是专门给人开药方子的大夫，带她去把把脉。

"队长，那么早！"民警远远地就看到了李从安，一路小跑过来，李从安已经吃完了，在抽着烟。

"等多久了？"

"也没多久，吃了吗？"

"我吃过了，你到了也给我来个电话呀！"

"没事，是我来早了。"

到了泰民制药厂，门卫已经认识了他们，工厂门口陆陆续续进着来上班的职工。

"302，你们直接上去吧。"门卫大度地说着，"警察进去，放心！"

"还是让他们下来吧，回头再迷路了。"李从安不想爬楼梯，在这儿等着挺好。

"那行，我让他下来！"

这次没用多久，昨天的那个科长就下楼来了，身边还跟着一个中年妇女。

"你们好啊！"中年妇女不卑不亢地打着招呼。"冀科长对我们一些流程不太熟悉，我们通常用小白鼠做实验，所谓的拿真人来做试药，在我们厂从来没有发生过！"她开门见山地说道。

李从安微微吃了一惊。

这和昨天的说法有天壤之别。他看了一眼那个科长，科长眼睛正看往别处，是一个视觉阻隔的行为。李从安继续打量着这位中年妇女，她自我介绍姓闫，是这家厂的副厂长。他能够捕捉到女厂长语气中的言外之意，她才是权威，才能保证发言的权威性。

怎么一夜之间，所有的陈述都截然相反了呢？

"昨天还说这事在你们厂是司空见惯的！"年轻的民警沉不住气了，有点威胁的口吻警告闫厂长不要说谎。

她很冷静，依旧不卑不亢。"我前面说了，他对我们的流程并不熟悉。"

像她这种权谋和社会熟练度得分很高的人，识别她的谎言比一般人要困难得多。这种人在说谎的时候，往往很少有不安的感觉。李从安看着她，分析着，企业高层的经历，让她拥有一副练达的外表。

"那昨天怎么不说?"年轻的民警继续质问着。

"昨天我不在,如果我在的话,昨天就可以解释清楚了,也就不会麻烦你们今天再跑一趟,很抱歉。"

即使是道歉,她也依然保持着出人意料的冷静,就像讲述一个客观事实,不带任何感情色彩。

李从安见过很多类似等级的人,他们的表现也迥然不同,卑躬屈膝者有,顺手太极者有,以气势逼人、牢牢把控主导权的也有,李从安把他们一律称之为"操控者",他们习惯,也有这种能力,将形势引向有利于自己的一方,不管用什么方式。这使得他们在面临说真话的挑战时,会毫不犹豫地选择坚持说谎,并且少有破绽。而这些人中最难对付的,就是眼前闫厂长这一类型的。

李从安知道今天很难再从这儿获得什么有用的线索了。

"如果是这样的话,那我们打扰了,你知不知道有哪些你们同类的药厂,或者医院,有试药的情况?"

"这个,不知道。"闫厂长也没打算用转移话题来缓和与警察之间的尴尬。

"是这样吗?"李从安突然一下把视线射向了闫厂长身后的那位科长。

冀科长明显措手不及,身子甚至微微仰了一仰。

这个动作夸张了!李从安笑笑,他没有追问下去,也没打算在这个问题上过分地纠缠,

"难道就这么算了。"出了泰民制药厂的大门,年轻民警抱怨地说道。他们浪费了宝贵时间,却就这样轻而易举地被打发了。"这明显是串通好的,昨天还信誓旦旦的,今天一下就变卦,耍猴呢玩!"

就连普通干警,凭感觉也看出了其中的猫腻。

"万事要凭证据!"李从安还算冷静,"否则怎么办?难道还收审了他们不成?我想他们终归有他们的原因,这条线带着查吧。"他走了两步,又想了想,"这样吧——"他盼咐着,"你别回局里了,再去找找那个'药头',看看他那边有没有在泰民制药厂试过药的。"

姚若夏起了个大早，事实上她根本没怎么睡。坐在驾驶位上，她尽量伸直腰腿，让血回流过来。昨天晚上，她开着租来的小车，一路盘旋上了山路，来到这个温泉度假村。

没走正门，姚若夏趁着天黑翻进了山庄。这是一座四面环水的孤岛，岛中央有几汪温泉，来的游客需要坐船摆渡抵达小岛。船也有分类，人多的时候，是那种百余人的机动船，如果人少就可以坐上船夫摇的小船。

姚若夏给李从安的父母定的是 VIP 尊贵旅程。说是 VIP，也就是错开了人流高峰，换个清静；出发的时辰比别人都早；五人座的别克商务车直接将游客接到景区，泡澡、吃住、山水游全包。姚若夏观察了一段时间，每天清晨的第一批游客，都是由一个三十多岁精壮汉子划着小舟送客人进岛。

这小舟就拴在岸边。小岛上留宿的游客，都已经睡了，那边还有点点灯火，这边值班室里空亮着灯，没有看到人影。工作人员都不知道躲在哪个旮旯里找周公去了。

姚若夏背着自己的山地包。准备好的东西不沉，但很精致。她来到湖边，脱下背包，从里面取出了防水服，还有一个梯形的小盒子。这是个体力活儿，也是个技术活儿。她将手电筒拿在手里，穿上防水服，悄无声息地钻进了水里。

一片漆黑，只有手电筒的光照着前方一小块黑暗。水分子像灰尘一样在面前扑腾。这水不深，防水服主要用来抵抗寒冷，她几乎是踩着水底来到了小舟的边上，蹲下，摸索着触到了船底。

木制的，这和预料中的是一样的。姚若夏从皮带上解下刚刚扣在上面的梯形盒子，上面有防水的百粘胶。一切干脆利落，她撕下塑料膜，把这个梯形的盒子按在了船底。一切大功告成，正要钻出水面，突然不远处传来了脚步声。

姚若夏想起来，自己的背包还在岸边摆着。她在水里头不敢探出来，听不清对方在说些什么，好像是两个人。但问题是，憋气憋不了多久的。她均匀地吐着自己的气，像一个精打细算的居家妇女，算计着自己胸腔里的空气。但岸上的人似乎并没有离开的意思。她不得不小心翼翼地迈动自己在水里的步伐，她要走到船的另一边去，偷偷探头呼吸。

这个过程很难熬，岸上的人似乎还点起了香烟，姚若夏蹑手蹑脚地在水底走着，就这么几步，可水下的阻力就像是一道无形的大墙，堵在她的面前，她又不敢用力，差点就窒息在水里了。小舟并不是很宽，摸到船沿，姚若夏仰着脑袋，露出鼻子和嘴，像河马一样在水面呼吸。

黑暗中，岸上的人一边拿着手电筒在黑魆魆的湖面上扫着，一边说："我明明看到那人跑这儿来了，怎么一转眼就不见了。"

镇定了一会儿，姚若夏缓过神来，她又慢慢踱到了船尾，从船尾翘出水面的那点小缝隙间往岸上望去。是两个男人，穿着保安的制服，手里拿着应急灯。

"不是你看花眼了吧？"一个对另一个说。被指责的那个摸摸自己的后脑勺，一脸茫然，他们往后退着，往更深处去了。

姚若夏确定四周没人了，才慢慢地朝岸边走去。上了岸，她粗喘了一口气，在黑暗中摸索着地上的背包，刚刚那两个保安并没有发现她的包。姚若夏摸了半天，这时候，她不敢开手电筒，在她记忆中的区域甚至更广的地方，姚若夏都找不到自己的包！

奇了怪了！她想。

姚若夏又仔细回忆了一下，没错，两个保安确实是两手空空走的。再说如果发现岸边有个不知名的背包，怎么可能就这样轻易离开了？

难道这包在他们来之前就被人拿走了？

姚若夏不禁打了个冷战，她看看周围，漆黑一片。

姚若夏想了一夜也没想明白是怎么回事。她脱下防水服，翻墙回到了自己的车里，坐了一宿，到太阳微升的时候也琢磨不出来究竟发生了什么。也许被保安拿走了，自己没看见？她在车内不大的空间里眉头紧蹙，看了看表，时间马上就要到了。

现在，车停在半山坡的树林里，山里的雪还没有化，姚若夏租的是辆白车，为了防止挡风玻璃反光，她还特地备了一块白色的遮阳屏盖在车前，不细看，很难发现这边的情况。李从安的父母会从不远处的环山路坐车上来。从车的左方，姚若夏透过望远镜，可以将温泉山庄里的情况，尽收眼底。

还是那辆黑色的别克商务车，和以往没有不同，这种一对一式的服务从内容而言和普通的项目并没有太多的区别，无非吃、住、行，变着花样让客人感觉到自己受到了重视。李从安的父母就在车里，他们成了这个山庄的第一批客人。

早浴是这个山庄的特色，山庄的老板不惜重金在媒体上做广告，聘请中医专家来证明这种做法的科学性。

车绕着山路，像一个小小的甲壳虫，盘旋上来，停在了山庄的停车场，姚若夏看到他们下了车，随着工作人员来到湖边，上了那条原生态的小木舟。精壮汉子划桨而出，嘴里哼着船调，到了湖中央，姚若夏从后座上拿起了遥控器，遥控器闪着绿灯，证明信号良好。

只要一按下去，她想，今天的任务就算是完成了。

贺北光的生意有声有色，主要业务却不是来自官司，更多的人对他名下的"咨询"公司很有兴趣。说得通俗一点叫"私家侦探社"。

搞这个业务的灵感，和他回到桐城后重又偶遇的"发小"李二牛有关。李二牛高中毕业，本地人士，却操着东北口音，冒充黑社会，被警方以斗殴滋事、扰乱经济为名处理过两次。他看到港台电视剧里私家侦探很威风、很挣钱，于是跑到工商部门，想注册个侦探社。

人家说，现在国家对社啊团啊都很敏感，有黑社会嫌疑，这样的名字一律不给注册。李二牛说："那我改名侦探所成不成？"工商局的干部用白眼翻了翻他，斥道："你干脆开个派出所得了！"

这事不成，李二牛骂工商干部屁都不懂，但也只能偷偷摸摸地干些"取人钱财，替人消灾"的勾当。贺光北和李二牛小时候住在一个院子里，后来一个念大学、一个落榜了，才分道扬镳。两人再次重逢，有种"恍若隔世"的亲切感。贺北光想起来，在北京的时候，很多律师都在做"咨询"

的工作，实际上和"私家侦探"没什么两样，现在有李二牛开拓业务，自己的律师事务所岂不也可以做做"私人侦探"的业务？两个人一拍即合，在律师事务所"正大光明"地开展起了"咨询"业务。

私家侦探是门技术活儿，不是有点搓煤挖土的傻力气就能干的。而且多少都有点窥探别人隐私的味道，弄不好要吃耳光。所以贺北光想起了中学同学李从安。

贺北光记得小时候虽说和李从安不是"好朋友"，但也没红过脸。既没追过同一个女孩，也没做过告发之类的"没屁眼"的事儿，说起来没什么宿怨，到了三十岁，多少已经算是"怀旧"的年纪了吧。

这是雷打不动的真理，社会上交的朋友再多，那都是虚的，抵不上同学二字。上学的时候，总喜欢把同学介绍成"这是我朋友"，显得路子广，交际多；年纪一大，就喜欢说谁谁谁是我的同学，这样才显得亲切，办事有谱。

但没想到李从安那小子，居然拿刘文海的事儿来吓唬自己。贺北光听得出来他的意思。还没托他办事呢，就已经拒人于千里之外了。贺北光想，我又不是"有事"才找上你的，再说了，你是个刑警，办的都是杀人越货的案子，我真要出了这事，估计你想包，也包不下来啊！

自从那次吃过饭之后，因为贺北光心里有了小疙瘩，所以就没再见过李从安，但有个刑警是"自己人"，多少心里踏实点，通过两次电话，说说家长里短，随意沟通沟通，别时间一长，淡了关系。

不过这两天，贺北光一直没联系过李从安，他正在为一个案子恼火。西联屠宰厂的赵胖子娶了个如花似玉的姑娘，据说还是个大学生，两人年前结的婚，周年庆还没到呢，赵胖子就怀疑媳妇外面有人了，所以委托贺北光的咨询公司，调查一下他媳妇有没有红杏出墙。

说实话，贺北光很是看不上这样的案子，怎么说自己也是国家重点大学法学院的毕业生，有国家认证的律师执业资格，不说在法庭上口若悬河地唇枪舌剑，也不至于要沦落到查"破鞋"啊。

但是赵胖子价格确实出得跟他的体重一样，商业社会了，谁也不能跟钱过不去，哪有送上门的人民币不收的道理？贺北光把这事交给李二牛，李二牛挂着个佳能单反相机，成天撅着屁股躲在阴沟旮旯里偷拍赵胖子媳妇。一个月过去了，李二牛偷拍的技术倒是见长，但唯独没见到过赵胖子臆想出来的那个第三者。

"如果没有妍头，我总不能把她捆起来，边上硬塞个男人拍合照吧！"

贺北光很是恼火，这活儿收钱收的是"过程"而不是"结果"，不是说最后啥也没查出来就不收钱了，这是常识。赵胖子是一介武夫，不认这个理，愣说是李二牛办事不力，尾款拖着不肯付。

"妈的，你今儿个什么都别干，找赵胖子要钱去！"

"他要是不给呢？"李二牛在电话那头明显不想去。

"不给？你那么大个白长了？他要是不给你就揍他，他因为你揍他不给，你就再揍他！"

"拉倒吧，我这个头儿，还不够给他练手的呢！"赵胖子的体重近三百斤，据说能扛起两头生猪。

贺北光想到了李从安。这事应该不违反纪律吧，欠债还钱，天经地义，警察同志不就是应该为民做主嘛！

贺北光正想着要不要给李从安去个电话，那边李二牛又接着说了："这事儿咱先别提了，我揽到个大活儿，正经生意，挣得比赵胖子这破事多得多！"

听他那神秘兮兮的语气，好像真捡着什么宝似的。

两人在街边碰了头，一同去往不远处的一个茶室。

路上李二牛说，这是他铁哥们儿传出来的消息，有家助听器企业想找个咨询公司查点事儿，这事儿好像还不小。

进了茶室，包厢里，帘子后面坐着一个四十多岁的男人。双方打过招呼，坐下来谈起了正事儿。

原来他们那儿最近老是有人捣乱，鼓动消费者抓一些产品无关痛痒的小漏洞，讹诈公司，败坏公司的名声。这事从去年就开始了，一直延续到今天，他们怀疑是竞争对手所为，一直没什么证据。这些天，公司内部调查的时候，发现内部网络上，有一个女员工曾经偷偷进入过保存公司秘密文档的地址，这在她的权限之外。他们怀疑这位员工与公司一系列的赔偿案有关，希望贺北光他们做一个调查，看看是不是竞争对手派来的卧底，构不构得成不正当竞争罪。

那人说完，递过来一个信封，还有一张纸条，上面写着电话号码。

贺北光从信封里拿出照片，看了一眼，又装了进去，寒暄了几句，谈好初步的价格，不动声色地起身离开。

告别了客户，贺北光在车里再次拿出了照片，确认是姚若夏无疑！

第十二章　又死了一个

　　贺北光有点进退两难。一方面是不菲的报酬，另一方面是好友的情人，他没想到世界竟如此小，业务做到了自己人的头上。

　　姚若夏的公司在行业内是排得上号的，这次动了高层的"龙颜"，誓要找出公司内部的"叛徒"，自然价格不会低。这是块上等的肥肉，这样规模的公司，除了出钱"办事"之外，比常人更不想此事曝光，这就形成难以言表的"默契"。只要处理妥当，相信会有不断的财源滚滚而来。

　　贺北光觉得不管怎么说，查还是要查的，至于查出来的结果是什么，那还不是自己说了算？有了"事实"在手上，到时候再约姚若夏和李从安出来，说："你看看，这事我都查清楚了，我一开始不知道是你，但现在居然是这个结果，放心吧，我不会说的！"贺北光都想象得出，到那时候自己拍着李从安的肩膀说这番话的时候，他会有什么表情，就算再"清廉"，再像"那么回事儿"，自己的女朋友犯了法，总不能见死不救吧。有了小辫子在自己手里，看你以后还会不会拿刘文海出来说事儿。

　　贺北光觉得什么叫运气，这就叫运气，还是自己脑子转得快，这事要遇上别人，可能就推掉了，现在人财两不误，既挣了钱，又"铁"了哥们儿关系。

　　他把这事当做头等大事来办，动用了几乎所有的社会关系，到电信局查姚若夏的通讯记录，去银行查她的账户，结果却什么没查着。倒是在她信用卡使用记录上，查到说她今天有一笔租车的支出。

难道付的是现金？贺北光想，既然是帮别的公司做事儿，总不可能是无偿吧，难道租了辆车是为了和对方接头？贺北光觉得这有点小题大做了，打出租不就完事了，总不至于对方给的钱多到需要拿车去装吧？

虽然有疑问，但贺北光想不出个所以然来，所以就只能像警察蹲守一样蹲在姚若夏的门口。

晚上的时候，他看见李从安送她回了家，心里在想，看你们还得意，等我查出点东西来，我看你还能那么牛不？

李从安一走，贺北光看见姚若夏果然出了门，有戏！他发动了车，跟着姚若夏出了门，她没有开她租来的车，而是打了车，贺北光跟在后面瞎兴奋了一会儿，才发现她又回到李从安父母那儿去了。

也许是什么东西忘拿了？贺北光有点失望。他没有进小区，而是在小区对面的小摊上吃了一碗炒粉丝。隔了没多久，看见她又出来，走了一段路，然后回到了自己的家。

今儿个又没戏？贺北光很沮丧，正准备走，发现她又出来了。这回她换了一身衣服，还背了一个书包，开着自己租来的小车，上路了。

贺北光远远地跟在后面，姚若夏驱车去了郊区。接头还挺隐秘啊，贺北光冷笑，她以为天衣无缝，没想到黄雀在后吧。

这个自己只见过一次面的中学同学的女朋友，对贺北光来说还很陌生，现在看看，智商也不高嘛。毕竟只是女人，狐狸再狡猾，也斗不过好猎手！

姚若夏来到了一个温泉山庄，贺北光看到她没走正门，而是背着一个书包翻进了山庄，他就有点意外了。

那么专业？贺北光随后翻了进去，又看到了她穿上防水服潜入了水底，那就变成吃惊了。这，这是接头吗？不就是商业竞争嘛，至于那么劳师动众的吗？

难道说是个特务？贺北光眼珠子再转，电影里的情节像画面一样在眼前闪过，他脑海里呈现出各式各样的女间谍模样，她们处事低调，年轻漂亮，身边傍着官方政要，如果李从安算是政要的话，那么姚若夏符合这一切条件。

难道那水里埋了什么宝贝？贺北光的想象力被充分调动起来，各种探险寻宝的镜头又浮现了上来。姚若夏"哧溜"钻下了水，把他唤醒过来。他看见她留了个包在岸上。贺北光翻上了墙头，想偷偷靠近一点看个究竟，只听到有人喊道："谁？"

是那两个保安，他们在值班室里躺着睡觉，一个起床小解，无意中看见一个黑影从墙头翻了过来。来不及思考什么，贺北光朝着岸边跑去，跑过姚若夏下水的地方，顺手提走了那个包，在黑漆漆的草丛里躲了起来。

包里什么都没有。他继续盯着姚若夏，看见她钻出水面，翻出了墙，回到了自己的车里，在半山坡上远远地望着山庄。直到第二天清早，贺北光才明白过来她在干什么。

她给那艘小船动了手脚，船上坐着人，太远看不清，但听到一记闷声，水面溅起了浪花，随即船沉了下去。

这个发现让贺北光就有点担忧了，确切地说是恐惧。这意味着姚若夏在干一件伤害别人的事！水面顿时乱作一团。大伙从来没有遇见过这样的情况。救生艇迟迟没有到来，岸边围着一群吱呀乱叫的工作人员和看客，却没人知道怎么做。船上的游客落入水中，冰凉刺骨，寒冬落水不被淹死也要冻死。

大伙看了一会儿热闹，才想起来还有营救这件事要做。有人开着一艘小快艇，不知从哪里钻了出来，往水里丢着救生圈，连拉带拽，把那几个奄奄一息的落水者捞了上来。

整个过程姚若夏都冷静漠然地坐在她的车里，用望远镜望着，贺北光却看得心惊胆战。

杀人灭口？这可不是什么普通的商业竞争啊，难道背后还有更大的隐情？

他正要弄个明白，想着要不要给李从安去个电话，那边姚若夏的车已经发动了。贺北光远远地跟在后面，又回到了城里。

从路线来看，她开车的方向正是李从安父母的家。她却没有进到那个小区，而是绕到了边上的一个小巷。那里挤着两排低矮的平房，贺北光看

117

到她走进了其中的一家。

她在门口的超市还买了一些日用的产品和食物。贺北光在门口耐心地等着，约莫半个小时，姚若夏从里面走了出来。等着她开车走远，贺北光步行进入了小巷。

姚若夏刚刚拜访的是一个佝偻的老太，她正躬着身子整理桌子上的物件，贺北光看到桌子上各式各样的药，角落里还放着一个茶桶，上面写着"热茶"。

"大妈！"他喊了一声。

老太没有回答，只是兀自说着："真是个好姑娘！"

贺北光转头看到了那台助听器的外包装，还有摊在桌上的打印纸，标题上有"检测"的字样。贺北光脑子一头雾水。这是怎么一回事？

他寻思着怎么样还是要给李从安去个电话。

他没有进屋，悄无声息地又退了回来。回到了车里，他拨通了李从安的电话。"有什么事儿快说，我爸妈掉水里了，现在正在医院！"李从安焦躁不安地说。

"什么？"贺北光听了又是一惊，那么巧？不对！他眼珠子转了一下，难怪刚刚落水者的身影如此熟悉。贺北光彻底晕了，难道姚若夏要对付的是李从安的父母？

他正要继续说话，突然一股冰凉锋利的金属感从身后横到自己的脖子前，贺北光一愣，后面有双纤手举着一张纸条到他眼前：挂断！

贺北光顺从地做了。

姚若夏凑到他的耳边，低沉阴森地问着："你在跟踪我？"

医院到分局开车大概需要二十分钟，李从安在路口一个刹车没踩到底，差点撞上一个骑自行车的老头。

"他妈的，怎么开车的，赶着投胎啊？"老头被吓得不轻，转过头怒目而视。

李从安把头探出来，"说什么呢？"然后迅速意识到自己失态，"对不起!"他克制着自己的情绪说道。

十字路口的交警看到这边有情况,缓缓走了过来,老头来了兴致,"下来,下来!"他自己下了自行车,挥手让李从安也下车。

李从安看走不了了,把车停到路边。

"差点撞上我!"老头义愤填膺地跟交警比画着。

"伤着没?"交警问着,手里拿着一个本子,转头看向李从安,"驾照。"

"伤倒好像没伤着。"老头上下拍拍,确定自己没有哪儿不对劲。

"我有急事,对不起!"李从安从车里下来。

"有急事,也不能开那么快!驾照!"

李从安看看表,心里很焦躁,他把交警拉到了一边,亮出了自己的证件,交警抬头看看李从安,皱眉道:"你这不让我为难吗?"

"我知道,我真有急事,你看看能不能迅速处理下,我赶着走!"

交警又转身走向老头,问:"有伤着的地方没?"

"怎么个意思?包庇啊!"老头看见两人在那儿嘀嘀咕咕,心生怀疑。

"不是,老同志,我也是个警察,真有急事,对不起,您看这样行不行,我警官证上的号码您抄一抄,回头磕着碰着了,来我们局里,我一定赔偿!"李从安忍不住冲过去自己解释着。

老头看了看警官证,对了对李从安的脸,"有急事,也不能撞人啊!"不过他的语气已经软了下来。

"对不起对不起!"

"怎么说,还要继续不?"交警问着老头。

"那——那就算了吧,还好你没碰着我,要是把我碰伤了,你想走也走不了啦!"

"谢谢,谢谢!"李从安又上了车。

"慢点!"

拐过路口,接下来的路程,李从安开了警灯。

到了医院的门口,李从安急匆匆地走进了大楼,又硬生生地拉住了自己的脚步,站在急诊室前面的走廊里,停了五秒钟,然后深呼吸,确认自己的情绪不再失控了，才走了进去。

一切都是有预谋的，这不是意外。几乎不用什么专业知识都能得出这样的判断，李从安问了下基本情况，这样想到。

木舟被人做了手脚，船中央炸了一个小洞，冰水汩汩冒了上来，几乎一瞬间就倾没了小船，对方是下"死手"来的。

"那边情况怎么样？"当地派出所跟过来的一个民警说正在排查，从山庄内部和竞争对手两条线着手。

"放心吧，我们一定尽快破案！"

"谢谢！"

"说什么呢，应该是我们感到抱歉才对！"

民警身边站了一个小伙，说是度假村公关部的经理，他上前一步说："医药费我们掏，有什么需要只管提，太对不起了！"

李从安不好说什么，他心里在想，会不会是遭人报复？要知道父亲也干过刑警，亲手送了不少人进监狱。

那边的工作李从安插不上手，他决定还是先等等，看看调查出来是个什么样的结果。

李从安转身找医生，透过缝隙，往急诊室里看，什么也没有看到，只看见一张担架横在门缝后的地上，上面有血迹。李从安心抽了一下，然后感到五脏都开始沸腾起来。他赶紧站起身，"有烟吗？"他摸了摸自己的口袋问道。民警拿出一盒烟来，自己取了一支，然后把烟塞给了李从安。

抽上了烟，没过多久，各级领导就闻讯感到了。"怎么样？"先是公安大学的副校长和教务主任，"怎么会遇上这事！"他们牵着李从安的手询问着。

"现在还不知道，还在查！"

"病人呢？"

"还在抢救！"

市里也来人了，政法委的书记走在最前面，李从安应付着形形色色的人士。也不知道怎么那么快就走漏了风声。

场面弄得挺隆重,如果只是一帮小流氓搞破坏,这次可是撞上枪口了。

似乎还有几个拿照相机的记者也混在人群中。李从安不太习惯这样的场合,趁着打完招呼后的空当,又溜到走廊的边上吸烟。他远远地听见有个领导在里面怒斥辖区内的派出所领导:"连公安大学的校长都能遭到袭击,人民群众的安全还怎样保证?"

市局的一个局长看见李从安,走过来拍拍他的肩膀,安慰道:"要坚强点,做好最坏的打算,工作上的事儿有必要的话,可以放一放!"

李从安说:"没事,我抗得住!"

领导又拍拍他的肩膀。李从安勉强笑笑,这就是当警察的"好处",不管遇到什么样的状况,也得显得自己挺坚强。

他吸着烟,有个护士远远地看过来,想走近几步,犹豫了一下又退回去了。走廊里站满了穿制服的,李从安抬头看到墙上贴着的"禁止吸烟"的招牌。就在这个时候,手机响了,一看是专案组的同事,电话里说,又发生了一起凶杀案,同样是网上传播的尸体地点,同样留了一句话:我想见到你——只是这次多了四个字:城中公园。

这次死的是个男性,李从安不由心头颤了一颤。他看看急诊室的门,又看看手机。

好不容易,医生从手术室里走了出来,李从安一个箭步冲了上去,"医生,我爸爸妈妈怎么样了?"

李母落水的时候,腹部被船破裂的棱角划了一个十厘米的口子,加之冰水的浸染,现在身体极为虚弱。李父几十年的硬朗身体,在这里倒起到了一点作用,但仍然不可掉以轻心,医生正在为他做各方面的检查,以确保万无一失。

"总体来说,还算乐观!"医生说道。李从安这才松了一口气,看看手上的烟,还有半截,就放在地上踩灭了。

他这时候想起自己的事儿来,寻思着是不是要给姚若夏去个电话,这次旅程是她安排的,如果知道发生了这样的意外,一定会心存愧疚吧。号码拨到一半,想想还是算了,办正事要紧。

不走不行了，李从安看看四周，把医生拉到了一边，确信父母暂时没有生命危险之后，找个僻静的楼梯，下了楼。

他不想被其他人看到，说一些丁丁卯卯的酸话，谁叫自己是干这一行的呢。

黄色的警戒线已被拉起来。周围停着不少警车，川流不息的人群从门口的马路经过，有些边走边看，还有一些驻足停留了一会儿，瞧不出什么名堂也就走了。剩下几个不死心的闲人，围成一团，纷纷猜测着这里究竟发生了什么。

一辆银白色的中巴夹在人和车中间，上面写着"勘查"二字，李从安认出那是杨静静的。没想到她比自己到得还早！

年轻的警察站在黄线的边上，扬手警告李从安不要再靠近，李从安掏出证件，一边往前走一边给他看了看。

"在哪儿？"到了跟前，李从安问道。警察用手指了方向。

这是一座不设门岗，只有断断续续矮围墙的城中公园，建设在一个缓坡上。虽然不大，但绿化的比例却异常高。除中间一大块草坪围着一圈石凳之外，其余都是被小路划分开的成片树林，规划者很明显想把它弄成"曲径通幽"的典范。

平常这个时候，这里应该聚集着尚未散去的晨练者；会有很多闲暇的小青年和中年人围着石桌打牌下棋，每一座免费的公园都是这副模样。而现在，公园已经被警方清空，显得空空荡荡。

尸体陈列在靠西边一片树林里。李从安一边往前走，一边抑制不住心中的厌倦感。这种感觉以前也有过，可这次却特别明显，可能是因为父母受伤的原因。

也许时间还不够长？李从安想着，又皱了皱眉头，可今天仍有些不对！他现在的情绪低落到最低点。

他爬上了缓坡，看见几个警察正弯着腰在右手边的树林里搜索，另一边被树挡着的地方有更多的人围着。缝隙中央，搭起了一个简易的白色帐篷，杨静静蹲在地上，尸体应该就在眼前。

有时候李从安挺佩服杨静静，一个高级知识女性，可以有很多社会身份等着她去转换，可她偏偏干的是这行。不知道她在解剖一具尸体，将他们停止生命的脏器，一个个从体内挖出，放进金属盘子里时是什么感觉。

他看见她站了起来说了几句话，身边的助手将担架展开，将初步勘查完的尸体抬了出来，杨静静转身看到李从安，跟了过来。李从安刚要和她打招呼，身边被人拍了一下，原来是也刚刚赶到的肖海清。

"你要不要看看？"尸体抬过李从安身边的时候，杨静静远远地问他。

"不用了！"李从安本能地把头偏向了一侧，这个动作有点突兀，杨静静一愣，肖海清也一愣。她们没有说什么，李从安不自然地四处望望。

太阳还没有完全晒透被露水弄潮的土壤，抬尸体的助理一个趔趄，差点滑倒在湿滑的小道上，已经被砸得稀巴烂、不成形状的脑袋从盖尸布里露了出来，李从安无法避开这个场面，强忍着没让自己呕吐出来。

两人再次诧异地看着他。

过了一会儿，肖海清问道："你父亲怎么样了？"

"还行。"李从安答了句，心一抽。

肖海清还是看出了其中的问题，李从安一直想把现在所受的焦虑转换出去，可毕竟他也是人，况且往往越是知道如何排解心理压力的技巧，反而越会受技巧的干扰，使得问题更为严重。就在刚刚，他亲眼目睹了自己的父母躺在医院的担架上，和现在装尸体的那副没什么两样，尽管见过太多非正常死亡，可对象涉及亲人，李从安还是难以让自己平静下来。

他会不由自主地去想，如果下一次运气没那么好，躺在停尸房的是父母，或者就是自己，那会是什么样的情形？

"转换型歇斯底里症的初步表现。"肖海清平静地说。

李从安苦笑，肖海清小题大做了。"没那么严重！"

她说的是一种将焦虑强压进潜意识，可能会导致的影响生理表现的官能症。二战时期，一群美国大兵四肢抽搐，不得不退下战场，在医疗所里，找不到任何病理性的原因，他们的表现又不像是装出来的。随军的医师怀疑这些症状起源于"厌战"的心理原因，果然将他们送回国之后，每个人都毫无理由地痊愈了。

"你确信自己没事？"杨静静不太放心李从安的现状。

"他只是需要一点时间。"肖海清在一旁说着，她很有把握。不久之前，比李从安更严重的情况正发生在她的身上，那时候还是他安慰自己，没想到那么快就"调换了位置"。

"有时候我在想，大家都对心理学了解，其实是件挺没劲的事儿。"李从安恢复过来了一点，"彼此都没有秘密，想想甚至有些可怕！"他的嘴角咧出了笑容。

杨静静稍微放心了一点。

"说吧，啥情况！"

"死亡时间，初步估算是在昨天夜里十二点到今日凌晨两点之间，凶器应该是一根直径30厘米左右的实心金属棍，凶手从身后击打了受害者两次，其实一棍就够了，"杨静静顿了一顿，"第一次击在死者的颅顶，形成凹陷性骨折，颅骨变形直接引起可以致命的穹窿部、额极、颞极出血，另一棍则击在后脑，"她又停了下来，右手捂在脑后蹲下身子，"就像这样，第一棍之后，凶手又自上而下地给他来了一记。"杨静静重新站了起来，"死者右手除拇指之外，其余四根手指全部骨折断裂，创口处还发现了一些油污。"

"这是第一现场？"李从安问着，他的手里拿着刚刚递过来的勘查报告。

"没错，尸体周围发现了袭击时溅出来的血渍。"

"哦。"李从安回答。

"城中公园，我想见到你，"肖海清重复着网上的那封"信"，补充着说，"既然第二起案子发生了，可以证明'他们'并没有联系上，"肖海清咳嗽了一声，"很明显，城中公园也是他们的联络暗号。"

"这次没有提死者的姓名？"李从安心里已经有了想法。

"没提，只有城中公园四个字。"和张慧佳案不同，死者不是邢越旻和神秘人的交叉点！

李从安就此案又询问交流了几个问题，基本可以确认此案与张佳慧案两案并一案了。

李从安把先前调查的结果大致说了一下，按照肖海清提供的建议和侦查方向，并没有什么有价值的收获。李从安说着，肖海清一直在听，时不时地提出一些问题，等李从安把一切都说完了，肖海清眉头也皱了起来。

大家都不说话，想了一会儿，李从安又把刘一邦的案子讲了一下，他没有把自己的猜想说出来，只是像那天自己捋案情那样，把整个过程说了一遍。没想到，这次又和肖海清有了默契。

"那么流畅？就像有根隐形的线把他们穿在一起。万吉朋招了吗？"看肖海清提到了这个问题，李从安知道肖海清也有着和自己差不多的推测了。

"你是说，还有一个人参与了他们的行动？如果陷害的假说成立的话！"听完李从安的补充，肖海清反问道。她很聪明。

"是的，是不是有这种可能？邢越旻和那个神秘人共同策划陷害他的父亲万吉朋，被张慧佳遇见了破绽，所以杀人灭口？"李从安问道，"正因为神秘人帮了他的忙，所以才导致邢越旻现在疯狂地想要找到他？！可——"李从安发现这个推理永远都无法绕过先前的问题，"神秘人为什么要躲着邢越旻呢？还有这个人是谁？为什么要帮助邢越旻呢？毕竟是要杀个人，而且仅仅为了陷害万吉朋就杀掉无辜的刘一邦？这确实很难想象。"

"我不知道。"肖海清还是那句话，她又想了一会儿，肯定了李从安的推理，"但我想这是完全有可能的。"

"问题是通过对邢越旻的调查，发现他的身边根本不存在所谓的神秘人，不对，"李从安停了一下，"但又如何解释那个神秘的电话呢？邢越旻身边确实有个神秘人，不过他是隐形的！"

"会不会白素梅也参与其中？"

对于这个问题，李从安还是胸有成竹的，"可能性也不大，"他明白肖海清的意思，也想到过这个问题，曾经有一组民警专门偷偷调查过白素梅，"发现她的社会关系也很简单，电话记录查询也没看出有什么问题！"

"有没有想过，"肖海清沉默了一会儿，突然又兴奋起来，"神秘人和邢越旻是不认识的!"

"什么，不认识？"李从安不太理解肖海清的意思，"不认识为什么要帮邢越旻？"

"我的意思是说我们进入了一个误区，总以为只有关系密切到很深的程度，神秘人才会帮邢越旻谋杀他人，如果这样的话，神秘人为什么不直接干掉万吉朋，而多此一举杀害刘一邦陷害万吉朋呢？后者的风险一点不比前者小，而且所需要的犯罪技能要求更高，从现场痕迹勘查看，显然不是职业犯罪人干的。"

肖海清分析到这儿，李从安有点明白了，他尝试着把肖海清没说出来的话接了下去："你的意思是说，最初是因为神秘人想要谋杀刘一邦？不仅他帮了邢越旻，邢越旻其实也在帮他，帮他洗脱了谋杀的罪名？他们是相互利用的关系？"

这个推测比李从安原来的那个说服力要强得多，"可问题是——"李从安还是有疑问，"为什么神秘人在事后就不肯见邢越旻，而导致他要用这种极端的方式来给他写'信'呢？"

"他们只是共生关系，共同做了案之后，不想见面也很正常，"肖海清分析着，"至于邢越旻为什么要疯狂地找神秘人，我不知道。"

第十三章　再次下手

男人坐在公交车里，人很少，空调的热气很足，吹得他有点燥热，他脱掉厚厚的棉袄，身边有空位，他却将外套对折，小心翼翼地放在自己膝盖上。

男人身上的汗味突然弥漫出来。坐在他身后不远处有一对二十出头的恋人，皱了皱鼻子，起身换到更远的位置去了。

他毫无察觉，置身事外地看着窗外。每天坐公交车的这段时间，成为自己重新认识这座城市的方式。路边的树干上，缠绕着不同形状的小巧霓虹灯，正午时分，这些灯泡没有闪烁，倒像是一根根结下的冰条。

冰条后面就是观景大道，靠在一条蜿蜒穿过这座城市的河流边。这是座被工业和钞票埋没掉大自然的典型城市。早几年的时候，还有些历史书上翻得着的文物建筑供人们观赏，而如今都被以各种各样的"名头"开发了。

唯一还值得拿出来炫耀一下的，就是这条人工打造的河堤。岸的两旁，是这座城市引以为傲的摩天大楼，阳光照在玻璃大墙上，金光四射。

他眯着眼感到一阵晕眩。突然一阵钻心的疼，来自腰部，男人倒吸了一口凉气，额头的冷汗也冒了出来，他靠后，将腰紧紧地顶在后座上，感觉稍微好了一点。他上身前倾，双手趴在前面的扶手上。刚刚下地的时候，一块垂吊下来的木板狠狠砸在他的腰上。工头问他要不要去医院看看，他说不用。男人的口袋里躺着这个月的工资，还有很多东西要购置，能省一点就省一点。

127

车每颠簸一次，腰部就被撞击一次，这反而使得疼痛感不如前面那么强了。这是他十几年来总结下来的经验，越是会击垮你的东西，你就越是要迎面而上。

汽车前行，很快地走出黄金地段，颜色就渐渐单调。黑灰白提醒着人们，这座城市也是有些年头的。广告牌上写着诸如"富豪电器"之类的广告语，虽然焕然一新，但上面书写的店名依然能够勾起回忆。这些记忆捉摸不定。他有点兴奋，又有点纠结，就像遇到一个多年不见的老友，却硬生生地叫不出对方的名字。

这才是属于他的地方。对那些高楼大厦，他只是个看客，和它们的关系只有一张木板。

男人是个"蜘蛛人"，每天吊在几十层高楼的外墙，擦洗玻璃，坐在一米长、半米宽的木板上，有一根小胳膊粗细的麻绳从上吊下来。"命悬一线"大概说的就是这个意思。冬季，水桶里的水溅到身上，很快就结了冰。大力的擦洗又使得大汗淋漓，结冰、融化，周而复始。身体素质差的，是扛不住的。

他很瘦，但还算结实，十几年的监狱生活让他拥有了耐力和毅力。他下了车，一阵寒风袭来，冷得直打哆嗦，赶紧把棉衣重新披在身上。唯一的一件棉衣，已经补了很多次，能省就省，他又想到了这点。

菜市场里菜贵得让人难过，和十几年前相比，钱就像一夜之间贬了值。他走在专营蔬菜的二楼，发现想要吃点新鲜的蔬菜，比鱼肉还要贵些。他悻悻地又回到了一楼。水产的摊位上放着一堆已经散发出臭味的小鱼，他拨弄了两条到袋子里，从口袋掏出一把毛票，挑了最破的几张，给了老板。

"吃点带鱼吧！新鲜！"

他矜持地笑笑没说什么，拎着袋子转身走了。他在菜场口的小杂货店买了两瓶三块钱的白干、一瓶醋，又拿了一包花生米，突然看见边上的蛋糕店围满了人。他挤了进去，挑了两块塑料包装的豆沙面包，保质期的最后一天，价格只有原来的三分之一。他心满意足地从人群里又挤了出来。

他走在巷子里，大概一点多钟的样子，那个女人正蹲在路边的阴沟旁刷牙，三十多岁，穿着黑色的丝袜，披着一条米黄色的滑雪风衣，棉拖鞋，染成黄色的头发很久没洗了，油得发亮，贴在肩上。

他走过去拍了她一下，她吓了一跳，转过身认出了男人。男人掏出一个面包来塞在她手里。那女人歪着头看日期，抱怨道："都过期了！"

"没有，还有一天。"男人像个小孩一样，认真地申辩着。

女人走出的那家发廊里，几个打扮得同样妖艳的女人哧哧地笑。男人呵呵傻笑，不好意思地走了。

他进了灰暗的楼，爬着狭小的木质楼梯，灯光昏黄，小小的空间里挤满了人家，墙上爬着通往各家各户的电线。他住在最顶端的一家，只有八个半平方。就这点地方，还是居委会照顾他腾出来的，原来是个仓库，充满了霉味。

男人准备做饭，液化气貌似快没气了，火小得让人发心急，他不知所措地站在炉子前等水开。楼梯传来脚步声，一步一步铿锵有力，不一会儿，他看见黑暗中两张男人的脸逐渐清晰起来。

"我们找邓伟。"

"你找他什么事？"男人警觉地看着两个人，都是中等个，一个三十出头，另一个稍微年轻一点，都是干净的板寸，站在他的面前。

"你就是邓医生吧？"问话的那个，像是能看穿人在想什么。

邓医生？这样的称谓已经多少年没有人叫过了，男人愣了半晌，才算反应过来："我就是。"他依旧保持着警觉，这人好像有点脸熟，记不清在哪里见过。

李从安盯着这个男人，很难将他与医生的身份联系在一起。他现在就像一个最普通的社会底层人员，窝在城市不起眼的角落里。他的头发白了一半，穿着绛紫色陈旧的外套，深绿色的粗线毛衣露出了领子，脸上皱纹密布，裤腰带上挂着一串钥匙。乍看上去，根本不会想到是个才过四十岁的中年人。

李从安眼睛扫了一下，身后的屋内简陋破败，甚至比刘一邦的住处都不如。屋顶上吊下来一盏灯，家具矮小敦实，很有年头的样子，单人床上铺着条纹的浅蓝色床单，床头放了一本张贤亮的《绿化树》。

专案组其他的民警被安排去调查城中公园那桩谋杀案，包括确定尸源身份、确认凶器、寻找第一现场、查找第二现场、城中公园的地理意义等，而他自己却来到了这里。

药头"麻子"说，据打听，有个"资格"比他更老的"业内人"听说过刘一邦，十五年前，在这行刘一邦甚至还算是个名人。那年刘的一个老乡叫邹国庆的被人失手弄死了，据说是"试药"的时候发生的事儿，具体情况也不清楚，后来凶手坐了牢，前不久刚刚被放出来。

他原本只是"带着查"的这条线，居然挖出了另一件刑事案。得知刘一邦在十五年前也经历过一场谋杀案之后，他还是决定放下手上其他的事儿，亲自过来看看。肖海清的推理认为刘一邦本来就是要被杀害的，如果这个假说成立，那么关于刘一邦的调查，前期做的工作就太少了。

"药头"说的就是眼前的这个人？

李从安还来不及去调阅以往案子的档案，1998年之前的案子没有上网，得去档案室，从垒起来超过两人高的文档中逐一搜寻，与其那样费时费力，不如直接找到邓伟先问问来得直接。

他说他就是！

李从安的视线重新回到了这个男人的脸上。他看到了男人麋鹿那样时刻准备着的警觉，仿佛一不留神就会沦落成猎物。李从安对长期劳教重返社会心理上的适应过程，并没有太多的研究，但他想，这种警觉似乎有点过了。

"你不用紧张，我们来只是了解一些情况，有关你十五年前的那个案子。"李从安开门见山地说。

"都是我做的，其他的我什么都不知道，"邓伟缓缓述说，不带任何情绪，就像回答一道简单的数学题那样自然，"邹国庆是我杀的，我已经坐过牢了。"

他说完突然开始紧张起来，问："你们不会再把我抓回去吧？"

李从安感觉这其中有问题。邓的反应似乎过于强烈了。

他正在想谈话的策略。

重案犯见过不少，可重案释放犯，倒还真是第一次遇见。让他在时隔十五年之后，再重新回想改变他一生命运的事情，多少会有一些障碍吧。

"你们不会连过失杀人的罪名都不给我，要把我拉回去毙了吧！"邓伟突然激动起来。

"我们只不过是来了解一下情况。"李从安不太理解邓伟的反应，不知道哪儿触动了他，"没有别的意思，有另一桩案子，可能需要你协助配合一下。刘一邦死了，"李从安小心翼翼地说道，"谋杀案，所以我想了解一下他在'试药'时的一些情况，看看能不能对案子有些帮助。"他没有提到万吉朋，不想干扰邓伟。

"刘一邦死了？"邓伟显得很吃惊，他眼角深深的鱼尾纹朝两边倾斜下去，李从安看出他深深的愤怒。

"报应！"邓伟说道。

报应？他们有着深仇大恨？这个回答让李从安有些意外，他觉得邓伟肯定知道些什么。不过，他还认为邓伟对警察有着极大的不信任，但似乎又不得不竭力表现出自己的配合，这种感觉就像是受辱于强大者的弱小人士，无奈与强压的愤怒并存，让他看上去反而有些逆来顺受。李从安根据初步的印象，分析着邓伟的性格特征。

"出来多久了？"他放缓了交谈的节奏，对待这样的人，应该潜移默化地拉近距离。

"快一年了。"邓伟依然狐疑，李从安看得出来，但他还是老老实实地回答了。

"生活上有什么问题吗？"

"挺好的，感谢政府。"转移话题，使得邓伟稍微放松了一点儿，"这套房子，也是街道干部为我争取来的，我没去闹过，不给政府添麻烦。"他又着重地说道。

李从安尽量让自己表现得不像警察，而只不过是一个热心的居委会干部。"现在和以前不一样了，我是说和你进去之前比，变化挺大的。"

"是啊，很多地方我都认不出来了。"

"家里人还在吗？他们有没有来看过你？"

邓伟没说话，双颊的肌肉颤了颤，流露出一丝悲伤。李从安没有接着往下问，他想他触到了邓伟的痛点，这可不是个好现象。"在做饭？"他指了指砧板上的鱼。

"嗯。他们已经去世了！"邓伟强忍着愧疚和忧伤说道。

李从安已经尽量在语气上表现出对刚才这个突兀话题的歉意，并在暗示他，可以无视这个问题的存在，可邓伟还是回答了。要么就是自己的暗示不够，要么就是十几年的牢狱生涯，已经在邓伟的体内植入了"服从的基因"。

"是的，在做饭。"邓伟按顺序回答着。

"别做了，走吧，"李从安想到了更好的谈话方式，"我们也没吃饭，一块出去吃吧，我请客！"

李从安点了剁椒鱼头、辣椒鸡肠、红烧肉和雪花鸭，还有一瓶雪花牌啤酒，他将啤酒打开，倒满后推到了邓伟的面前，自己则和同事要了两碗饭。

"你们不喝点？"邓伟局促地坐在对面，好几次，他咽了咽唾沫，抿了抿嘴唇，李从安可不认为他这是因为紧张，更多的原因，是他真的饿了。

"我们是工作时间，不能喝，没事，你喝吧，我们吃饭。"

邓伟喝了一口，大半杯啤酒就下了肚，看上去酒量不错。

"来，吃菜，"李从安往邓伟的碗里夹了块肉，"现在在干什么工作？"

邓伟举起了筷子，原来是个左撇子，李从安想着。在得知邓伟的工作之后，李从安有些吃惊，他可以找份更好的差事。

邓伟一边矜持地吃着菜，一边诉说出狱之后的种种不适应。"变化太大了！"他说道，"现在连小学生都知道怎么用电脑，可自己连打字也不会，我正在存钱，然后也买一台，学习学习，看看有没有机会发展。"

邓伟说得很诚恳，李从安并不打断他。"有什么困难你可以来找我，"李从安说道，"大忙未必帮得上，但也许可以帮你留意留意有什么更好的前途。"

邓伟的眼睛闪了一下，李从安看得出来，他还没有对生活彻底失去希望。

"我们正在查一件案子，现在毫无头绪。"李从安想邓伟应该明白自己的意思，他一直在暗示，像邓伟这样的人，有一个警察朋友，总不会有什么坏处。

邓伟抬头看了一眼李从安，很快就把视线挪开了，但还是比先前的时间长，这说明，双方的距离正在不知不觉地拉近。

"我已经坐过牢了。"

"我知道，我们就查查自己的案子，你的案子到现在，应该也过了诉讼期了吧。"李从安这里撒了一个谎，但他确实是这样想的，不管真相如何，十五年的牢狱之后，也不会有谁再忍心追究邓伟什么新的责任了。

邓伟想了一会儿。"我跟刘一邦不是很熟。"他沉默下来，像是回到了很久以前。再次抬起头之前，李从安一直没有插话，他知道对方正在作心理斗争，回忆过去，有时候是需要勇气的。

"那年——"邓伟看着李从安，准备述说。

李从安松了一口气，下意识地摸了摸喉结，然而这个微小的动作，却让邓伟转眼之间貌似变了一个人。没料到他突然又激动起来，恐惧地看着李从安，李从安依然不知道问题出在哪儿！

邓伟突然站起来："我认识你！"

家乐福里，姚若夏不计成本地往购物车里丢着她想要的东西，猪脚、黄豆、核桃粉、袋装的荸荠和芥菜、莲子和绿豆、小杯装的碧悠酸奶。

大超市永远都是人满为患，除非你在工作时间来，否则就算买一包三块钱的卫生纸，也起码要花去大半个小时排队。前面的人，比姚若夏更为生猛，选购的商品都已经没过了推车的边缘。照这样子，结账需要漫长的等待。

排队排到一半的时候，姚若夏突然想起了什么，她拨弄着那些不同形状的外包装，翻看着条码上的名称，来和自己脑海中事先拟定的购物单对比。果然不出所料，还是遗漏了维生素片。

她前后看看，两个肥胖的中年妇女把自己夹在了中间，她衡量着是否有回去拿的必要。最终还是决定放弃，她想起来，在这家超市门口有一家药店，如果运气好的话，应该也能找到自己想要的牌子。

她背着硕大的购物袋，吃力地走在路上。所有超市都有这样的毛病，它们的设计总是充满了自以为是的小聪明，从收银台走到超市的出口，必须绕个宽宽的Z字，以确保你在出门之前，能够经过大部分超市附属的店面。

姚若夏只需要那家的维生素，它却偏偏位于顶端，她不得不多走一段路。好在这一段道路并没有让她白跑。她带齐了所有想要的东西，走出了超市的大门。

终于坐上了车，她想着，天又开始暗下来了。姚若夏对出租车司机说了一个地址，汽车在华灯初上之前，上路了。

到了目的地，姚若夏付了钱，然后拎着大袋子走进了小胡同。出租车是可以再往里开一点的，可她不想麻烦，另外也不想节外生枝，宁愿步行走到老婆婆的家里。

上次来的时候，姚若夏给她安了一个特殊的门铃，那是一个由细绳牵到门外的机关，另一头连着屋里灯泡的开关，这边一拉，伴随着门铃还有闪烁起来的灯光。她买了一大堆可以增强听力的食疗产品。但事实上，这些都无济于事。听力学专业的姚若夏明白，老太太的听力损伤是不可逆的。那明知不起作用为什么还买呢？姚若夏自己也搞不清楚，也许是为了让自己心安一点吧。

老太太开了门，认出了姚若夏，热情地把她让进来。老人心情越愉悦，姚若夏就越感到欣慰，这让她还能感觉自己并非一个十恶不赦的坏人。

不久前，李从安的电话如期而至，姚若夏不动声色地聆听着他诉说自己父母身上发生的可怕的事情。她已经练习了很久，做到了毫无破绽地表达自己的吃惊。可让姚若夏受不了的是李从安安慰自己的语气。

她听得出来，他以为她会为此愧疚万分，殊不知一切都由自己一手操纵。然而越是这样，姚若夏心里反而有一种说不来的纠结。

她坐了下来，老婆婆倒来一杯水。她看着老人沧桑的脸，又想起了自己如同老婆婆容貌一样沧桑的经历。

如果一切不是发生在自己身上该有多好。一边是十五年以来深埋着的暗流涌动的仇恨，另一边，又是与日俱增的与李从安一家的感情。

平心而论，如果没有那些渊源，姚若夏很愿意做个称职的儿媳妇。然而命运却将她推入了这场万劫不复的旋涡中。

姚若夏扶着老婆婆坐下，来到厨房，把热水瓶里的开水倒进了一个大碗里，然后把超市买来的猪脚放了进去。"我来吧！"老婆婆在背后要把姚若夏手上的活儿抢过去。

"我来，这个我知道怎么弄的。"

"你看，这多不好意思，又让你买，又让你做！"

姚若夏把煤气灶上火开了，烧上水，然后把洗干净的黄豆倒了进去。"酱油有吗？老抽的。"

"有有有！"

"冰糖呢？"

"也有也有！"

老婆婆忙不迭地打着下手，嘴里还在表示无尽的谢意。姚若夏手上忙着，面带笑容，可心里几乎到了崩溃的地步，因为她自己知道，现在所做的一切，只是为了心理上的自我原宥。

第二天，姚若夏还是决定行动。这是一个明媚的早晨，冬季里难得的好天气。她从住家出发，依旧打车，带好了所有的东西。

这是一家市级三甲综合性医院，出过很多享誉国内外的专家，如果李从安的父母换一家规模小点的医院，或者接诊的是个不够机灵的实习生，现在一定已经死在手术台上了。

医疗资源的不平衡，让很多平头百姓成为庸医手下的试验品，姚若夏恨得咬牙切齿，她从十几岁就明白人与人之间是有阶层之分的，对此她有切肤之痛。

这些不公平永远都不会落在李父的身上。姚若夏冷笑，他们的身份注定养尊处优，占有着所有的优等资源，而他们就自以为是优等公民，说着冠冕堂皇的话，却恬不知耻地享用着百姓用血肉甚至生命换来的各种成果。

姚若夏不断地在为自己增强信念，她告诉自己，所有的一切都是在替天行道，这不仅仅是复仇，她是在用一己之力，抗争这个世界的规则。下车的时候，姚若夏已经恢复到了冰冷的过去。

她从边门而入，精神抖擞的保安形同虚设，姚若夏手里拎着保温桶，里面装着煮好的莲子银耳。她看上去以及事实上就是个探望病人的访客。保安甚至还对她点头示意，像进入一家餐厅一样为她拉开了大堂的玻璃门。

一股暖气迎面而来，大堂里井然有序，穿梭着穿白大褂的医生护士，还有手提礼盒水果的病人亲友。一个身穿蓝白条纹病服的老人，被她的儿女搀扶着走向户外，他们也许要去晒晒暖洋洋的冬日。姚若夏和他们擦肩而过，站到电梯前，按了13。

1314，姚若夏从裤袋里掏出一张纸条确认，她记得这个数字，然后按着门牌找过去。转过一个拐角，她远远看见病房门口坐着两个男人正在聊天。姚若夏认出了其中的一个，正是李从安队里的人。

"嫂子来了！"男人热情地站起身来招呼，并向姚若夏介绍身边的人，"这是医院保卫科的冀科长。"

姚若夏对着他们笑笑，心里却有些担忧，有客人？或者安排了岗哨？

"队长说，怕是报复，所以安排了人手在门口看着，小心一点好，老队长得罪过不少人。"

"辛苦你们了！"姚若夏不动声色地微笑，她提了提手上的保温桶。

男人说队长的母亲还在重症病房，老队长已经醒了，不过现在还很虚弱。他转头敲了敲门，从门上的玻璃窗望进去，李父应该做了一个开门的手势，男人把门打开，让姚若夏走了进去。

"叔叔！"姚若夏看到一张苍白的脸，果然折腾得不轻，她想。

"小姚来了！"李父强撑着身子，想要坐起来。

姚若夏赶紧跑过去，把他扶住。"没事，只是着了一点凉。"李父强颜笑笑，"你阿姨不太好，腹部被刮了一个大口子。"

姚若夏听着，想到李从安的母亲给自己夹菜时的模样，感到鼻子一酸，然而奇怪的是，这次却是发自肺腑。这一情绪上的变化被李父看到了，"跟你没关系，不是你的错！这是命中一劫，"李父开着玩笑，"躲也躲不过！"

姚若夏背过身去，她已经学会了如何不让情绪写在脸上，可为什么今天这么脆弱？

她把放在桌上的暖瓶打开，倒了一碗热羹在小碗里，端到了李父的面前。

"麻烦了！"李父很有礼貌地感谢姚若夏，姚若夏看着他一小口一小口地吃了进去。

"小姚，今天不用上班吗？"

"嗯，我请了假。"

"我这没事的，别影响工作。"

"不会的！"姚若夏笑笑。

这羹里混着一定剂量的安眠药，用不了多久，他就会沉沉睡去。

姚若夏打开了电视，这间病房是两张床，另一张床空着，电视里播放着不知名的电视剧，姚若夏看不进去，她矛盾的心情犹如在迷路的十字路口。

刚才的信念哪去了？

药效来得很快，想必李从安的父亲不好意思赶走姚若夏，强撑了一会儿，估计还是难以抵挡疲倦，传来了低鼾声。

该行动了，姚若夏看着病床旁吊着的营养液。她必须行动了。她站起身来，走到窗边，从裤袋里取出药瓶和注射器，针头插进了橡皮盖子，吸出了药瓶里的混合液体。她转眼看见睡着的李父的脸，有些苍老，和李从安颇有相似之处，此时此刻，她似乎又在动摇着自己的信念。

该不该做？她在问自己。电视里播放着电视剧的片尾曲，是个温暖悠扬的曲子；阳光斜射进来，撒了一地金黄。

该不该做？姚若夏又问了自己一遍。

第十四章　犯罪心理地图

　　李从安最初的理想是做一个宾馆的大堂经理，西装革履站在有空调的大厅里迎接客人。

　　这和他现在的职业相去甚远。要不是父亲从小就把他当做接班人，并不惜采用强制措施，没准人们认识李从安，更多的是从商业杂志的封面上。

　　他很小的时候就被带进了刑警队玩耍，那时候，父亲还没有调入公安大学，作为在本市公安系统有名的硬汉，李父的名字几乎真的可以说令犯罪分子闻风丧胆。

　　然而这一点并没有被李从安很好地继承，按照李父的说法，"我儿子偏文"。就算在烟雾缭绕，伴随着形形色色的骂娘声的刑警队中熏陶长大，但一直到了后来他都没有一个"警察的样子"。

　　他被人更多地称之为"学者刑警"。这是相对于那些精通格斗擒拿、身怀绝技的人士而言。当李父看到儿子在公安大学所有体能测试都刚刚及格挂个零之后，差点失去了信心。没想到李从安后来却从审讯心理学突破，不仅成绩优秀，且颇有建树，弥补了在其他方面的不足。

　　这是一个典型的子承父业的发展脉络。如果没有李父这层关系，并在背后不厌其烦地支持，没准还没等到李从安学以致用，在业务上显山露水，就已经被淘汰了。

　　一开始，李从安并不理解父亲为什么一定要像封建专制者那样安排自己的前途。以李从安的条件，满可以找一份稳定舒心的工作，恋爱结婚，生儿育女，而不是现在满身尸臭味地和这个世界上最变态的杀人重刑犯打交道，直到他二十一岁的时候发生了一件事。

那时他刚进刑警队，业务上不熟练，经常做些"留守"的琐事。其他同事受命抓捕逃到该市来的一个全国通缉犯。追捕工作一共进行了七天七夜，最后发现通辑犯躲进了一所民宅。李从安没有出现场，在公安局遇到了来找大刘的一个女人。

大刘二十八岁，刑警队成员，这个女人是他的妻子，结婚三年以来，有一大半的时间都独守空房。

"这些我都能忍了，"女人坐在刑警大队办公室里向李从安抱怨道，"可这次不行！"

原来大刘的岳父患了急性胰腺炎，已下了病危通知单。再不见，估计就成了终生遗憾了。

李从安也觉得这事是大刘做得不对。"嫂子，回头我让队长说说他，这也太不像话了！"

"我不反对你们工作，你在刑警队里打听打听，嫂子是那种胡搅蛮缠拖后腿的人吗？"

"嫂子当然不是！"

"就是，可小兄弟你说今天这事成不成？"

"不成，回来之后我一定让队长批评他！"

"现在不能打电话吗？"

"现在肯定不行，他们正在行动中呢！"李从安为难地说道。

"好，那我就在这儿等着！"

中途李从安去了别的办公室，回来的时候大部队已经回来了，逃犯被成功抓住，但大伙却没有欢天喜地，气氛不太对，没有人说话，抽了满屋子的烟。嫂子沉默地坐在房中间。

李从安已经有了不祥的预感。他上前叫了一声嫂子，没想到她居然哭了，而且是号啕大哭，就在抓捕逃犯的过程中，她的丈夫牺牲了。

这是李从安第一次接触死亡，第一次直面这个职业的危险。警察不是花拳绣腿的摆设，而是真刀真枪地跟歹徒干。说不怕那是假的，人的生命只有一次；说有多高的情操那也是虚的，穿上了警服，风里来雨里去，刀光剑影，甚至不惜搭上生命，仅仅是为对一份职业道德的遵守。

这样的道德，满世界都存在着，未必警察这样干了，就会显得有多高尚。

这件事给了李从安极大的影响，他突然明白了父亲为什么一直要将自己培养成一个合格的刑警了。这不仅仅是职业上的继承，警察每天都面对穷凶极恶的人，意外随时可能发生，父亲结了很多仇人。他是希望自己能够在最坏的情况下，承担起保护家庭的责任。

这件事就像是一剂兴奋剂，突然间催醒了李从安的潜能。这就是命运，从你从事警察工作的第一天起，就注定危机四伏。这是李从安后来琢磨出来的道理。

在邓伟说"认出了"自己之后，就一句话也不肯再说了。同事想吓唬吓唬他，被李从安打断了。对于一个有着十五年监狱经验的人来说，用来抗争世界的唯一做法就是沉默。这是心理学意义上的死穴，没有沟通，就无法建立起通往彼此世界的桥梁，这样的人就像一块冰冷的石头，唯一的做法，就是把它捧入怀中，让它感受温暖。这需要时间，而时间又是李从安目前最缺乏的。这也不是一时半会儿能解决的问题。

邓伟突然的沉默给了李从安很大的灵感，他说认出了自己，仅从自己的一个下意识的小动作。这个动作意义非凡，对李家稍微熟悉一点儿的就会知道，这是李家的标志性动作，在感到轻松的时候，李从安和他的父亲都会做这个动作。

这就意味着，邓伟不是认出了自己，而是认出了自己的父亲！

如果这个假设是成立的，那么父亲确实认识刘一邦。他想起了父亲那个突兀的摸鼻子动作，十五年前，那个时候父亲正在这个片区做刑警，会不会和这个案子有关呢？

李从安尽量让心跳慢下来。

"是不是因为父亲受伤，我的精神过于紧张了，才会有这些臆断？"李从安自己问自己。

告别了邓伟，李从安和民警开车回了分局。他的心思全在自己的疑问上，专案组的同事在向他汇报着案子的最新进展。

"队长，队长！"民警叫着他把他的思绪从思考中拉了回来。

"哦，你接着说，我刚刚在考虑问题，走神了。"

"要不要歇一会儿？"民警尝试着问道。现在他父亲受伤的消息已经传遍了局里。

"没事，接着说吧，有什么好消息没？"

"没有，刚刚说到我们走访了相关群众，派出所、居委联防那边都通知到了，不过到现在仍然没有发现嫌疑人的踪迹。"

"接着查，难道他还能隐形不成！"

"是！"

民警一走，李从安站了起来，在临走之前想了想，还是打电话让档案室里的同事，帮忙调出当年邓伟的卷宗。

他出了门，转上了马路，一路开车去了电信局。

找到电信局里相关的工作人员，李从安亮出了自己的工作证。

"来查个电话。"

"谁的？"

"我把号码给你。"李从安掏出一张名片来。

工作人员很快拉出了一长串电话号码。

李从安看着上面的数字，一行接着一行，心情却很复杂，最后他的心还是一紧，他看到了一个熟悉的号码。泰民制药厂闫厂长的手机，就在"试药"事件调查变卦的前一天，接到过一个电话。

没错，是父亲的手机！在自己和父亲提到刘一邦之后，是父亲打了电话给闫厂长，才导致他们变卦的！

城中公园里出现的尸体，尸源查找工作取得了很大进展。下发到各市区县的五千张协查通告得到了回复。本市圆通运输公司货车司机徐继超，失踪三日，通过体貌特征、遗物辨认、亲属认尸，认定受害者正是徐继超。

这对锁定嫌疑人没什么实质性的帮助，但却确定了邢越旻并没有上升为无缘无故杀人，因为很快就发现，圆通运输公司正是其继父万吉朋所在的公司。

"这说明他们之间认识，起码有关系，邢越旻在受害人的选择上不是随意的，而是有方向、有预谋的。"肖海清没有在电话里说，而是直接来到分局。

肖海清赶到的时候，李从安正在催要邓伟案的卷宗。刚挂了电话，肖海清就进了虚掩的大门。李从安精神有点紧张，竟然一个失手，差点撞翻了桌上的杯子。他赶紧点起一根烟来掩饰，抽了一口，突然觉得这个动作很无聊，肖海清就是研究人类行为的，除非她自己不愿意，否则很难逃脱她敏锐的观察。

李从安冲她打了个招呼。

"你看上去没睡好？"显然她也感觉到了李从安的奇怪，对于李从安来说，"没睡好"只是众多煎熬里最不起眼的一个。

肖海清没有深究，而是拉开办公桌前面的椅子坐了下来，她开门见山地说出了自己的看法。

"这代表什么？"李从安知道肖海清来，不仅仅是因为这点表面的发现。

"每个人心里都有一份谋杀'清单'，"果然不出所料，肖海清谈出了她的担忧，"这个概念起源于三四年前的一起滥杀案件。凶手叫陈国华，是个三十多岁罹患鼻癌的年轻人。按照现在的治疗水平，还算有抵抗力的陈国华如果经过治疗，五年甚至更长的存活期应该是没有问题的，但他自己放弃了。"

李从安一边听，一边走到饮水机旁，给肖海清倒了一杯水，她喝了一口放下，继续说道："他决定放弃治疗，在有生之年开始屠杀，到最后落网，他一共屠杀了七人。除了其中一个无意中撞见谋杀的修车师傅，其余的都是他一开始就列好的名单中的人。这些人与他没有直接意义上的利害关系，但却贯穿他的一生。从少年时代开始，包括高中的班主任、动迁组的打手、公司里的上司、情敌以及在他父亲的医疗事故中负主要责任的医师，等等，按照他自己的说法，他在为他的一生复仇。而上述这些人，都是在陈国华不同阶段，对他产生深刻伤害的人。有些是因为伤了他的自尊，有些是触犯了他的利益，这些伤害都不足以让陈国华当时就有杀人的想法。可当他得知自己患了不治之症，潜意识里埋下的仇恨就被激发了起来，他认为自己的一生多劫多难，就是因为身边这些人老是'和他过不去'的原因。这种犯罪动机和心理诱因比较罕见。"

肖海清顿了顿，李从安没有坐下，而是绕着肖海清转圈，她的头如同向日葵一般紧紧地跟随着李从安。他转了一圈又回到了办公桌的后面。

"但抛开陈国华这起特例不谈，就在此案破获后不久，我做了一个相关的实验，与当初的设想大相径庭，这居然不是一个个例！实验发现其实我们每个人的潜意识里，都存在着这样的一份'谋杀'清单。从心理学的角度来说，愤怒是一切暴力的源泉。只不过大部分情况下，我们都能够自我调节，但如果有外力的加入，各种环境适合，就完全有可能将臆想中的谋杀付诸行动，也就是说我们每个人都有可能成滥杀者。"

李从安皱起了眉头。肖海清说的这些是很好理解的，谁的一生还没有几个特别仇恨的人？如果真的得知自己就只剩下最后的几天时间，条件允许的话，没准真会干这事。"你是说邢越旻，也属于这一类型？"

肖海清没有直接回答："如果张慧佳被作为谋杀对象，是因为她是邢越旻和那个神秘人之间的'阻碍'，是他们见面的'前提'，那么徐继超很明显不属于这种情况。而他们之间的联络'暗号'，这次是那个城中公园，这个上次已经推断过了。徐继超作为邢越旻杀人的对象和神秘人没什么关系，这点上次在现场，我也已经提过了。"

"那你的意思是？"

"是的。想和神秘人见面只是外因，这和第二宗谋杀案的对象选择，没多大关系，邢越旻是按照自己的'谋杀清单'来选择谋杀对象的。"

李从安又点了一支烟。

肖海清眉头蹙了蹙，继续道："回去之后我一直在想，邢越旻是什么样的犯罪心理，会导致他居然不惜一而再再而三地杀人，来给神秘人写信。如果说张慧佳是'阻碍'，必须死，那么为了与神秘人见面，真的需要再次杀掉一个与神秘人毫无关系的人吗？陈国华不久人世还可以理解，邢越旻只是为了见一个人，完全可以做其他任何可以引起轰动、引起媒体注意的事情，而不用真的去杀人，我想一定还有另外的心理动因。"

"你还记得上次我说，神秘人有可能一开始就预谋着杀掉刘一邦？"

李从安点了点头。

"心理学意义上有种'靠近'，当一个人对另一个人产生仰慕、崇拜或者爱慕的情况下，会在行为上模仿对方，这种仰慕之情越深，模仿的程度也就越相似，"肖海清顿了一顿，"我们在对陈国华的犯罪心理研究上，发现他对自己的行为并没有愧疚感，他觉得他是在做一件正确的事情，邢越旻也在杀他认为应该死的人。"

"你是说——"李从安突然想起，邢越旻在案发前一直在看的那张碟片：《天生杀人狂》。

"在邢越旻看来，那个神秘人正是自己的偶像，如果神秘人真的是杀害刘一邦的凶手，"肖海清低着头像是自言自语，"我想见到你！"她的语气却引导性地带了些文艺腔。

李从安手指击打着桌面，他猛然反应过来，"是个女人，"李从安从椅子上站了起来差点惊呼出来，"是个女人，我们先前的推理没有错，邢越旻爱上了她！张慧佳却不是因为这个才被害，而是无意中发现了邢越旻的阴谋，邢越旻认为神秘人杀掉刘一邦是应该的，所以他自己也在模仿她的行为，向她示爱！"

肖海清说完就一直看着李从安，看得李从安心里发毛，他抿了一口桌上的茶。李从安的汗水已经湿透了手心，他放下双手，悄悄地在裤腿上擦了擦。

肖海清比李从安大不了几岁，可论辈分，却也算是师傅级别的人物。当李从安还默默无闻的时候，她已经协助李从安的父亲以及后来历任的刑警队长，破获了不少疑案悬案。和普通人一样，对于自己的师长，李从安多少有些拘谨。

他不得不佩服肖海清，毕竟她只是个教师，仅通过心理分析，就能得出这样的推理。

现在李从安紧张，当然不是因为得知了她的这些推理，而是怕她发现自己的心事。

兴奋过后，李从安还是无法把所有的精力都放在目前的这个案子上，父亲现在还在医院，而且他刚刚得知，父亲曾经干扰过自己办案。更重要的是，为什么要这样做呢？当年发生过什么呢？为什么那么巧？居然和邢越旻父子类似，自己和父亲在前后十五年的两起凶杀案，也有交叉点，就是那个死者刘一邦。

与其说，李从安现在的紧张缘于父亲在死亡的边缘游走给他带来的巨大压力，不如说，更多的紧张来自于他知道父亲居然知法犯法。

不用想也能得出结论，导致一个老刑警知法犯法，这必定有着更深的隐情。

要想对一个行为专家埋藏自己心中的秘密是困难的。李从安不得不又点上一支烟，来隐藏自己的心理活动。想想实在很滑稽，研究了那么久的识谎心理学，没想到今天却要绞尽脑汁地避免另一位专家看出自己内心的虚弱。

这次肖海清的眉头皱得更重了，"怎么一下抽那么多烟？"

她微弱的表情告诉李从安，她已经开始怀疑自己的反常行为了。李从安默默回忆着识谎的标准，来避免自己犯书本上所罗列的那些错误。可就在他心猿意马的时候，却发现自己的手指正在不自觉地敲击着办公桌的桌面。该死！他意识到自己留了一个入口，一个通向自己内心深处的入口，这对于普通人来说不算什么，可对于肖海清却有着不同寻常的意义。

李从安停止了敲击，摸了一下桌面，像无聊之中擦拭桌上的灰尘一下，做完又意识到这个弥补的动作，是如此不自然。他看了一眼肖海清，她正盯着自己的双眼，李从安本能地回避了她的眼神，想想不对，再次对接上目光，已经来不及了。

李从安像个措手不及的孩子，尴尬地笑了一下。他一直在研究如何识谎，直到今天才发现，原来制造一个谎言是如此困难。

沉默，李从安找不出这时候的话题，心想如果再做无谓的挣扎，那只能让肖海清更加看透自己的心思了。

肖海清最终什么都没有说。也许她发现了什么，但给李从安留了面子；也许什么也没有发现；也许只是有了怀疑，但不能确认。

不管怎么说，李从安还是感谢肖海清没有深究下去。作为同行，他当然知道，只要她愿意，这时候完全可以展开心理攻势，进一步获得更多的消息。

然而她什么也没有说，而是从包里拿出一本A4大小封面的本子，摊开放在李从安的面前。在这张本城的地图上，她画着不同图形，上面还密密麻麻地写满了标注，这是一张邢越旻的犯罪心理地图。

这可比分析自己重要多了！李从安想着。

与谋杀清单一样，每个人心里都有一张心理地图。它就像一个无形的GPS指导着人们的行为。受过欺骗的服装店、不新鲜的罗宋汤、剃坏头发的美容厅，这些不愉快的体验，都会像烙印一样烙进我们的潜意识里。在下次选择出行的时候，我们会本能地避免那些地点，其排斥的对象甚至可以扩展到一个很大的区域。在一座城市里，我们很多人对于某条街道，或者某个区县，没有由来地排斥，往往就是属于这种心理。

当然，反过来也是一样。美好的童年、初恋约会，任何让人感到愉悦的地方，往往是我们高频率出现的区域。肖海清的研究对象中有一个中年妇女，她每次下班回家都要转一次公交，而放弃明明可以直达的车，就是因为她在转乘的那趟车上曾经捡到过一个钱包，里面装着四百块钱。

犯罪人在选择与犯罪有关的地点时，也会遵循上述的原则，不过这也不是绝对，可邢越旻似乎有着比较明显的行动脉络。

在地图上，肖海清以邢越旻的家、学校、张慧佳以及徐继超尸体发现地这四个地点为端点，两两连线，以交叉点为圆心，取最长的距离为半径，画出一个圆来，发现，它们仅仅局限于城西不到五平方公里的很小的一块区域。

邢越旻对这块区域情有独钟。肖海清又查了些资料，他的幼儿园、小学、中学，以及他亲生父亲以前的家，都集中在这五平方公里之内，或者在它的边缘。他对这一带非常熟悉，所以极有可能就藏身于此。

"难道说这区域之外，邢越旻就没有可能另有'靠得住'的地方栖身了？"李从安转了一个身，他对肖海清的分析很有兴趣。

"当然没那么神，我的意思是说，这五平方公里是高命中率的区域，应该以此为中心，向外搜索。"

这个观点是能够让李从安信服的。邢越旻的搜捕工作确实一筹莫展，只知道他仍在这座城市，但却无从查找。

按照肖海清的建议，李从安心里想着搜捕方案：要下到基层。他兀自点了点头，动员辖区的派出所、居委会，配合刑警队的行动，先罗列出旧仓库、空置的民房，再辐射到旅馆、浴室这些有可能藏身的地方。

"我们马上行动！"李从安心里有了谱，他拿起电话吩咐自己能够调动的所有人员，展开这场搜捕。

"我觉得你有问题。"

"什么？"李从安刚挂掉电话，抬头就发现肖海清直逼过来的眼神。

她并没有放弃？李从安一惊，颤了颤，他知道肖海清的绝技，直捣黄龙，以观察自己在突发情况下作出的行为反应，来判断心理活动。

她的眼睛仍死死地盯着自己的面部表情。刚刚是因为时机未到？

这是本能，无处可逃。肖海清研究的这部分行为，发自于大脑第三部分的边缘系统。它不像喜怒哀乐的情绪会经过一个"中转站"，我们往往可以控制中转站，来做到不露声色掩饰自己的开心或者愤怒。然而边缘系统行为，却直达人的肢体、肌肉、神经末梢，这是一种出于本能的反应，就像我们遇见一条响尾蛇会失声尖叫。

就在那一瞬间，李从安知道自己已经暴露了。他不晓得肖海清看出了多少，他是否能够把怀疑转移到另一个合理的原因上去？其实做到这点不难，父亲的受伤正让自己陷入到前所未有的压力中。

这是事实。他想说他正担忧着父亲的安危，这倒是真的，也为他心不在焉找到了恰当的理由，有什么比担忧自己父亲的安危更加能令人信服？这个理由可以天衣无缝。

　　可阴差阳错，李从安临了却说了一句："我不想当警察。"

　　他说出这话的时候，自己也吓了一跳。他恍如隔世般地以为这句话不是自己说的，怎么可能说出这样的话来？

　　肖海清看着他，皱了皱眉头，"你不想当警察？"

　　"我不适合当警察。"李从安又补了一句。补的这句话顿时又让他感觉很无聊，他知道口误在心理学范畴内的意义。

　　赶紧转移话题吧。

　　但倾诉的欲望滚滚而来。是的，就在此时此刻。在自己的办公室里，面对一个刚刚因为抓捕罪犯而失去自己儿子的女心理专家。

　　就像朋友那样聊聊。自从穿上这身警服，他还从来没有向人倾诉过自己的心声。甚至连自己的女朋友姚若夏，他也没有说过这样的话。在外人看来，李从安是个屡破奇案的英雄，博学多才，文武双全，可又有谁知道，就在他观察细微的心理痕迹，将那些犯罪分子置于放大镜底下，原形毕露的同时，自己却无时无刻不在接受内心的煎熬。

　　"我小的时候是个文弱书生，当所有的男生在球场上玩耍的时候，我宁愿像个女孩子一样，躲在一边看书听音乐，我和江湖格格不入，从小到大没有打过一次架，而且还会因为评不上三好学生哭鼻子。我没有想过自己会做一个警察，更没有想过现在会坐在这个位置上。"李从安一口气倾诉下来，有种酣畅淋漓的快感。

　　"我每次做个决定，就要承受难以言表的压力，任何一个错误闪失，就会有人丧命，或者让真凶逃之夭夭。我现在还无法正面尸体，那些血肉模糊的场景，我现在想起来，还会觉得恶心。"

　　肖海清明白李从安的意思，她自己就是因为过于自信，过于相信自己的判断，才会让至亲死亡，而现在李从安就面临着与她一样的窘境。

　　"你父亲的事儿只是一个意外！"

李从安抬起头看看肖海清，他倒是希望这是个意外！

"你从小生活在警察世家，父亲是个坚强的男人，他不仅成为家里的顶梁柱，而且还成了你的偶像。你努力要成为你父亲心目中的那个样子，可这点偏偏与你自身格格不入；当你终于成为一名警察之后，却又一直活在他的光环下，对于你所有的成绩，人们更多的是考虑到你父亲的影响；当你终于摆脱父亲的影响成为自己之后，他的意外却成了压垮你的最后一根稻草。"

"别分析我。"李从安再一次苦笑。

肖海清停了下来，看得出来她欲言又止，可沉默了良久，最终肖海清还是什么都没说，只加了一句无关的话："你是个好警察。"

第十五章　安眠药

案子还是要继续查下去。肖海清走后,李从安才算松了一口气。说实在的,倾诉让他轻松了不少。

可案子还得查下去!他想。神秘人一天不与邢越旻联系,他就可能继续他的谋杀清单。还有更棘手的事儿煎熬着李从安。

父亲为什么要这样做?他又打了个电话去医院,确认父亲还安全地睡在病床上,叮嘱了两句,才把心思收了回来。邓伟案的卷宗怎么还没有到?他有些焦急,对方说已经在路上了,年代比较久,翻出来挺花心思的。

算时间应该到了。李从安不安地看了看手表,他希望能够尽快看到卷宗,并且从里面找出一些有用的信息。

手机尖锐地响了起来,这对于正在小心翼翼思考的人来说,无疑是种惊吓。是个陌生的号码,李从安眉头皱了皱,千万别又出什么幺蛾子。

电话里的人说他叫李二牛。李从安不认识,他迅速地回忆了一下记忆之中各式各样的名字,想不起来和这个叫李二牛的人打过交道。他又说自己是贺北光的朋友,李从安突然想起来,与贺北光不联系有一段时间了。这时候门外进来个民警,手里拿着黄色牛皮纸袋,看厚度里面正有一叠文件,应该是邓伟的卷宗。

"对不起,我现在有些事情,晚些打给你。"

"不是,李警官——"

还没等到他把话说完,李从安就把电话挂了,现在没什么能比手头上的事儿更重要。他接过牛皮纸袋，显得有些迫不及待，然后停了一停，对送文件来的民警说，你先忙你的去吧。

民警转身走了。李从安站了起来，为自己倒了一杯热水，还打开饮水机旁的茶叶罐，倒了几片茶叶进杯子，一边装水，一边看了看四周。他们在各自忙着自己的事儿，这样很好。李从安回到桌前，坐下，就像取出一件普通的卷宗一样，打开了牛皮信封。

用来书写的纸已经泛黄，上面誊写着这件案子的来龙去脉。是个锋利的笔迹。李从安看得出书写者的锋芒。

笔迹也是摸索人内心的好渠道，李从安曾经专门对此整理总结过。圆润饱满、流水行云的字迹，说明它的主人也是个温和的人；处处笔锋夺人，苍劲有力预示着他多数是个雷厉风行的硬汉。这和书写者的身份没有绝对的联系，李从安见到过很多心思缜密的低文化程度盗窃者，写得一手漂亮的书法；而那些高学历的经济罪犯，未必个个都能铁划银钩。

李从安本身就有一副骨气洞达的"身手"，这和父亲的熏陶是离不开的。父亲也是个书法爱好者，从一开始用钢笔在旧报纸上练字，到进了公安大学乃至退休之后仍龙蛇竞走，几十年下来，李从安对父亲的字迹再清楚不过了。

李从安翻到最后一页，在经办人一栏里，看到了熟悉的名字。

当自己的预判到最后被证实，李从安却高兴不起来了。如果说在此之前都是揣测，那么现在已确认无误，父亲正是当年的"主角"之一。

走廊里走来一个人，冀行英警觉地看过去，发现是送报纸的后勤，才松了一口气。她看到了自己，笑笑，他微笑着表示回应。

三十四岁的冀行英当过三年兵，陆军。1998年抗洪的时候，断了右手的无名指和小指，退伍之后被政府安排在市三医院保卫科。

这是事业单位的正规编制。钱不是很多，但算计着过日子，也能挺幸福。他有个小他六岁的媳妇，农村来的，长得挺带劲。

媳妇给他生了个儿子，两岁了，虎头虎脑，这更让冀行英觉得生活有滋有味。每当听到儿子叫爸爸的时候，他就觉得自己是因祸得福。

"两根手指换了个漂亮媳妇和儿子，值！"冀行英属于三等残废，记过军功。他的很多战友，到现在工作还没有落实，靠吃政府的救济金过活。

下午5：15，他坐在病房门口的长椅子上，兀自一人翻看着手机。儿子仰着的脸赫然笑在手机的荧屏上。那是在他睡着的时候，冀行英偷偷拍的。儿子这一代人一定比我们好，冀行英想着，睡着的时候都能笑出来。他抓住这个瞬间，用手机拍了下来。每当自己疲惫的时候看看，比吃昂立多邦解乏多了。

越看就越想念，离开还不到四十八小时，冀行英就有些受不了了。他有点担忧，昨天晚上没回家，媳妇说早上儿子醒了以后，有点轻微咳嗽，喝下去的牛奶全吐出来了，保险起见还是来医院看看好。冀行英觉得很对，小孩子的事儿可大可小。

现在生活上去了，抵抗力倒是下来了，想自己小时候喝米汤青菜汁，田埂里见天摸爬滚打的，也没见生病，现在的小孩，国外奶粉供着，蜂蜜奶酪补着，可动不动就头痛脑热。看来这放养和家养的还是有挺大区别的。

老婆带着孩子正在赶来的路上，他看了看表，和刑警队警察约定的时间已经过去五分钟了，他还没回来。别着急，他对自己说，还有时间。

冀行英是昨天清晨知道这事的，如果早五分钟走，也许就不会摊上了。当时他已经下班了，但被交接班的小刘拉着唠了两句家常，抽了一根烟，电话就响起来了。副院长打来的，说是有急诊，公安局会来人，要保卫科的同志全程陪着。

电话里其实没要求冀行英，只说要当班的在场就行。保卫科总共两人，冀行英是科长，可院长既然知道了自己还没走，不露面就不太好了。到了现场，才知道原来是公安大学的干部。

这个人冀行英听说过。前年处理一件医闹事件的时候，一个刚从警校毕业的小伙，在医院保卫科值班室的床上对付了一个礼拜，冀行英陪着值班，聊着聊着就聊起了小伙学校里的事儿。

冀行英知道他是个大官，以前也是搞刑侦工作的，开过枪，也受过伤，是条汉子。还有一点，冀行英一直没机会接触什么高层。

他对自己的工作挺满意，但现在的单位离家太远，而且还是三班倒，以前不觉得，但有了孩子就感到有些不方便。这次伺候好了，没准还能往外调调？

所以冀行英虽说已经很疲惫了，但还是尽忠职守地在门外守了两个白天外加一宿。

又过了五分钟，仍然不见刑警队人的踪影。本来是有两个人在门口站着的，另一位说是出去买盒烟，让冀行英独自盯会儿，最多半个点回来，可现在已经过去十分钟了。

冀行英突然觉得这倒是个机会。从昨天送进手术室，出来，进进出出那么多人，自己虽然一直待在现场，被引见了几个领导，可都是工作上的客套，没准人家一转身就把自己给忘了。现在不是正有机会和里面的这位说说话吗？冀行英暗自琢磨着。不过用什么方式呢？

他瞥见不远处楼层接待台上新送来的报纸，有了主意。他看看走廊的尽头，刑警队的搭档还是没有出现，冀行英站起来，走到接待台前，取了一份报纸，走回门前，看了看病房里。他依然酣睡着。"真能睡！"从中午他儿媳妇走以后，就一直睡到现在，是不是受过伤之后的人都这样？

突然把他吵醒了，会不会很恼火，反而马屁拍在了马腿上？冀行英心里有顾虑，敲门的声音就特别轻。

"没反应？"冀行英又敲了几下，还是没反应。冀行英壮着胆子开了门。他不敢造次，蹑手蹑脚地走过去。发出的声响要不大不小，他对自己说，既能保证让领导醒过来，又不至于被惊吓到，毕竟已经睡那么长时间了，应该够了吧。

我可以说是送份报纸过来给他看看，冀行英很为自己的这点小聪明得意。这近乎套得不露声色，再恶心的事儿他也做不出来。可他还是没醒。

睡得真死！冀行英想，领导伴随着呼吸有节奏地一起一伏，这让他没了辙，悻悻地又退出来。那个警察还是没回来。

老婆的电话倒是响了，说还有一站路就到医院门口了，现在走得开不？

153

冀行英说你等我会儿，交接的人一到，就马上下来。

冀行英给那个警察去了个电话："到哪儿了？"

"小冀啊，遇上个熟人，聊聊，马上就上来了！"

冀行英听出对方有点不耐烦的意思，原本准备好的说辞就不太好说了。"没事，我就问问，我一个在门口也能盯着，你迟些回来没事！"

"快了，不好意思啊，再抽根烟就上来了。病人怎么样？"

"还在睡着呢。"

"还在睡？"那边也流露出了吃惊，"行！"

挂了电话，冀行英突然觉得有些不对，他从门上再看了看屋里，领导一动不动安稳地睡着，可还是有点奇怪。他想想，又比上次更大声地敲起了门。

还是没反应，冀行英有种不祥的预感，他推开门，叫着病人的名字。

还是无动于衷。

他快步走近前去，拍拍病人，又摇了摇他，然后慌了起来。

他几乎是跑到走廊上，嘶哑着声音喊道："医生，医生！"

"邹国庆有个女儿。"

虽说隔了十几年，但还算运气好，李从安调取了邹国庆的死亡证明，按照上面的户籍，给当地的派出所去了一个长途电话。

带着口音的中年男人花了十分钟，才明白李从安的身份和目的，又经过漫长的等待，那边的电话才回了过来。

"有这个人，"那人带着浓重的乡音说着，"八几年的时候就离开了，他老婆那年掉河里淹死了，他带着自己九岁的女儿到城里打工，女儿叫邹萍。"

李从安查到了这点并没有费太大的劲儿。

当年的卷宗上说着一件陈年往事。邹国庆在老乡刘一邦介绍下，到了医院试验泰民制药厂的新药，后来去医院说自己发生了不良反应，要讨个说法，最后被认定是敲诈。邹国庆想不通，出于报复，来到医院财务室偷窃，未料恰逢值班的邓伟发现，失手将他推下了楼，邓伟为此坐了十五年牢。

李从安陷入到沉思中。女性，这符合肖海清的推断，作为被害者邹国庆唯一的亲人，也有动机。刘一邦作为邹国庆死亡的间接推手，会不会招来他女儿的报复呢？之所以到了十五年后才报复，是因为当时邹萍还小，而她现在长大了，所以来报仇来了？

神秘人是个女性？邢越旻爱上了她？李从安回忆着肖海清的推论，他把两者联系在一起。按年龄来算，长大后的邹萍应该二十五六岁，对邢越旻这样的少年，应该很有吸引力吧。

难道这个邹萍就是神秘人？

不管怎么说，得找出这个所谓的邹萍来。李从安想着，但还有一个问题，父亲在当中充当着一个什么样的角色呢？这不是什么很曲折的案情，父亲为什么要隐瞒呢？

李从安不厌其烦地再次打开卷宗，想靠着为数不多的线索，能够再挖掘些什么。

邹国庆来到这座城市的临时住所被查了出来。

李从安按照上面的电话，打到所属的居委会，却被告之是个水果店。

"居委会？打错了！"那边毫不客气地挂了电话。

李从安看看电话没错，又拨了另一个号码，询问派出所负责户籍的同志。原来那个地址上的居民区早在十年前就已经拆迁了。

"那时候的外地人员管理还不规范，只要没犯过事，一般不会有书面材料的登记。"户籍警还说了一个不好的消息。

"有没有可能找到当时的居民？"

"呦，这个我不太清楚，但我知道那个地儿，它的拆迁性质有点特殊，原本安置他们的拆迁房出过问题，所以大部分居民都是拿的补偿款，自己买房去了。"

"换句话说就是散落各地？"李从安问道。

"是这样的。"

"哦。"李从安想年代久远,就算找到了,能确保他们还记着当年的这些事?这不是一个好办法。

"你还记得当时负责那块片区的户籍警吗?"

"你说的是老冯头?去世了,几年前就走了。"

这又是一个令人失望的结果,看来只有大海捞针似的去寻找当年的那些邻居了。

"这样,你看看有没有可能搜集到当年这些居民的联系方式,我这儿有个案子,可能得他们出来帮帮忙。"

"这工作量可大呀!"户籍警在那边说。

"带着查吧!"李从安不好强求什么。

挂了电话,李从安正在捋思路,计划一个比较高效的排查方式,是不是需要抽调两个人过去?李从安忽然灵机一动,来了灵感。当年邹萍才十岁,还不能独立生活,又没有亲人,也许被送进了福利院呢?李从安越想,这个可能性越大。自己一开始居然没想到?

李从安在网上查询收留孤儿的福利院,历史超过十五年的着重调查。电脑上一共给了他四个提示,李从安一个个打电话过去,询问十五年前有没有一个叫邹萍的女孩被收留,她的父亲死于谋杀。

查询到最后一家福利院的时候,李从安的不懈努力终于获得了回报。邹萍当年被一家叫"全家"的福利院收留了。李从安立即驱车前往。到了门口,一个中年妇女很有礼貌地把他引到了院长办公室,院长是个白发苍苍的老太太。她热情地让李从安坐,递上了自己的名片,她桌上已经摆了一份资料,看来在他来的路上她已经做好准备了。

"太谢谢了!"

"不客气,这是我们应该做的!"

李从安拿过资料,翻开一眼就看见了邹萍的照片,虽说很模糊,但还能依稀辨出模样,瘦小的身子,扎了个麻花辫,脸庞清秀,是个很招人喜欢的小姑娘。李从安觉得她非常眼熟,甚至,甚至和姚若夏有几分神似。

李从安摇摇头,也许漂亮女孩,小时候都长得差不多。

"这就是邹萍,她来我们这儿只有一个月就走了。"

"就走了?"李从安没有多想照片上邹萍的模样,"什么意思?"

"确切地说是被人收养了。"

"收养了?"

"本来那么多年下来,我也记不住的,但一接到你的电话,我立即反应过来是她。我们这家福利院收留的绝大多数都是弃婴,都有点残疾,而这个邹萍虽说年纪大了些,但小姑娘长得很漂亮,人也机灵,恰巧有一对四十多岁的夫妇没有儿女,来看过一次,第二次就把人接走了。"

"您知道这家人的姓名和住址吗?"

"不知道。"

"不知道?"

"那个时候收养一个孩子还没有那么多法律约束,即使有一些地方规定,但福利院本身也入不敷出,遇到有人收养,我们一般也睁一只眼闭一只眼,不会有太多的要求。事实上,那些父母很少愿意留下姓名或者地址之类的信息,主要怕养大了之后,亲生父母再回来要回去。这也可以理解。"

"但是,总会遇到一些问题吧?总不能把人领回去就算了,比方说申报户口之类的,总会需要留些资料下来吧?"李从安觉得有些不可思议。

"那对夫妇似乎有些背景,当时他们说这个不成问题,把孩子领走,他们自己会搞定的。"

"原来是这样。"

"没帮上什么吧?真不好意思!"

"不不不,这些信息已经够了!"李从安谢着院长,但心里还是有些失落,空欢喜一场。

第十六章　白素梅

得知父亲再次受到伤害，李从安第一反应是询问母亲的情况，在得知母亲并没有意外之后，才算有了一点安慰。他急忙开着车来到了医院。医院里的医生正在做全面检查。医院保卫科的人觉得父亲睡的时间太长了，有些好奇，尝试着叫了两次没叫醒，开始还以为是太累了需要恢复，到了第三次终于觉得有些不对了。

"怎么样？"李从安尽量隐藏起焦急，问着医生，他们已经是第二次见面了，就在不久前，这个医生亲口告诉他病人已经转危为安了。

"看上去像是中毒，生命体征都还算正常，只是陷入了深度睡眠，像是中了什么麻痹神经的毒。"

"中毒？"

"是的。"医生说得很平静，"血液检验报告还要再过一会儿才能出来。"

"投毒方式是什么？"

"可以口服，也可以通过皮下注射，还可以——"医生没有说话，举了举手里的输液瓶，正是父亲的，"这个检测已经出来了，是麻醉剂，能够让人在短时间之内进入深度昏迷。"

"有生命危险吗？"

"不好说。"医生没有把话说死，"不过据我个人对这种药的了解，应该不算最糟糕。"

李从安转过头来，值班的民警和保卫科的人显得很局促，仿佛这一切都是他们的过错。

"什么人来过?"

民警拿出了记录的本子,上面写着从李父进院后,来看访过的病人。一些公安局的领导,还有姚若夏,就再也没有其他人了。

他是怎么做到的?

"有没有一个二十五六岁的年轻女子来过?"李从安说出这句话,自己也吓了一跳,他知道自己说的是那个邹萍,他无意当中,居然把刘一邦和父亲的受伤联系在了一起。

两个人绞尽脑汁地想了一会儿,说:"没有,除了嫂子之外,甚至连陌生人也没来过,这病房就一直没离开过人!"

他是怎么做到的? 李从安又问了自己一遍,觉得有些不可思议。李从安再次走进病房,又查看了窗户和房顶上的排气扇,没有人为的痕迹,这里是十三楼,他总不可能飞檐走壁进来投毒。

总有些地方不对。他的脑海中不知为何,又浮现起邹萍小时候的照片。就是她? 当年看上去清纯的小姑娘,现在究竟变成了啥模样? 李从安脑海中突然浮现出一个景象,一个小女孩孤独地坐在门槛上,深夜里等待着不会回来的父亲,她的眼里充满无助和恐惧。

父亲干扰自己办案,干扰自己查泰民制药厂,查当年的"试药"事件,为什么?

李从安又一次把两件事,扯到了一起。

李从安守了一上午,医生终于传来了好消息,说情况已经稳定了,经过药物中和,毒素被排得差不多了,但要完全清醒过来,还需要一点时间。"一天或者两天,"医生舒了一口气,"运气好啊!"他说。

这也是第二次听到了。李从安现在最触动内心的词就是这个,"运气好啊",可这背后酝酿着多大的阴谋? 谁他妈知道接下来会发生什么。

"要不要转移医院?"手下问道,李从安想了想,没什么保险的地方。

"再等等。"这也是无奈之举,只能多派些人过来了。

"输液的源头要查一查,调调监控录像。"李从安皱着眉头说,刚刚在输液瓶的橡皮塞头上发现了针孔，估计凶手是用注射器把药注射进去的，难怪病房里没什么线索。输液瓶很有可能在送来之前，就已经下了药了。

"再查查指纹。"李从安补充道。

但他并不做太大的指望。排查的范围很大。输液瓶被标上号，放在护士室里起码两个多小时才被插上导管用在父亲的身上。此前任何人都有可能走进医务室，按照药瓶上的名字，趁着没人往里注射麻醉剂。

"放心吧，从现在开始，所有的药物、饭菜都由我来亲自把关，所有外来食物一律不能入内。"医生拍拍李从安的肩膀，"在我这儿，保证不会再出事了！"

听到医生的承诺，李从安稍微心安一点。可这仍是治标不治本。凶手找不着，父亲就始终活在危险之中。

睁不开眼，像是从极度疲惫中醒了过来，口干舌燥，又仿佛刚刚从沙漠死里逃生，紧接着是饥饿感，神经系统一旦恢复工作，贺北光就感受到了接踵而至的麻烦。

身子长时间蜷缩着，让他连伸一下腿都感到困难，他靠在墙上想，难道就这样坐着睡了一觉？

眼睛被蒙着黑布，但这时候，贺北光依然能够看到缝隙中透进来的光，应该是白天，要么就是在一间亮有太阳灯的房间里。

他的手被反绑上了，肩膀酸得要命，稍微动一动，手腕也会传来刺心的疼，估计是被磨破了。这是"水手结"，贺北光想。在"咨询"公司开张之前，他曾经煞有介事地跑到体育中心学过擒拿与捆绑。

这种绳扣越挣扎越紧，中心的教练还说过，如果身遇险境，首先要保持冷静。贺北光冷静了半天，也没想出什么办法，只觉得教练的这句话是屁话，它唯一的好处，是让困境里的人比较从容地等死。

去他妈的冷静！贺北光显得很急躁。腿像死掉了一样一动不动；手倒是能转，可手腕的伤口，一碰到粗糙的麻绳就疼，这种滋味，就像把手伸进滚烫的油锅。眼睛看不见，饥渴难当，不知道身陷何处，贺北光觉得自己正在经历这一生最倒霉的时刻。

他用后脑勺撞着墙壁,想要把急躁从身体里赶跑,这样的做法明显得不偿失,他感到更加昏沉沉了。

还有什么办法?急功近利的做法毫无成效,反而让他再次冷静下来。这次却收到了成果。灵感眷顾了他起了包的脑袋。这绳子挣扎不开,可不可以把他磨掉?

机会虽说很渺茫,但起码应该试试吧。贺北光很为这个主意得意。接下来的问题是要找到个能用来磨断绳子的工具。可想到这,他又有些灰心了,这似乎比用脑袋撞墙赶走急躁更加无稽。

难道她会绑上自己,再留把匕首,好让自己割断绳子逃之夭夭?也许会有玻璃瓶什么的。贺北光安慰着自己。警匪电影里不是经常有这样的桥段嘛。好运气总是伴随着主人公,总是有办法在恰当的时机让他们否极泰来,没准自己也能感受一次冰火两重天的兴奋。

他沿着地面摸着,一片空白。冰冷的水泥地比少女的脸还干净,别说玻璃瓶,连一颗捏得起来的小石子也没有。他觉得自己太文艺了,不是每个人都是主角,更多的时候,平凡的人只能充当炮灰,无法起死回生。

他歇了一会儿,想想究竟发生了什么。为什么姚若夏要去害李从安,确切地说是拿他的父母开刀?外面还不知道乱成什么样了?那么巧,我偏偏就陷入其中?她连李从安的父母都敢杀,那自己就更不在话下了。贺北光想了一连串的问题,可最难回答的是为什么自己还没死?

这不由又让他感到安慰,电视里的正面人物也经常这样,抓住凶手偶尔的慈悲,转败为胜。

还得再想想,一定有办法的。这回,贺北光不急躁了,尝到了冷静的甜头,他还是要好好地琢磨琢磨。也许可以找到墙的棱角处。贺北光记得电影里也曾经演过,双手反绑的人,在墙角磨断了绳子。他沿着墙壁,一屁股一屁股地挪着,边挪边用手触摸着。

突然有一记声响,像是开门,又像是关门,贺北光分辨不出来,他像只警觉的兔子,把耳朵竖了起来。

这一声就像是万籁俱寂里的梦呓，突然就没了踪影，贺北光继续做他的事儿。

声音又响了，这次是脚步声，急促的脚步声，匆匆地向自己走来。贺北光还没来得及反应，嘴里被不由分说地塞进了两个药丸。

终于下毒手了?! 贺北光反应过来，出于本能，把药丸吐了出来。可还没吐尽，就又被塞了两颗。

"别怕，不是毒药，"一个女人说道，"是巧克力糖。"

她这是要保证贺北光不被饿死！

李从安把邹萍小时候的一寸照送到了痕迹科，找了画像专家，看看能不能拼出长大后邹萍的模样。这是个技术活儿，还需要一点时间。李从安想了想，实在不行只能发协查通告了，向全市搜集当年收养邹萍的那对夫妇的信息。

坐回自己的椅子上，李从安总结了一下最近这段时间的工作。

不尽如人意。这是他得出的结论。

李从安要求各单位，就算没事，也要每隔两小时报告一下进展。

最重头的是调查邢越旻的那组侦查员反馈来信息。根据肖海清的心理地图，在那方圆五公里的中心区域，侦查员耐心地走访了当地的居民。重点搜查了被筛选出来的 11 个浴室、7 个小旅馆，还有两幢已经人去楼空的拆迁房，但毫无所获。他们正在以此为中心继续向外排查。

蹲守白素梅家的侦查员打来电话说有情况。

李从安马上站了起来，问："啥情况？"

"刚刚有人来找过她。"

李从安心里一紧！

"不是邢越旻。"

"人呢？"

"已经走了。"

"查出是谁了吗？"

"没有，不过派出所的同事已经跟过去，应该很快就能有消息。"

"先不要打草惊蛇，"李从安想了想，"查查那人是谁，别让他知道！"

李从安起身出门，开着车独自出了警局，人手不够，所有人都下到一线了。他在门口向门卫老王打了一个招呼，转了一个弯，来到大马路。

已经过了傍晚，天擦黑下来，街旁一排排饭店挤满了排队等着的人群。中国人一向不会亏待自己的嘴。李从安肚子咕咕地叫着，他也饿了。经过一个大商场，李从安知道在转角处有一家麦当劳，他在路边停了车，走进去买了几份汉堡，重新上路。

这个女人，自从事发当天之后，就再也没见过。李从安一边开车，一边回忆着和这个女人打交道时候的场景。白素梅是个挺清秀的女人。李从安一边啃着汉堡，一边开车，只是不知道用这个措辞来形容像她这样年纪的女性是不是合适。但他想不出更好的词汇来。是的，她的嘴唇微翘，柳叶眉，一双闪烁的眼睛依旧散发着光芒，尽管岁月已经像根蜡烛一样，燃烧了她不少活力，并且还会不停地消耗下去，但依旧看得出来，这个女人曾经是个不折不扣的美女。

如果放在今天，也许已经傍上大款了吧，李从安在想，起码不会嫁给一个又丑又黑的糙汉，哪怕只是二婚。

想到这，李从安又觉得有些反常了，是啊，当初就应该想到，这两个天差地别的人走到一起，终归会有些难以言表的原因。

钱？不对，万吉朋只是一个货车司机，就算勤劳致富，这富裕的程度，应该也填不满两人之间的"代沟"。白素梅是个寡妇，带着个"拖油瓶"，生活困难，找个条件更好的确实有点难度，可比万吉朋顺眼点的还是比比皆是啊……

李从安想不出什么世俗的原因导致两人走到了一起，总不能是因为欣赏万吉朋的才华吧！

到了目的地，李从安把车速放慢找蹲守的警察。白素梅家斜对面的小巷子里停着一辆黑色的桑塔纳，李从安把车开了过去，对了对车牌没错。

车上只有一个人，坐在驾驶室里，插着耳机闭眼在听音乐，李从安眉头皱了一皱。他下车走了过去，敲敲车窗，里面的人吓了一跳，认出李从安，抽筋似的直起身子，把车门打开。

李从安钻了进去，"榔头呢？"他在问另一个侦查员，眼前的这个年轻人刚毕业不久，偷懒被队长逮个正着，吓得不轻。

"买烟去了。"

又是买烟！李从安的火气噌地蹿了上来，"他妈哪来那么大的烟瘾！"刚刚在医院的那位，也是擅离职守去买烟，"把他给我叫回来！"

年轻警察从来没见过儒雅的队长发那么大火，整个身子直哆嗦，他掏出电话拨号出去，响了几下，然后怯生生地看着李从安道："摁了。"

"再打！"

年轻警察又打，又摁了，这回李从安没让他接着打，因为榔头回来了，他也开了车门，"催什么催——"话音未落，看到坐在车里的李从安，愣了一愣，把含在嘴里的香烟吐到地上，"队长！"

"以后把烟带足了，"本来李从安想说的是，以后当班的时候不能抽烟，想想也是扯淡，"再让我发现不在岗的情况，我把你们警服都扒了！"

年轻警察吓得不敢说话，李从安下了车，两个人屁颠屁颠地跟在身后。

"队长，我们去哪儿？"榔头加快脚步跟上了李从安，讨好似的问着。

李从安没说话。

榔头一个人兀自说着："也不算什么情况，就是有个男人来找过她，后来我们查到了，你猜是谁？"

"有屁就放！"李从安没工夫搭理榔头的故弄玄虚。

"是万吉朋公司的一个司机，估计是来安慰安慰白素梅。"

李从安突然停了下来，榔头没防备撞了上去，和李从安差点脸贴上了脸。榔头顿了顿，看到队长严肃的脸，"那司机长得跟杀猪的一样！"榔头本能地开了个玩笑，想缓和缓和尴尬的气氛。

这个笑话本身并不好笑，李从安又看看榔头，他的头发凌乱，双眼布满了血丝，身上散发出浓浓的烟味，连李从安自己抽烟的人都闻到了，他突然一下就心软了。这些都是熬夜的表现。蹲守是最苦最累的活儿。他口气温和了下来:"我们现在去找白素梅。"

白素梅家的门没锁。上了楼,就看见白素梅坐在客厅的一把椅子上看着电视。电视里有个男人正在歇斯底里地吼着:"只要198,真的只要198,就可以把这块尊贵限量级的钻石手表带回家!"

很明显,白素梅的心思没在电视上,李从安敲了敲门,她居然没反应,又叫了声"白素梅!"她才算缓过神来,呆滞地看着来客,好一会儿,才认出李从安来。

也难怪,丈夫在看守所里,儿子又失踪了,转眼间生命中最重要的两个男人都生死未卜,再坚强的女人,也不可能受得了。

白素梅看着三人走进了屋里,"什么事儿?"她甚至忘记了基本的寒暄,忘记让他们坐,弄得李从安他们很尴尬地站在客厅的中央。

"有一些情况来问问。"李从安四处看了看,摆设和上次来的时候没什么区别。可不知道是不是因为心理因素,他总感觉房间里有一种肃杀悲戚的氛围。

"哦。"白素梅依然毫无表情地回答。这倒让李从安没了方向,该怎么进行今天的谈话呢?他在想。一边是她的丈夫,另一边是她的儿子,她夹在中间总难脱其身。

"你儿子回来过吗?"李从安问道。

"没有。"她看了看李从安,"我倒还指望你们能把他找回来。"

李从安没有说话,他指望通过这种沉默,让白素梅自己开口说点东西。但他发现,这招根本不管用。白素梅就一块蜡像一样,坐在那儿一动不动。

"你知不知道张慧佳?"李从安只得再找话题。白素梅身子抖了抖,这在意料之中。想必出了那么大的事儿,先前来询问她的警察,已经多少透露过邢越旻具有很大的嫌疑。

"你们为什么老是缠着我儿子不放!"白素梅突然把脸转了过来,眼神咄咄逼人,李从安吓了一跳。她的眼神里,能感受得到近在咫尺的怒火,他想起动物世界里,母狮子保护幼崽时的那种凶光。"为什么你们怀疑我儿子失踪是因为他杀了人,而不是他也被人杀了!"

李从安又吓了一跳,白素梅的话给了他一条从来没有过的思路,可转念一想马上推翻了。差点被她绕进去!如果邢越旻也遇害了,那么张慧佳是谁杀的?徐继超是谁杀的?!给神秘人"写信"的人又是谁?已经够乱的了。在目前的调查获得实质性的进展之前,李从安可不想这案子又多了一种"可能"!

"你和万吉朋是怎么认识的?"李从安转移了话题。他不想在邢越旻的问题上和白素梅多纠缠,尽管这是最重要的,但看她的眼神就知道,这个母亲宁愿自己去死,也不会让儿子受一点伤害。就算她知道邢越旻在哪儿,能乖乖地说出来吗?

白素梅也愣了一愣。李从安这招是和肖海清学的,白素梅的反应果然透露出了不少心理线索。"如果你不想谈论你的儿子,总得说说你的丈夫吧,我知道你现在处境有些尴尬,但有些问题总是要面对的。"

"他是我前夫的朋友。"

"你是说他们是朋友?"

"他们是一家公司的同事。"

"都是那家运输公司?"这倒是个崭新的线索。

"和徐继超,还有昨天来找你的男人都认识?"李从安突然问道。他尝到了甜头,肖海清这种直捣黄龙的做法,果然立竿见影,只是自己现在运用的技巧还不娴熟,他掌握不好时机,以及问题的内容,还有几个问题的秩序,但这还是给了白素梅打击。她显然比先前更吃惊:"没人来找过我!"

李从安看得出来,她的心里却在说:"你们是怎么知道的?"

他转过头看看椰头。椰头提示着说了一句:"下午。"

白素梅突然明白过来:"你们在监视我!"

李从安看到的与其说是吃惊,倒不如说是恐惧,白素梅在得知警方已经知道了有人来找过她之后的那种恐惧。

第十七章 她是"鸡"?

运输公司离白素梅家大概四十分钟的开车路程,李从安事先去了一个电话,知道曹又村加班出车去了一个县城,正在赶回来的路上。李从安见到他的时候,他正从笨重的集装箱卡车上爬下来,风尘仆仆,一脸污垢。

"果然像个杀猪的。"李从安看到曹又村立即反应过来为什么榔头要如此形容他了。又是个粗壮的汉子。这件案子涉及许多缜密巧妙的作案手法,可接触到现在,从药头麻子,到万吉朋、徐继超,再到眼前的这位,全是膀粗腰圆、一脸横肉。

李从安搞不清楚,为什么像白素梅这样的女人,一生都和屠夫模样的男人关系密切。他在想邢越旻的亲生父亲是不是也是这个样子。结论是可能性不大。因为邢越旻是个脸色苍白、眼带忧郁的少年,与这几位有天壤之别,要么就是基因突变,要么邢越旻的亲生父亲也是一副与他们格格不入的模样。

李从安介绍了自己说:"主要是来了解点情况,关于万吉朋的。"

曹又村稍微有点吃惊,李从安看得出来他还是有点心理准备的,万吉朋家发生的事儿,他们不可能不知道。

"没什么,只是例行调查罢了。"李从安补充了一句,他不想让对方过于防备,破坏了谈话气氛。

曹又村从上衣口袋摸出了一盒烟,十四块一盒的利群,示意李从安来一根,被拒绝后自己点上猛吸了两口。"我们要不进去说吧,外面灰大。"

两人来到调度室隔壁的一个小房间。房间中间摆着一张桌子，上面放满了形形色色的茶杯，周围围着一圈椅子，有两个司机正在那儿聊天。"哥几个换个地方？这是警察，来了解点情况。"

那两个司机知趣地走了，李从安拉开一张椅子，坐下说："其实没关系，就是随便聊聊。"

"万吉朋家的事儿，你知道的吧？"李从安不准备直接问他去找白素梅的事儿，他要全方位了解信息，先探探口风。

"这怎么会不知道？全公司的人都知道，说他杀人了，"曹又村探过头来低沉着嗓音问道，"听说他儿子也出事了？"

"不好说，现在没什么进展，"李从安敷衍着回答，"徐继超的事儿应该也知道的吧，你怎么看？"

"不知道！"曹又村回答得很快，"哦，我是说'为什么'不知道，他被人弄死了是知道的。"

李从安听出了其中的名堂，回答得有点急了，像是生怕自己被牵扯进去。

"你和万吉朋的关系怎么样？"李从安上下打量着他，灰色的工作服，皱着领子，看上去已经很久没洗了。

"挺好的，哦，也谈不上很好，都是一起干活儿，抬头不见低头见的。"

"徐继超呢？"

"一样！谈不上关系很好，喝过几次酒，搓过几次麻将，我们做司机的业余生活单调，也就这点嗜好。"曹又村努力地笑笑。

李从安毫无顺序地问着这些无关痛痒的问题，几乎没有逻辑关系。

这是策略之一。他要在最短的时间内，让曹又村的思路跟着自己走。他又问了几个案发当天的情况，不过并不奢望在这方面可以从曹又村身上斩获更多。他只是在心里比较着对方回答这些问题时候的状态。

找到他的行为基准，以便看出破绽！

可所有的问题都回答得很快，李从安还是得出了一点结论。

作为普通人来说，因为谋杀案而接受警察的询问，一般性的问题和涉及案情的问题，多少会有些起伏吧，而曹又村的语气和用词几乎千篇一律，并且在无形之中都在透露着"自己和这件事没关系"的语言与非语言信息。

当然这也无可厚非。谁也不会主动让自己和一起谋杀案扯上关系。但曹又村的这种行为又很不自然，是刻意做出来的。关于那些涉及案子的问题，多少应该有些思考吧，而他几乎不假思索地就能回答李从安的问题，而且几乎全是否定句：不知道、不太清楚、不熟悉。

李从安觉得他还不止做了一点"准备"。

了解到对方对警察来访的态度之后，他决定进入今天的主题："你挺喜欢白素梅的吧？"

"什么？"

就在问题出口的一瞬间，李从安突然决定换掉问话的内容，用这句来替代"你和白素梅之间的关系如何？"

曹又村果然延缓了回答的时间，"喜欢？怎么个喜欢！"曹又村像是在回答一个玩笑，"都是朋友的老婆，我还能怎样！"

听上去很合理，情绪也对，但问题在于调整到这个状态之前，李从安还是捕捉到了他的一丝慌乱。他吸烟时和先前的行为基准不符，他加快了吸烟的速度，这个问题明显触动到了他的内心。李从安觉得应该趁热打铁，便问："你去白素梅家干什么？"

这个问题让曹又村彻底露出了马脚，他起先一定想隐瞒这个事实的，"没有。"话音未落，就被看出了他的悔意，既然能够这样问了，自然警察是有了证据的。

"她跟你说的？"曹又村小心翼翼地问道。

李从安没有说话，既然曹又村已经陷入了被动，沉默往往更能给他压力。

曹又村愣了一会儿，道："是的，我是有点喜欢她，只是暗恋，没别的想法，这次听说万吉朋出事了，所以去看过她一次。"

这个回答让李从安有些欣喜，这证明自己的猜测是对的。但李从安还是琢磨出了其中的味道，这不全是真话，是顺着李从安的问题，编造的一个貌似合理的答案。肯定还有问题!

出了休息室的门,李从安找了个借口让曹又村先走了。"没事,你先回去吧,累了一天了。我再四处看看。"

曹又村像是刚刚吐露了心声的中学生,一脸羞涩地横在李从安的面前。

"装得还挺像。"李从安心里冷笑。不过他现在还不想拆穿他。因为还没把握,如果惊动了他反而得不偿失。曹又村磨磨蹭蹭地不肯走,看样子是对李从安在这儿不太放心。"会不会和邢越旻有关?"李从安心里揣测,看他的表现,如果跟白素梅"有一腿"的话,会不会为邢越旻藏身提供帮助?徐继超缘何成为了邢越旻谋杀清单中的一名?

这问题是李从安原先想要从曹又村嘴里了解的。但现在"去找过白素梅"被警察知道了,明显惊动了他。他已经开始说谎了,李从安并不认为他会乖乖说出自己想要的东西。

与其这样,不如先冷冷他。李从安清楚得很,这种情况,越是不理他,越是会让他陷入惊恐焦虑中,他不知道警察究竟了解多少,如果他真的隐瞒了什么不想说的东西的话。

曹又村还是悻悻地走了,他并不心甘情愿,走到大门的时候还停下来和门卫抽了一根烟,时不时地往这边张望。李从安知道他在拖延,便假装没看见,在调度室的门口看着上面的出车记录。

李从安有把握,他并不会走,很快他就会过来找自己。出车记录上,写着这个月的出车班次。万吉朋、徐继超、曹又村的名字都出现在上面,一直到他们出事那天,他们都还在照常上班,跑的都是当天来回的短途。

"你找谁?"

身后传来个女声,李从安回过头去,看见个四十岁左右的中年妇女,穿着藏青色的工作西装,袖子上别着"监督"的红袖章,就像一个公交车售票员。

"你找谁?"她一边开调度室的门,一边又问了一句,用她被烟酒熏坏的嗓音。

"我是警察。"

"警察？来查杀人案的吧！"她眼前一亮，显得有点兴奋，就像突然有了热闹看的围观群众，"进来吧，警察同志！"女人热情地让李从安进屋，"有什么问题问我，我对这里的人都熟，我是调度员，他们出车都是我安排的。"

一个爽快的女人！调度员比曹又村"坦然"得多，这才是正常反应嘛。越是想要撇清关系，才越说明脱不了干系。

李从安没想到那么快就有人愿意主动聊这事，他进了屋，坐下，女人看了看屋外，然后关上门，一反常态地压着嗓子说："我就知道白素梅这个骚货是克星，'克'死了自己的前夫，现在又把万吉朋给'克'进去了，谁和她有关系谁倒霉，徐继超就是个例子，谁知道下次会轮到谁？"

李从安皱皱眉头，道："此话怎讲？"

调度员嗓音压得更低了："你们一定知道了吧，白素梅是个'鸡'！"

"我不知道！"李从安大吃一惊，本能地说出口。

运输公司的中年妇女确实生猛，一鸣惊人，这一番言论让李从安措手不及，在此之前，他从来没听说过相关的信息，也从没往这条线上想过，如果这一切属实的话，李从安倒是有了思路。

但为什么先期来调查徐继超的民警没有发现？李从安觉得不对。她说她刚刚从外地探亲回来，才知道发生这事，也没人来问过她呀。

李从安眉头皱得更紧了。

这样戏剧化的事实，可供联想的余地实在太大。只不过怎么联想，都彻底颠覆了白素梅在李从安心目中的形象。

"卖淫？"李从安还是不愿把这个词汇，和自己看到的那个女人联系在一起。按照调度员的说法，这事虽然没几个人知道，但瞒不过她："我知道他们夫妇俩暗地里在干着这个勾当。"

"夫妇？你的意思是说万吉朋也参与其中？"

"是啊，原来你们不知道啊？"调度员有点怀疑，不信任地看着李从安，心想眼前的这个警察怎么什么都不知道。

李从安确实不知道，"他们可是夫妻啊！"这句反问他没有问出口，问出来被人笑话，这年头什么都是有可能发生的。

"徐继超和他们的关系怎么样？"李从安心里有了数。

果然，调度员嗤之以鼻："他当然没事就往那骚娘儿们那儿跑。"

李从安基本找到邢越旻为什么要杀掉徐继超的动机了！

邢越旻为什么会杀万吉朋和徐继超？不仅仅是受虐待，至于什么原因，现在是个人都能猜到个七八分。

很难想象邢越旻在得知这一事实之后，会是什么样的心理状态？

屈辱？愤怒？还是无地自容？想想也是，谁能够接受自己的母亲是干"这个"的呢？李从安觉得有点恶心，他反而开始同情邢越旻了。但同情归同情，还是要冷静。

"你是怎么知道的？"这个问题不搞清楚，很难说不是眼前的这个老娘儿们在无事生非。

"我是怎么知道的？"她反问道，"你也不打听打听我是谁？这公司里的事儿，有我不知道的吗？"

"哦，"李从安有些反感，但还是耐着好脾气问下去，"你说说看。"

"是徐继超亲口跟我说的！"

"徐继超跟你说的？"

"我们是麻将搭子，有一回打完麻将，一起吃夜宵，他喝多了之后说的！"

"当时还有谁知道？"

"没了，就我们俩！"

李从安盯着她看，想看看她说的是真话，还是在"嚼舌头"，看得她倒是怀疑起来。

"你别认为我也和他有一腿吧，我儿子都上高中了！"

那有什么，邢越旻还大学了呢！李从安心里想着，但他倒是没看出调度员说谎的表现，他不敢最终确认。

不管怎么说，先作为一种"可能"查着，毕竟邢越旻这个遭受如此严重心理创伤的少年，目前正操刀不知道躲在哪个角落跃跃欲试。下一个会是谁?如果所有这些都是事实的话。

李从安第一个想到的就是曹又村。难怪他有话说不出!他也是嫖客之一?去找白素梅是因为什么?是徐继超的死让他感觉到了危险,还是其他的原因?他们之间说了什么?为什么不告诉警察呢?如果意识到自己有危险,难道"名声"比"性命"还重要?

顺着这个思路,一连串的问题出现在李从安的脑海中。

他探出头看窗外,曹又村已经不在了。"有没有曹又村的电话?"他问调度员,有点着急。他没想到曹又村居然真的走了,邢越旻现在随时都有可能跳出来,把他给剁了。

"谁?"

"曹又村的!"

"难道老曹也去找过那个骚货?"调度员兴奋得眼睛里冒着光。过分热情反而让人觉得有些讨厌了。

"只是有些线索需要曹又村帮忙提供一下。"李从安打着马虎眼,调度员眼珠子转转,她翻开抽屉找出了电话簿,给老曹去了个电话。

原来他没走。还不到五分钟,曹又村又回到了门前,他刚刚去了厕所,也许他知道调度员是个"大嘴巴",现在即使想走也走不了了。

"我们再去隔壁抽根烟吧。"李从安对曹又村说,他不想调度员也参与到对话中来。

"没事,你们抽好了!"调度员不遗余力地想要凑个热闹。

"算了,这屋里太小了,我们还是去隔壁聊吧,单独聊聊。"李从安着重强调了单独两字,如果她再听不懂,那就是成心捣乱了。

看到调度员明显失望的表情,李从安回过头说:"回头有什么需要,再找你了解了解。"

算是给了她个安慰。

"行,随时随地,只要我能帮得上忙!"调度员笑着回答道。

回到了隔壁的休息室,气氛有了些变化。李从安不想先开话题,他现在比得知眼下的这些信息之前,更有把握、更占据主动,所以他在等曹又村一泻千里的讲述。

"抽根烟！"这回是李从安拿出来的烟，曹又村接过去，两个人对上了火吸着。

沉默了一会儿，曹又村终于开口了："白素梅不是你们想象中的那种女人。"

还真是爱上了她？李从安有点纳闷。

"别听那个死鸡婆胡扯，"曹又村嘴努了努隔壁的调度室，"这不是真相。"

"那真相是什么？"李从安跟了一句反问道。

曹又村叹了一口气："从哪儿说起呢？"

"从头说吧。"李从安看了看表，时间还早。

在曹又村并不流畅的叙述中，李从安得知了事情的大概。

他和白素梅的前夫老邢是中学同学，过去的家就隔着两条街，两人一起上的技校，一起分配到纺织厂，一起进的司机班，然后一起遇上了白素梅。

"我从没有非分之想，只是喜欢她！"曹又村反复强调着这一点，他生怕李从安不明白自己的意思，"就像喜欢一个电影明星一样，知道吗？只要她好，我就很开心。"

李从安明白他的意思。他上下打量着曹又村，很难想象这个糙汉居然怀有这样细致的情怀。

"很快她就和老邢谈上恋爱了。老邢是个——怎么说呢，按照现在流行的讲法是个才子，人也挺精神，会的东西可多了，会吹笛子、打桥牌，游泳也游得好，交谊舞也不错，业务能力也强。那时候，还不像现在贫富差距那么大，大家都没钱，女人喜欢上一个男的，还是看他的魅力。当然，有钱也是一种魅力，但你明白我意思的。"

"我明白。"李从安说。

"她很快就和老邢谈上恋爱了。白素梅是纺织厂的挡车工，想必你已经见过了，那时候追她的人可多了，人长得漂亮，人缘也好，我们厂拍宣传画的时候,还找她去当的模特。现在还在,厂门口上面的大块广告画,左数第三个戴帽子的就是她,"曹又村眼里充满了活力,仿佛是回到了青年时代,"他们是郎才女貌!"

李从安听着曹又村的描述,虽说眼前的这个汉子相貌丑陋,五大三粗,没想到那么多年下来,心里却守着一份"柏拉图"式的爱情,这和他最初的猜想大相径庭。"果真是爱上了她!"李从安再次确认了这一点。

不知道为什么,李从安突然对曹又村有了好感。和自己最好的朋友,共同喜欢上了同一个女人,居然毫无妒忌,只是一味地祝福,这种大度可不是所有男人都拥有的。

"厂里效益不好,"曹又村接着说下去,"没过几年他俩结了婚,生活压力也大,那时候我们都还年轻,谁不想过点好日子?谁愿意守在厂里坐吃等死?谁不想出来闯闯?正好有个机会,现在这家运输公司的老板,找到了我俩。"他抽了一口烟,继续说:"到这儿来是按劳取酬,不是大锅饭,跑得多,拿得也多,那时候我们像疯了一样地工作,轮子一转钱就来了,大伙干得热火朝天。"

曹又村的叙述很文学,但李从安知道他们那段时间过得很充实。这个国家在改革开放初期,到处可以看到这样的干劲儿。不过这应该不是重点,应该很快就要到"但是"了吧。

"但是——"果然不出所料,曹又村叹了口气,"好景不长,他们有了孩子,哦,就是邢越旻。"

李从安有点不理解,有了孩子怎么就成为转折点了?

"所以说人一辈子不可能一帆风顺,当你感觉特别顺,往往老天爷就看不下去了,非得折腾折腾你不可,"曹又村现在就像一个老态龙钟的老头,"你一定在想本来邢越旻的出生应该锦上添花才对吧?"

李从安确实是这样想的。

"开始也确实是这样,老邢显得比任何时候都要活力十足,毕竟家里多了一张嘴,奶粉、尿布、学费,孩子的将来,到处都等着花钱啊。这是件好事啊,可慢慢地,他变得越来越颓废,起先我们都以为他累了,所以并没有在意。可到了后来越来越觉得不对,似乎干什么他都没劲,成天耷拉个脸,虽说照样和原来那样勤劳,但似乎就像是在完成一个沉重的负担。你知道我的意思吧?这些一看就看得出来。"

李从安点点头。

"我们问他,开始他支支吾吾不肯说,有一次我俩单独喝酒,他才说了实话。他的儿子邢越旻得了病,是什么先天性脊椎病,老是半夜无来由地哭,既不是饿了,也不是尿炕,"曹又村比画着说,"我不知道那叫什么,好像是什么脊椎骨畸形之类的,我不懂,只知道这病难治,如果要到国外动手术的话,需要一大笔钱。"

李从安又给曹又村递过去一根烟。"谢谢!"他接了过去。

"这病就像是个填不满的无底洞,无时无刻不需要花钱,最关键的还是心情,老邢一家就像一夜之间欠了一屁股债,每天赚钱就是为了填补这个黑洞,而且还永无休止!"曹又村的口气带着深深的同情,"他不止一次说过,自己活得就跟行尸走肉一般,但还得活下去,为了老婆孩子。那时候,又赶上改制,白素梅下了岗,全靠老邢一个人的收入过活。"

李从安能够明白这种感受,"可老邢后来怎么死了呢?"他其实知道老邢死于车祸,但照曹又村前面的这些讲述,这个意外多少也应该有些故事的吧。

曹又村突然有点失落,也许谈起这个话题更让他感到压抑。

"老邢本来不会死的。那天我们出车回来,下大雨回不了家,就在隔壁的小饭馆喝了点酒,老邢的心情不好,我陪在身边,几杯黄汤下肚,就有了点醉意。这该死的雨下个不停,当时我们要走了,也就没事了。可偏偏老板的电话来了,说是有个急活儿,他朋友的一批货原来找的那个司机突然病了,肯出双倍钱找个替代的人。我劝过老邢,可老邢怎么可能放过这个赚钱的机会?车是别人家的,那车超载,老邢不知道刹车做了改动,转弯的时候,突然冒出来一个骑自行车的老头,原本凭老邢的技术,不会闯那么大祸,可偏偏正在酒劲上,脚下没底,为了避让那老头,车子侧翻出去,老邢当场死亡,还压死了路边的两个行人。"

"那得赔不少钱吧?"李从安随口问了一句。

"那是,死者家属怎么肯轻易善罢甘休?"

李从安心里想,这就是压垮这个家庭的最后一根稻草吧,况且这也不是稻草,简直就是一棵大树,顶梁柱没有了,那还不等于陷入了深渊?所以白素梅才会干那事养家,帮儿子治病?

那后来怎么又嫁给万吉朋了呢?如果为再找一个靠山的话,完全可以找一个更好的。就算找不到更好的,眼前的这个曹又村就比万吉朋强吧?李从安又看了他一眼,可为什么嫁给了万吉朋,反而还一起操起了皮肉生意呢?他有点想不通。

曹又村似乎看出了李从安的疑惑,补充了一句作为答案:"路边被货车压死的人当中,有一个是万吉朋的哥哥!"

李从安没有做声,这事看上去很巧,但其实都是有因果关系的。

"万吉朋是个二赖子,啥事不会干,没有工作,没娶媳妇,遇上哥哥的这场意外,简直把它当做发财的好机会!"曹又村愤愤不平地说道,"民事赔偿具体数目我不太清楚,反正不少。公司出了不少,白素梅也得承担不少,她哪里承担得起?后来怎么协商的不知道,我知道的是公司出钱让万吉朋学了车,并给了他一份工作,来我们这儿当司机,又过了不久,他和白素梅就结婚了。我想,白素梅是被逼的,也算是偿还债务的一部分吧!"

听完老邢的故事,李从安对来龙去脉有了了解,虽说中间肯定还遇上过不少事,一步一步才到了今天的状况,但这不重要,起始和结局都知道了,中间的过程和李从安的工作没多大关系。

他感到有点不太舒服,乍听起来像是不幸中的万幸,可现在发生的这些事,又活脱脱的是个现代版的卖身葬夫!

"邢越旻的病有好转吗?"

"据我所知是没有,他们都是工人,哪有钱治病?所以白素梅不得已才干的——那事儿!"曹又村似乎鼓足了极大的勇气,才说出这几个字来。

这就是命运啊!李从安有点感叹,所以说人活在世上都难。一位法国诗人好像说过一句话,说什么来着,"生活在别处!"总以为自己过得窝

177

囊，放眼一看，其实每个人都有自己的悲惨往事。

李从安对曹又村的感觉有了一百八十度的大转弯，他又递过去一根烟，他不知道除此之外，还有什么方式能够表达，自己很想和他做朋友。

"不抽了！"曹又村咳嗽起来，"明儿个还出车呢！"

"那你今天去找她……"

"我去看看她，怎么说也是二十多年的朋友了，况且我和老邢是那么要好的哥们儿！"

"那媳妇知道吗？"李从安不知不觉地就问了这个问题，问出来之后就后悔了，这不是比那个调度员还八卦嘛。

"我还没结婚！"曹又村好奇地看着李从安，明白这个问题的言外之意，"不是因为她。"曹又村最后说道。

第十八章 复仇的代价

梦里出现了一群孩子，他们天真无邪地奔跑在绿色的草地上。红扑扑的小脸蛋上，水灵灵的眼睛。女孩们的小辫儿朝天翘着，粉红色的发带在头上一颠一颠，像两只飞舞的彩蝶。成日的雨淋日晒啊，可就是淋不萎、晒不黑，脸盘白白净净，眉眼清清亮亮。一笑起来，嘴瓣儿像恬静的弯月，说起话来，声音像黄莺打啼。男孩们都有着胖乎乎的脸蛋，眼帘忽闪忽闪别提有多可爱了，眼珠像两颗黑宝石似的，仿佛只要一转，鬼点子就来了。不论是那鼓鼓的腮帮，还是那薄薄的嘴唇，或者那微微翘起的小鼻尖，都让人感到滑稽逗人。

梦里她不禁笑了出来，十五年前，姚若夏也是这些孩子中的一个，天真烂漫，虽然很苦，但每天都开开心心。

和父亲来到这座城市，告别穷乡僻壤，城市的五光十色像是温暖的安慰，把她从丧母之痛中解救了出来。正如父亲所说，我们得活出个样子来！

事情就像他们预料的那样发展，在一间租来的不足十平米的小房间里，父女俩安身立命。白天姚若夏在一间四处透风的教室里，和一帮穿着与自己差不多破烂的小孩上课，父亲则在工地上班。到了晚上，最幸福的事情就是牵着父亲的手，去菜场买菜。也许只是一些堆成一堆无人问津的烂菜帮子，可把它们洗净，浇上醋和香油，让姚若夏觉得那是天下最美味的食物。

这是姚若夏认为最快活的日子，冬天的风吹得那个冷啊，可只要坐在父亲的身边，他高大的身材就是最暖和的被窝，替她挡风遮雨。

生活不易，男人是需要倾诉的，也许姚若夏并不是最合适的对象，但她是这个世界唯一能够真心分享父亲感受的人了。父亲跟她说着工地上的事儿，有快乐的，也有不开心的。有时候很兴奋，有时候也有些无奈。父亲说那是个雨天，他汗流浃背坚守在自己的岗位上，来了一辆小车，车上下来了几个大腹便便的领导，父亲天真地以为自己会被问候。那几个人，下车走了两步，远远地看着父亲，然后抬头看看雨，又钻了回去，车子一溜烟地跑了。仿佛父亲的价值还不及雨水淋湿的他们的昂贵西服。

"当时心就很寒！"父亲说，然后叹了一口气，"你不会明白的！"他的大手摸着姚若夏的头发。那时候姚若夏还小，可她明白父亲的意思，真的明白。

从此，她就知道自己已经不是小孩了，不是在田间抓蝌蚪，没日没夜疯啊闹啊的小女孩了。

姚若夏知道自己不能浪费一点儿时间，对，要努力学习，考中学，考大学，找一份好工作，然后让父亲过上好日子。

上学放学的路上，她还在书包的隔层里放上一个白色的塑料袋。一半放书，另一半用来捡捡废品，废弃的塑料瓶、一截一截的电线、旧报纸、铁罐子都是她的搜寻对象。她知道什么可以卖钱。

父亲一定不知道，自己还有那么大的能耐吧！姚若夏把捡破烂卖来的钱交给父亲的时候，父亲惊讶的表情，是对姚若夏最大的鼓励。

家里的家什一点点多了起来，桌子、椅子、摇头电扇，甚至还有一台十四寸的黑白电视。他们就像土拨鼠一样，一点一点操持着自己的家。

姚若夏记得那是一个星期天的早晨，依然是个冬季，十五年前的冬季比现如今要暖和，姚若夏坐在家门口的阳光底下写作业，一个阴影挡住了她的课本。

姚若夏至今回忆起这个场景，依然心有余悸，它就像噩梦的开头，深深地烙在她的心里。

"你爸爸呢？"姚若夏第一次听到这个改变她一生的声音。

父亲说他是老家的人，"你出生的时候还抱过你呢，叫刘叔叔！"

"刘叔叔好！"

可姚若夏不喜欢这个叫刘一邦的叔叔。他的眼神很怪，就像野兽在觊觎一只小羔羊，姚若夏不知道这样的形容恰不恰当，但她确实感受到了。十岁出头的少女，说大不大，说小不小，但已经能够嗅到危险了。

刘一邦来得很频繁。父亲在这个城市没有朋友，孤零零地飘荡在利欲的人海中。姚若夏到了成年以后才明白，原来这种孤独才是世界上最难熬的滋味。周围熙熙攘攘，而你却置身于这些热闹之外。

正是这种空虚和对友谊的渴求，才让父亲对刘一邦像对待自己的亲人一样热情，生怕得罪了他，从此断掉了他在这座城市唯一的寄托。与其说刘一邦带给父亲的是友谊，不如说是父亲对故乡的眷恋。刘一邦成为了一个符号，一张相片，一张可以证实父亲也是有出处的身份证明。

任何一个身处异乡的人，都会有这样的感受。姚若夏想着，要是当初父亲就是不理这个刘一邦该有多好啊！

他明显比父亲"成熟"得多。他比父亲来得早，更知道城市的规则，更能游刃有余地进出自己的角色，随时转换身份，来达到目的。刘一邦比父亲更早、更深地体会到，这种对乡情的眷恋，有时候是可以变成"生产力"的。

那时候他们依旧很穷，父亲每个月的收入，去掉吃用开销、房租、学费所剩无几。但还决不至于要拿命来换钱。"岂不是成了小白鼠？"当刘一邦说起有一家医院可以挣点外快的时候，父亲这样半开玩笑地回答道。看得出来，父亲是不愿意去干这种营生的。

"你想想，在城里活着没点钱咋整？万一碰到个小病小灾咋整？还不趁着年轻多挣点钱，难道让你女儿一辈子跟你住在这房里？你总得为她考虑考虑吧！"刘一邦这话说得太大，就算试过两次药，也只不过挣点小钱，改变不了命运。但仔细想想也确实在理啊，对于穷人而言，这些三分两分积攒起来的积蓄，难道不是奔向幸福的基础？父亲走上了那条不归之路。

姚若夏那个悔啊，如果当初自己再多捡些破烂，再省省，也许父亲就不会去了！

起初，生活确实有所改善，父亲似乎看到了希望，甜蜜的生活就在前方，他为什么一点看不见危险呢？

父亲更加辛勤地工作，更加频繁地出没于医院。每当刘一邦送钱来的时候，父亲绽放的笑容比以往更灿烂。而父女俩并不知道，刘一邦做的是药头的工作，是拿父亲的身体赚钱。

这天杀的刘一邦，不仅剥削父亲，还要——

暑假一到，姚若夏待在家里，哪儿也去不了。那天下午她昏昏沉沉地躺在床上午睡，她仿佛做着一个噩梦，在梦里她被一只野兽死死地勒住了脖子，压住了身体，自己都快喘不过气来了。

她惊醒过来，看见刘一邦正满身酒气地坐在她的身旁，自己的上衣已经被褪去了一半。

"你在干什么？"出于本能，姚若夏猛地坐了起来。

"天太热，叔叔帮你凉快凉快！"刘一邦嬉皮笑脸地说着。姚若夏从床上蹦了下来，逃到了屋外。她不敢相信眼前发生的这一切。

她要告诉父亲，可看到父亲的时候，她又不知如何启齿了。他们照样一块儿喝酒，称兄道弟。趁着父亲不注意，刘一邦总是射过来威胁的眼光，姚若夏浑身战栗。

她只能躲着刘一邦，不给他可乘之机。熬过这一段就好了！她总是这样想。

如果当时就告诉父亲那该多好，姚若夏那个悔啊！

父亲悲哀地赔上自己的健康拿命换钱，没过多久，就遭到了健康的报复。姚若夏不知道这属不属于小概率事件，但事情还是发生了，就发生在自己的身上。药物的副作用毫不留情地给了父亲一击。先是左手麻痹，握不住东西，一个月之后，又转移到右臂，伴随着恶心，吃不下饭，他的身体一点一点地消瘦下去。

工地的工作还在干着，但他再也不像原来那样生龙活虎，工头脸色一天比一天难看，因为父亲总是完不成自己的任务。父亲总是在责备中唯唯诺诺地苦撑着。

那些个大腹便便的领导又来了，这次却带着笑容，父亲拘谨地伸出自己油腻的手，那些领导没一个人去握父亲伸出的手，个个掩着鼻子就像厌恶一盘馊掉的饭菜。

"去医院看看吧！"

父亲还是得到了安慰，"领导让我看看！"

可从人们的嘀嘀咕咕中，父亲得知了真相。由于脸色蜡黄，工地上的人怀疑他得了肝炎，怕传染，才如此关心地让他去医院做检查。

父亲就像一条瘸腿的狗一样，没有了利用价值，被弃之荒野，无人过问。

医院的结论很随意，这是正常的副作用，过一段时间就好了。他躺在床上，相信医院的诊断，相信用不了多久又能精神抖擞地站起来，努力干活儿，努力生活。

姚若夏也是这样希望的，可情况却越来越糟，父亲开始感到天旋地转，从床上爬下来越来越难，只要一做体力运动，浑身就像针刺一样疼痛。刘一邦来过几次，带来了医院的一千块钱，他们在屋子里谈了很久，姚若夏听不清楚，只听清刘一邦最后开导着父亲，他是这样说的："自认倒霉吧，难道胳膊还能拗过大腿？"这句话就像一个深深烙在她身上的伤疤，让她整整背负了十五年。

姚若夏的眼泪湿透了枕巾。她醒了过来，悔啊！

李从安打了几个电话，医院没出什么状况，搜捕邢越旻依然没有进展。今天的收获不小，可抓捕工作依旧停滞不前，该抓的一个没抓着，该找的也一个都没找着。理顺这其中的逻辑没有用，警察最重要的工作是抓捕罪犯，现在可以说是一筹莫展。

此时，李从安已离开了运输公司，上了大马路。他觉得刹车有问题，局里给他配的这辆普桑比他当警察的年头还要久远。空调不够热，音响里的杂音大于音乐，有时候要弄明白交通台的主持人在说什么，得竖着耳朵仔细听。

曹又村谢绝了李从安"送他一段"的好意，说想自己走一走。李从安没有强求，如果曹又村一直都是守护在白素梅身边的暗恋者，理应不会成为邢越旻"谋杀清单"中的一员，也就没必要"注意安全"了。

和曹又村的谈话，犹如阅读了一篇小说，是那种可以洗涤心灵的小说，包括白素梅，从侧面了解的白素梅的形象，现在反而更高大了。她是个"鸡"，可羊脂球也是"鸡"，丝毫不影响她们感动李从安。

接下去的事儿他不想去查，又不得不查，毫无疑问，嫖宿过白素梅的人，都有可能在邢越旻的"谋杀清单"榜上有名！

他踩踩刹车的踏板，就像中间硌了一块小石头，不自然的感觉依然存在。他心里在想着这些事儿。已是深夜，街上行人稀少，但他还是不敢把车开得太快。

"这破车！"李从安不禁骂了一句。也许是为了把这些错综复杂的感受发泄出来。

该往哪儿去？这是个问题。李从安一阵空虚。寒冬，深夜，想找个人出来喝两盅都困难。他看看表，拨了姚若夏的电话。

电话那头传来温柔的声音，她还没睡，"你上我这儿来吧！"姚若夏对李从安说。李从安从去看望父亲的路上，又拐到了另一条街。

姚若夏披着一件奶白色的睡衣，给李从安开了门。桌上放着一碗热气腾腾的面条，上面卧着荷包蛋，还有叉烧。

"你怎么知道我饿了？"李从安进门在姚若夏的额头亲了一下。

"赶紧吃吧，正好，我还在想，你要再晚点到，面条就全糊了！"

李从安坐在桌子前吃着面条。当叉烧的甜味触到他的舌尖，饥饿感接踵而至。

"你慢点！"姚若夏坐在李从安对面说。

没几分钟，李从安把面条扫了个精光，他点上一根烟，看着姚若夏把碗送进了厨房，站在那儿安静地洗着碗。她穿着棉睡衣，头发绾在脑后，修长的身体很撩人。

"你少抽点！"姚若夏洗完碗，坐回李从安的对面，"抽烟容易麻痹神经，胃都不知道饿了。"

李从安吸了一口，掐掉，"来，宝贝，上我这儿来！"他拍拍大腿，说着难得的情话。

姚若夏坐了过来，迎上李从安送上去的嘴唇。

缠绵了一会儿，她坐在李从安的怀里轻声问："你爸爸妈妈好点了吗？"

这话戳到了李从安的心口，他把手从姚若夏的头下面抽了出来，又点上了一根烟，躺在床上抽。

烟雾在卧室昏黄的灯光下晕开，姚若夏说："对不起！"这声调带着愧疚，像是一个做错事的小孩子。

"跟你没关系。"李从安听着，在他的眼里，姚若夏不太会说这样的话，也许是因为父亲的事儿，确实让她感到难受了吧。

"跟你没什么关系，"李从安回过头来亲了亲姚若夏，又强调道，"这是有预谋的，即使你没有安排他们去度假村，这事儿也迟早会发生的。"李从安没有说细节，他怕吓着姚若夏。但他还是感觉到姚若夏的身体微微抽搐了一下。

有点奇怪，不知道为什么，他不知不觉地就会分析起姚若夏的一些小动作，自从看过邹萍小时候的照片之后，他觉得姚若夏和邹萍有许多相似的地方，长得像，年纪差不多，也都是孤儿。

"哦，那现在脱离危险了吗？"

"差不多了。"

"我明天再去看看他们。"

"嗯，有空的话，你就去看看，快睡吧，别瞎想了！"他对姚若夏说着，也在告诫自己。

姚若夏乖乖地躺在李从安的身边睡了过去。李从安呼了一口气，他一动不动，安静地等了一会儿，确信姚若夏睡着了之后，又点了一根烟。

姚若夏是个好女孩，李从安想着。他们相识于共同朋友的婚礼上。男方是李从安的朋友，父亲是个暴发户，结婚的排场弄得特别大，一共办了一百多桌酒，席间还有舞狮舞龙助兴。喝喜酒的时候，姚若夏坐在他隔壁的一桌。李从安感觉得到那时候还是陌生人的姚若夏的眼神，也知道这其中的含义。

如果没有接下来的事儿，或许他们也像这座城市众多互有好感的陌生男女一样，擦肩而过，从此天各一方了。婚礼结束了之后，他去停车场取车，转弯的时候，还是这辆破车，刹车没踩到底，差点撞上站在路边等出租的姚若夏。

两人就这样认识了，不算浪漫，也不算太过俗套。屈指算来，李从安认识姚若夏已经快一年了，如果不是发生眼下的事儿，也确实应该谈婚论嫁了。

什么叫缘分？也许这就叫缘分。如果没有那场婚礼，也许自己就见不着姚若夏了。李从安的心突然快了起来，他突然想到，他朋友夫妻都是郊县农村的人，那时候姚若夏刚来这座城市，怎么会和他们认识？

不是说女方的奶奶在她那儿配过助听器所以才被邀请的嘛！李从安又想起了这点。怎么会莫名其妙往这上面想？李从安对自己有点恼怒，别多想，他命令自己，转头看了一眼姚若夏，她睡得很安稳。李从安掐掉手上的烟，钻进了被子。

可还是睡不着，只要一闭上眼，出现的全是人影，父亲现在还躺在医院里，究竟当年发生了什么？白素梅、万吉朋、曹又村的影子一个挨着一个出现在他的脑海中。李从安努力让自己睡去，明天还要早起，又是忙碌的一天，再这样下去，别说破案，身体可就要垮了。

姚若夏轻轻地转动一下身体，李从安更不敢动了，他怕吵醒她。姚若夏又动了一下，她轻声叫了一声李从安。原来她也没睡？李从安想回应，最后还是选择装睡，他闭着眼，连他自己也搞不清楚这是为什么。

姚若夏轻轻坐了起来，李从安想知道她要干什么。姚若夏坐在那儿，待了一会儿，转过头来看着李从安的脸，最终什么也没做，重新钻进了被子里，只是在临睡前吻了李从安的脸庞。

李从安听见她叹了口气。第二天一清早，李从安被手机吵醒了，是医院来的，莫不是又发生了什么意外？

　　还好这次预感没有应验，医生说，父亲的血液报告里发现了一定剂量的安眠药。"昨晚就发现了，想想你大概睡了，所以今早才给你打电话。不是注射进去的，注射液里没有安眠药成分，要么就是打针，要么就是混合着食物吃下去的。"医生解释着他的发现。

　　"什么意思？"李从安皱着眉头问。

　　"医院反正从来没有开过安眠药给你父亲，我问了保卫科的人，他们也不知道这事，所以一定是有人进过病房，不知道是用了什么手段，总之你父亲被人下了安眠药！"

　　姚若夏能够感觉得到，李从安已经开始怀疑到自己了。也许现在还不是主动来怀疑，但眼下的这点线索会像指路牌一样，把李从安引到面前来。一旦最后的一层纱被捅破，李从安就会豁然开朗，就会知道这一系列貌似复杂的连环事件，其实一点也不复杂。

　　李从安刚走，姚若夏就坐了起来。昨晚她一直没睡，闭着眼睛守在李从安的身边。倾听着他的呼吸，感受他胸脯的起伏，嗅到他吐出的烟味，不知道为什么昨晚有种特别忧伤的感觉。

　　和仇人的儿子做爱，是为了将他们置于万劫不复的境地？让仇人的儿子无以复加地爱上自己，是为了最后给他沉痛的一击？

　　可这种滋味就犹如把手探入油锅取物。姚若夏下了床，房间里的暖气正在一点点散去，昨夜的温存在冬季的冰冷下不堪一击，她呆呆地坐在床边，被内心的纠结痛苦地折磨着。

　　理应开心才对啊，可为什么高兴不起来呢？姚若夏站起，来到卫生间洗漱，她喝了一杯牛奶，套上外套出门了。

　　寒风凛冽，这是个充满阴霾的清晨。街上的行人把自己裹得严严实实，仿佛怕被人偷窥了隐私。其实谁又有工夫去窥探别人的秘密呢？

　　姚若夏一路步行，她顺着湖边，走在树下。湖面上结了一层薄薄的冰，远处有两个孩子，用小石子击打着冰面。一声声清脆的破冰音，犹如枯燥都市里的弦乐，伴随着孩童们天真无邪的笑语，愉悦地飞进姚若夏的耳朵里。

"和儿童交谈，可以让自己的灵魂净化。"姚若夏想不起来这句话是谁说的了，现在，她已经快要哭了。

路边有条靠背的长椅，姚若夏抽着鼻子坐下来，她回忆着过去的一点一滴，事情到了最后的关头，她在鼓励自己坚持下去。要多少的勇气才能完成眼下的事儿！

李从安一家现如今已经杯弓蛇影，这种生死折磨就像当年自己所经历的那样。她要让他们也尝尝恐惧的滋味。不仅如此，最高潮的部分马上就要上演，她要让李从安知道，自己就是凶手，她要当着他的面杀掉他的父亲！

姚若夏要报复的不仅仅是李从安的父亲，她还要让他的子孙都陷入永恒的痛苦之中！

"难道胳膊还能拗得过大腿去！"姚若夏就要用一己之力，抗争在她身上发生的种种不平。

若干年之后，她才真正明白了这句话的意义。"这个世界原本就是不公平的。"这是多么常见的一句话。可又有多少自以为看破红尘的少年，明白这句话背后的耻辱和血泪？！

父亲就不止一次地尝试过反抗。"我已经不能工作了，一千元怎么活下去？我女儿才十岁！"

父亲生命最后的这些话，都被姚若夏牢牢地刻在脑海中，就像一根根针，刺在她的心脏上。

医院依旧说着随意的话，这是正常反应。这难道也是正常反应？就算不懂医学的人也看得出来，父亲的病一天比一天更加严重！

再去的时候，没想到他们的面前多了一个姓李的警察，"要相信组织！"他一边摸着自己的喉结，一边说着。

这所谓的"组织"是什么？它就像一堵高墙横在了他们的面前，冰冷而又漫无边际，唯一的回答就是，一切正常。

他们绕着墙却找不到入口，像是荒野中寻求帮助的孤儿。姚若夏自始至终都分不清他们是从哪儿偷偷地窥视着这对可怜的父女，但一定在窥视他们，里面的人在想些什么？他们要做些什么？

难道就这样轻而易举的一句话，就可以把他们这对可怜的父女逼上绝路？

后来刘一邦又带来了钱，这次多了些，五千元整。

父亲还是那句话："给我再多的钱能有什么用？我没法干活儿了，怎么养活我女儿？"

"要不我帮你带女儿吧，减轻些负担！"刘一邦假惺惺地说。

姚若夏浑身战栗着，她明白这意味着什么，刘一邦那攫取的眼神，又不怀好意地射了过来，这次姚若夏没有回避，而是恶狠狠地又瞪了回去。

就算死，也要和父亲死在一起！父亲犟不过姚若夏。可坐吃山空啊，就剩这点钱，即使姚若夏没日没夜地捡破烂也无法支撑起两人的生计啊。

转机是邓伟的出现。他就像黑暗中的灯火，突然就出现在漆黑的夜里。

泰民制药厂的这款新药，最初来到医院进行临床实验的时候，一期试药的正是医院那帮实习生，当时刚刚分配到药剂科的邓伟便是其中之一。他在自身感到不适，继而经过药理分析之后，发现药物的成分有超标的情况，至于是什么超标，姚若夏已经记不清了。那是个听起来陌生的名词，她只知道邓伟的结论是，过度使用，会损害神经系统，导致不可逆的脏器损伤。

"这是医院的错，导致你现在这样子，医院有不可推卸的责任，可以申请赔偿。"邓伟当时所做的事情，就像姚若夏长大以后在助听器公司所做的事情一样，为受害者提供了最后一丝光芒。

唯一的区别是，十五年前自己得到的结果却和现在有天壤之别。

当在鉴定中心，拿到鉴定报告确定这种药物的过度使用，是导致父亲病状的罪魁祸首时，他们真的以为得救了。他们的好心情不亚于为自己破烂的屋子又添置了一个新物件。而这个结果就像一枚重磅炸弹在医院炸开了锅。果然，"组织"背后的那些大领导，纷纷出现在了他们的面前，安慰、问候络绎不绝，他们真的以为得救了。

"我们有救了！都说了，还是共产党的天下！"父亲兴奋地说着。他们甚至还去菜场买回来了酒菜，来庆祝自己小小的胜利。

可好心情仅仅维系了三天，三天之后，当那些人拿着涂改得已面目全非的鉴定报告出现在他们的面前，他们才意识到被骗了。这三天时间，只是他们的缓兵之计，以便搭起更高、更冰冷的墙！

谈判的过程，就像个粗壮的汉子对垒营养不良的柔弱少年，他们坐在谈判桌上继续公然涂改着他们觉得不合适的地方，边上坐着那个姓李的警察。

"要相信组织，"他还是那句话，"不要讹诈医院，你们这样的，我见多了！"

姚若夏很难想象眼前发生的一切都是真的，老师不是说作弊，还有那些撒谎的孩子，不是好孩子吗？可为什么那些看起来慈祥亲切的叔叔阿姨，可以用如此卑劣的手段，来欺骗对付他们这对羸弱的父女？他们就像狂风暴雨中一片小舟，除了坐在那儿祈求命运的眷顾，再无计可施。原来黑白可以颠倒，是非可以不分，这原本只是个人道德的败坏，可如果对方手里握着公权力，就会像一把把杀人的斧头，砍向毫无还手之力的生灵。

难道没有人可以帮助我们吗？姚若夏感到很愤怒，她还感觉到父亲也很愤怒。

那天晚上，父亲偷偷潜入了医院，他知道医院的财务科在哪儿，他想通过这种方式来为自己赢得一个未来。财务科在四楼，当她得知父亲从四楼被邓伟失手推下来、不治身亡的时候，已经是三天之后了。

"记住，你的父亲不是小偷，我也不是凶手！"在事后唯一一次的见面中，李姓的警察拷走了邓伟，邓伟对姚若夏说道。

姚若夏自始至终不知道那晚究竟发生了什么，她也不敢相信眼前发生的都是真的。但她知道邓伟才是唯一的好人，他的眼神如此清澈，犹如夜空上的月亮，照亮漆黑的夜。

她进了孤儿院，一个月之后一对中年夫妇把她收养了过去，他们坐船坐车，去了遥远的另一座城市。

那对中年夫妇视姚若夏如同己出，现在的这个名字就是他们起的。他们像真正的一家三口那样活着。姚若夏的养父是当地民政局的干部。

"我不想再留下过去的任何痕迹！"姚若夏的这个理由，自然迎合了继父继母的心思。他们帮她改掉了一切，改掉了出生证明，改掉了户籍，改掉了乡音，改掉了发型，甚至在成年之后，姚若夏还改变了自己的容貌。

不过这一切只是徒劳无功，因为不管现如今的姚若夏变成什么样，可当年的邹萍一直没有变。仇恨的情绪一直深深地埋在心里，等着一天喷薄而出！

早在十五年前，仇恨的种子就已经被深深埋下，十五年前的邹萍就明白了一个道理，人间其实就是一片丛林，丛林就是这样，弱肉强食！要想不成为猎物，就要变得强大，还有无情！

从那时起，她就有了自己毕生的目标，除了为此奋斗，别无选择。滚烫的热泪在姚若夏的脸庞上，冰冷，风干。她又恢复到了冷酷。她站起身来，走在那条漫长的路上。医院就在前方，自己的目标和终点也在前方。

还有最后一个问题困惑着姚若夏，"我爱李从安吗？"

第十九章　下不下手？

消毒水的味道和生命的肃穆迎面而来，姚若夏进了医院大楼的门。和上次一样，她顺利地夹杂在人流中，溜进了大楼。保安的脸上依旧笑容可掬。大厅正中央的那口挂钟，仍然准确无误地计算着时刻。姚若夏要把时间定格，要把时间定格在几个普通人的永恒之中。这无法改变，从自己为此做了第一件事开始，就已经没有回头路了。

姚若夏深呼一口气，走进了往上的电梯。

电梯门上那红色的数字，像是生命的计时，冷静无常地等待着最后的结局。她显得异常冷静，仿佛是去完成一个光荣的使命。

电梯门在最后合上的那一刻，伸进来五根手指，两位年轻的护士赶在最后时刻上了电梯。"1488病房的那个病人醒了没？"其中一个问道。

"醒了，"另一个说道，"昨天就醒了，我待会儿送早饭过去。"

"你可得悠着点，听说那是公安大学校长的老婆！"

"是吗？"年轻的护士惊讶地问道。

姚若夏不动声色地听着他们的对话，在电梯到了13楼之后，她最终没有出门，而是重新关上，来到了上一层。

1488，姚若夏默数着门牌号，那里也站着一名警察，姚若夏没见过他。不过这不重要，她只是想过去再看一眼。再看一眼就好。李从安的母亲半躺在床上，看着前方，气色很不好，姚若夏经过，从门上的窗户瞥了一眼，她的心抽了一下。

她没有停下脚步，而是走到了走廊的尽头，转过拐角，停了下来。姚若夏的心里很难受，她拿出手机拨了一个号码，过了一会儿，姚若夏说道："妈妈！"

"瑶瑶啊！"那头传来了养母熟悉的声音，"你那儿冷不冷，要不要妈妈帮你寄点衣服过去？"母亲在那边关心着女儿。

"没事，不冷的，妈，爸爸怎么样了？病好点儿了没？"姚若夏抽了下鼻子，她只想多叫两声爸爸妈妈。

"怎么了，怎么鼻子还抽着了？"

"哦，没事，可能有点感冒了！"姚若夏掩饰着自己的眼泪。

"还说不冷？都冻感冒了，你爸爸已经出院了，疗养得挺好，他还说让你不要担心。"

"爸爸在吗？"

"他不在，下楼做运动去了，我让他别成天在家里待着，你找他？"

"不不不，我就问问，妈，你多陪陪爸爸！"姚若夏已经快坚持不住了。

"要不等他回来我让他打电话给你？"

"不用了，我就是，就是有点想你们了。"

"呵呵，傻孩子，想爸爸妈妈了，就打个电话过来，不是马上要过年了吗？今年过年回来吧，带上你的男朋友，让我和你爸爸都瞧瞧，我们家瑶瑶都已经长大了，要嫁人了！"

"嗯，一定！妈，我要挂了，快要上班了！"

"嗯，多来电话，自己注意身体！"

"妈妈再见，"姚若夏哽咽着说道，"还有——我爱你们！"

电梯门重新开了，13楼只有她一人走了出来。病人们刚刚起床，三三两两地走在空荡的走廊里，等待着早餐。

因为有上次的经验，姚若夏一路走往他所在的病房。病房门口的看守还在。姚若夏让自己微笑出来，向他靠近。

"嫂子！"对方看到姚若夏，站了起来，"李队刚刚进去！"

"我知道,"姚若夏说着,"还没吃早饭吧?先去吧,我在这儿看着。"

看守显示出谢意,紧接着又露出难色,"没事,我在这儿顶着,待会儿就有人来换我了。"他转身看了看门内,李从安正坐在李父的边上,用枕头垫在他的脑后,李父醒过来不久,显得很虚弱。

看守刚要开门,被姚若夏拦住了,"先让他们说会儿话吧。"看守笑笑,腾出了位子让姚若夏坐下。

"去吧,有你们李队在,怕什么?我替你站会儿岗。"她又说道。

"真的没事!"看守有些不好意思。

"怕你们队长说你?"姚若夏笑笑,"人也是要吃饭的,"看守是个年轻的警察,面色乌青,眼里渗着血丝,显然熬了一夜,"我来跟他解释,让他们父子好好说说话,我在这儿盯着。"

看守有点局促,姚若夏盛情难却。

"帮我去买几瓶水上来吧,新鲜的果汁,待会儿我带进去。"姚若夏指了指门内。这个理由年轻的警察似乎是无法拒绝的,"别忘了给自己也拿一瓶!"姚若夏掏出了钱,硬塞进他的手里。

送走看守之后,姚若夏前后看了一看,没有人注意到她,一切都在井然有序地进行着。她摸了摸包,里面有把匕首,走进去,然后置他于死地,告诉李从安一切都是她干的。她都能想象得出李从安绝望的表情,姚若夏把手伸向门把手。

"小姚来了!"李从安的父亲转头看过来,李从安站在床边,背着身将桌上的稀饭倒进碗里面,用勺子将肉松在稀饭里拌匀。他回过头来看了眼姚若夏,"你怎么真来了?"

姚若夏笑笑,"早上没什么事,我过来看看。"她的背包斜挎在肩上,包开着口,伸手就可以掏出里面的匕首来。她看着李从安把稀饭端在桌上,支开了小桌子,横在李父的面前。李从安将稀饭端了上来,用嘴把碗里的粥吹凉,喂了一口给他的父亲,就像在喂一个小孩子。

"先坐会儿!"李父咽了下去,说道。

"嗯!"姚若夏在寻找机会,她往前走了两步,李从安此时正隔在他们俩中间，姚若夏没有把握，她换了个角度，"我来吧！"她示意和李从安换换。

"没事！"李从安喂了第二口，有点淡，他起身转到床的另一边，背对着姚若夏，将放在窗台上的肉松又倒了些出来。

机会来了！姚若夏把手伸进了包里，她快步往前冲着，李从安回过身来，好奇地看着姚若夏。

"被子掉下来了！"姚若夏急中生智编了个理由，抽出伸进包里的手来，把耷拉在床边的被子拉了上去。就这一闪神，李从安端着稀饭已经回到了原位，再次挡在了他们中间。

怎么还是下不了手？姚若夏心跳得很紧，其实刚刚没必要在乎李从安的反应，反正她也没想过能活着走出这个房间，可怎么还是下不了手！

她手重新伸进了包里，李从安的后脑正好挡住了他父亲的视线，李父的胸口就呈现在她的眼前。姚若夏握刀的手捏出了汗，她把刀拔出来，往前冲了一下，不料撞在李从安身上，李从安没把握好平衡，瞬间撞翻了小桌子上的稀饭，撒了一床。

"去拿下拖把！"李从安连忙站起来，用桌上的纸巾把被子上的稀饭抹到床下，"没烫着吧？"

"没事没事！"李从安的父亲说。

"拖把在走廊拐角的清洁室里！"李从安的口气不容分说，他占据地形，依旧挡在他俩的中间。

这次姚若夏还是没有勇气下手，李从安的这句话，像是给她的一个台阶，她慌不择路地跑了出来。再等等，再等等，她尽量让自己放松下来。姚若夏按照李从安所说的方向，走了过去，拖把在门后，她拿着拖把回到了房间门口。里面隐约传来对话声，姚若夏把耳朵贴在门上，听着里面的对话。"太不小心了！"李从安说着。

李父没说话，看着李从安继续清洁着床上的被褥，突然从他病恹恹的嘴里，冒出一句话来："我做过一件错事！"李从安怔了一怔，在那儿愣了一会儿，然后继续擦着被子。

李父叹了一口气。

李从安保持着沉默,他坐到了父亲的身边。

"给我一根烟!"父亲指了指李从安的口袋。

这个状态的病人是不宜抽烟的,可李从安想了一下之后,还是从包里掏出烟,抽出一根点上递给父亲。

"听说你去查过泰民制药厂?"父亲吸了一口,猛烈地咳嗽起来,李从安慌不迭地上前扶起来父亲,拍打着他的脊背。李父稍微缓过来一些,"听说你去查过泰民制药厂?"他还是没有放弃。

李从安不知道怎么回答,当真的直面这个问题的时候,李从安反而有些不知所措。

"帮我把枕头垫高点。"李父说着,李从安上前,把病床上的另一个枕头拍软,搂起父亲的脑袋,垫在他的脑后。

"是谋杀,不是意外。"李父再次说道,"一切都是报应,当我听说刘一邦被谋杀了之后,就应该想到,一切都是报应。"

"嗯?"李从安又是一愣,他不知道该怎样回答这个问题,他考虑了一会儿,"是的。"

"查到什么线索了吗?"这是问句,可父亲的语气听上去就像是已经知道了答案。

姚若夏侧着耳朵听着门里的动静,李从安没有回答,姚若夏很想知道李从安心里现在究竟是怎么想的。她不知不觉地又停顿了自己杀人的脚步。

这是怎么了?已经走到这一步了,没法回头了,所有的仇恨就应该在这间病房里做一个了断。可自己为什么就是下不了手?

不需要机会,当一个人破釜沉舟地要杀掉一个人,根本不需要等待机会,她只要进去做一个物理的动作。

当一个人从来没有想过要逃出杀人现场的时候,还有什么样的谋杀能像现在如此光明正大?可就是下不了手!

"难道我爱李从安?"这个问题又回到了她的脑海。

这让她感到恶心。和仇人的儿子相爱是可耻的。就是病床上的这个男人，让父亲死不瞑目，让自己漂泊了二十多年，找不到归宿。

和他的儿子相爱、和他做爱，就是为了毁灭他们！

姚若夏不知道在当下的这个时代，这种颇有古典文艺气息的复仇方式，能不能触动仇人。可是这是她能想到的毁灭他们最彻底的方式。但最后退却的却是她自己。

"难道我真的爱上了李从安？"姚若夏愤怒地想要把这个念头赶出自己的大脑。

她的手紧紧地握在门把上，她听见李父在里面又说了一句话："我曾经做过一件错事！"

姚若夏的心一抽，再次停住了她的行动。

李从安依旧没说话，如果父亲不讲，他自己也不知道该如何面对眼前的局面。

"你知不知道我为什么会当警察？"李父吸着烟，刚刚从死亡线上回来，仿佛一下顿悟了许多东西，看着烟雾升起在半空。这个开场犹如要讲一个漫长的故事，李父憔悴地看着窗外的远处，仿佛就在回忆自己的一生。

"从我第一天穿上警服，到了今天已经四十多年了，我只做过一件错事，"李从安的父亲又强调了一遍，"可问题是，我不知道自己有没有做错。"

李从安依然不说话，他已经基本知道父亲要说什么，自己能够怎么回答呢？如何回答呢？

"我们这一代人，吃了很多苦！"李父继续走在自己的回忆中，"这个国家从成立到今天，所有的代价都承担在我们这代人身上，才让你们有了今天的幸福。"

他说着，"当我们正在成长发育的时候，遇上'三年自然灾害'；当我们需要受教育的时候，遇上了'文化大革命'；当我们要结婚的时候，国家提倡晚婚晚育；当养儿育女的头等大事落到我们身上的时候，国家却说只能生一个。

"比起现在这些小孩，因为看不了演唱会就痛苦，因为早恋被反对就迷茫，我们的青年时代，比你们更要痛苦迷茫得多。"

"我们受了那么多委屈，能跟谁说？"李从安的父亲看上去很无奈，"我从来没有通过自己的职权索要过一分钱的贿赂，没有利用自己的关系，去收取过一分不义之财。如果说有什么假公济私的地方，那唯一的就是坚持让你也成了警察。可这难道有错吗？你现在比别人高出了一大截，别人破不了的案子，你到那儿就能给破了，说实话，我很为你感到骄傲！"李父的语气激动了起来，"坐上我现如今的这个位置，有的是让我发财的机会，可我从来没有干过那样的勾当！"

李从安不敢直视父亲的眼睛。

"泰民制药厂在十几年前，曾经从国外引进了一套设备，作为招商引资在本市医药领域的第一次合作，从上至下是把它当做政治任务来完成的，"他顿了顿，"如果这个世界上，所有的事情都能黑白分明，也许我们不会有那么多困惑了。"李从安知道父亲讲到了重点。

李从安不想打断他，父亲现在就像走在幽黑的深谷里，他也在为自己找一条出路。

"一个贫穷的国家，在走往富强的路途中，一定会遭遇难以启齿的过程。"李从安的父亲高屋建瓴地说着这些话，听得出来，他的情感是真挚的。李从安知道，那个时代的人，对国家有一种不能用语言描述的情愫。

"在国外发达的医药和法律体制下，一种新药的面世要经过几层甚至几十层的检验论证才能上市，期间稍微有一点闪失，就会导致新药的流产。但在中国，程序被大大简化，衡量的标准也要低很多。国外往往需要几年甚至更长时间才能被临床运用的药物，在中国也许一年半载就能上市了。这些你都不知道吧！可这样做有什么错？当一个国家落后的时候，就是要经历这样的过程。我们在吸取国外先进的技术和配方，另一方面，从我们的制药厂出去的药，难道能说它们没有在治病救人？"

李从安依然没有说话，他在听着父亲讲，坦率地说，自从李从安懂事以来，他还从来没有见过父亲现在的这种状态，像个孩子，在据理力争一件或许是错误的事情。

"那一头是国外公司雄厚的资金和技术，它意味着我们的制药事业能够更上一层楼，意味着数以千万计的人能被这些药治疗好疾病，"李从安的父亲接着说道，"另一头却是个由失误导致的事故——"李父又剧烈地咳嗽起来，李从安上前把父亲扶端正起来。

李从安从这些断断续续的讲述中，已经基本了解了事情的来龙去脉，如果没有猜错的话，李从安所谓的事故涉及邹萍的父亲邹国庆。

"邹国庆只是一个意外！"李从安的父亲粗喘着气，可他倾诉的欲望一点没有减退，"没有人知道他在一周之内来过医院试药试了那么多次，当时的管理不规范，才导致了意外的发生。"

可那毕竟是一条人命啊！李从安心里想着，他明白了父亲的意思。

"我们讨论了很久，邹国庆是因为试药时出了问题，是医院无法推卸的责任！然而我们谁也不敢把这件事公布出去，谁也不知道这事儿一曝光会带来什么难以想象的后果，和外商的投资谈判当时正在进行中。所以我接到了上面的'指示'，要低调处理。你在第一线工作了那么久，能明白我当时的苦衷吧！"

李从安抬头看了眼父亲，突然觉得父亲苍老了很多。

"我只是一个执行命令的工具罢了，我承认我的懦弱，还有一些自私，在这样的情况下，我选择了服从命令。我的任务就是要安抚好邹国庆，让他接受我们的私下协议。"

"那为什么又搞出了后来那么多事儿？"李从安禁不住问道。

"问题就在这儿，邹国庆接受调解，我们就必须让他在篡改过的鉴定书上签字。这就成了一个悖论，签了字其实是变相地承认他的意外和医院没有任何关系。如果没有任何关系，我们就不可能在赔偿问题上完全达成一致。为了让他'知难而退'，有时候就必须给他一点压力。"

李从安明白这里"压力"的意思，说得通俗一点，就是穿着这身"警服"吓人，他心里有点不舒服，中国的老百姓很老实，这一招有时很管用。

"邹国庆接受了我们的协议，拿了赔款，只是我没想到他会去盗窃医院的财务科！可偏偏就在他去偷窃的同时，发生了一些意外，这就叫天命，"他抬起头来，"你调看过当年的卷宗了是吗？"父亲的眼神平和地看过来，李从安无从躲避。他想躲避，可知道这是在做无用功，如果父亲想要知道自己干了些什么，那实在是再容易不过了。

"说实话，"他探过头来，压低着嗓音，"现在想想，邹国庆很有可能就是因为这点'压力'，觉得从正规的途径已经无法为自己争取公道，所以才会走上偏激的路。而且那天晚上——"李从安的父亲顿了顿，像是在鼓足勇气把它说出来，

"那天晚上偏偏遇到了邓伟值班，在此之前，医院就怀疑是邓伟串通邹国庆来讹诈，否则事情不会那么复杂。而因为邓伟曾经'告密'于邹国庆的前科，医院先入为主地认为是邓伟怂恿邹国庆来盗窃，并且因为分赃不匀才失手把邹国庆推下楼的。"

"所以邓伟为此坐了十五年的牢？"

李从安回想着见邓伟时的细节，联系父亲所说的，他现在能够明白为什么十五年后，邓伟还是会对警察和自己做出如此过激的反应了，可他从内心似乎依然并不承认自己杀过人。

"是的。此案终于惊动了'上面'，这不仅牵扯到一起谋杀，而且还涉及到医院的内幕，我被责令限期破案。你知道的，这里所谓的限期破案就是为了尽快息事宁人。"

"可偏偏邓伟死活不承认，说俗点儿，他就是个书呆子，一口咬定自己没杀人，而且还不断地把医院一些不光彩的事儿说出来，我们破案的限期很快就要到了，所以就用了些法子。"

李从安心情难以言述，他知道父亲这里所谓的法子是刑讯逼供。果然有问题！

"他招了？"李从安问道，这是明知故问，他只想从父亲的嘴里听到答案。

"招了。"李从安的父亲说道，"但这案子颇有蹊跷，现场有搏斗的痕迹，可当时闻讯赶来的医院保卫科的人，发现他衣服整齐，而且身上没有

任何伤痕，邓伟的体格不大，就算邹国庆当时病着，但邓伟能够在搏斗中毫发无伤的概率也实在很小。"

"然后呢？"

"然后在'期限破案'的压力下，我们还是结案了。"

李从安吸了一口气，"所以被判了误杀，十五年？"

"是的，按照当时的法律，疑案从轻的原则。"

如果邓伟被判入罪是起冤案，可邹国庆究竟是怎么死的呢？难道是自杀？

"肯定是谋杀，不仅现场有过搏斗，而且当时勘查结果表明，窗台上有撞击的痕迹，邹国庆不是跳出窗外，而是外力撞击翻出窗外的，"李从安的父亲又说道，"邓伟一开始讲，赶到现场的时候，看见一个黑影从门钻了出来，他追不上了。后来因为刑讯，才改成这一切只是为了掩饰误杀才编的理由。

"如果他说的都是真的，那么没准又碰巧有另一个盗窃犯把邹国庆当成了保安，所以才搏斗后把他推下楼的，这是我能想到最合理的巧合。"

父亲停止了讲述，问李从安又要过去一根烟，接着烟蒂点上，躺在床上，抽着，烟雾升腾起来。过了一会儿，他把头转了过来，道："我想如果我没猜错的话，你已经知道邹萍了。"

"那时候我记得她还小，什么也不懂，我想她一定把我当成了她的杀父仇人了，所以现在开始疯狂报复。"

李从安仍然无话可说。

"我只想做一件事儿，如果你能在我之前遇上她……"李从安的父亲又说道。

李从安的心提到了嗓子眼。

"如果你能先遇上她，就放了她！"李从安的父亲把脸再次转向了窗外，这次他不再说什么了。

第二十章　赴约

对刑警和罪犯来说，下意识的警觉是一种习惯使然。下意识的警觉是对一件事的专注并调动以往经验而产生的一种嗅觉。刑警抓住下意识警觉并以此为契机往往会得到意想不到的结果，而它能给人带来的启示，也许是在此之前怎么想都不敢想的。

李从安自己也不知道为什么要故意打翻餐桌。就在他转头的一瞬间，他看见姚若夏古怪的表情，她的鼻翼膨胀，从行为学的角度来说，姚若夏正面临着巨大的愤怒，正在为自己所要做的某个决定酝酿情绪。这就是下意识的感觉，李从安只是感觉她会对父亲不利，至于为什么，他自己也说不上来。

他转过头来，突然发现她已经去了很久，"姚若夏呢？"他本能地喊了一声。父亲也抬起头来。

"可能没找着，我去看看！"李从安补了一句，他不想让父亲也发现自己隐约怀疑中的一些东西，更想逃脱这压抑的氛围。

可李从安并没有如愿，迎着他的脚步，传来敲门声。这回轮到李从安的心猛地一抽，"回来了？"

李从安感觉自己身上在冒着冷汗，他不知道该如何应付这样的局面，也许这是他一生中最彷徨最煎熬的时刻，而且这一切又必须在父亲面前，做到不露声色。

李从安迈了两步，手心冒着汗，打开门，门外却是值班的民警，手里捧着一堆水果汁。

"队长!"民警看着他,李从安探头出去,"姚若夏呢?"

"不知道啊。"民警一脸茫然,"嫂子不在里面吗?是她让我买的水果汁,我还以为她在里面呢,我没见着她啊!"

李从安拿出了手机,姚若夏的电话已经拨不通了。他有一种不祥的预感,这种预感来势汹涌,淹没了李从安所有的情感,现在他感到后脊梁骨有股凉气蹿了上来,头皮发麻。

他强装镇定,把民警手上的水果汁接了过来,放在桌子上。"你先休息休息吧!"他对父亲说,父亲没有应答,仍然斜躺在床上看着窗外。

李从安不知道该如何来安慰父亲,他慢慢倒退着出了门,关上,压低着嗓子对身旁的民警说道:"再叫两个人过来,从现在开始,除了我谁也不能进去!"

"没有闲人进出过病房啊。"民警疑惑地说着,他以为队长正在责怪他擅离职守。

"我是说任何人,包括姚若夏!"

李从安又打了一次姚若夏的手机,可依然关机。他重新拨了电话,一边吩咐着加强保安,一边走出走廊,坐电梯下了楼,然后开车转出了医院。

李从安回到局里,第一件事情就是拿出当年邹萍的照片,那张模糊的一寸照上,扎着马尾辫的小姑娘在泛黄的岁月里表情木然地看着李从安。这是一张年代久远的相片,它的背后尘封了一段往事,而李从安现在已经知道了这段往事的来龙去脉。

人是主观的动物,当你刻意拒绝接受相片里的小姑娘酷似某个人的时候,往往就会得出否定的结论。但如果先入为主地要将某个人与她去做比较,就又会和先前的结论截然相反。李从安努力让自己做到客观,可越看越像!

他的手似乎都在颤抖,握着老相片,仿佛捧着一块火红的烙铁。他把照片锁进了自己的抽屉,想想不对,又打开,把带有照片的卷宗放在了一沓文件的最下面,然后重新锁上。他站起身来,问着不远处的民警:"成年邹萍的模拟画像出来了没?"

"这事我不太清楚，得问问轮胎。"民警抬起头回答李从安。

"轮胎人呢？"

"没见着，可能在痕迹科，也可能出去吃饭了。"民警吃不太准。

李从安从桌子背后绕了出来，他决定自己去看看。出了门，左拐，走在分局的走廊里，李从安现在迫切想要得到一个并不想得到的结论。

痕迹科在四楼，门虚掩着，里面的痕迹工程师正在忙着自己手上的活儿，看见李从安进来，打着招呼，他正在显微镜底下比对一块纤维布的成分。"那个画像快好了，等我一会！"工程师没有停下手中的活儿。

人力有限，过度的工作量，让他们几乎没有停手的时候，李从安不好意思催促，又不得不催促，他在一旁说："能不能现在就去看看？"

工程师抬起头，"那么急？"

"嗯，案子紧急！"李从安搪塞着。

工程师把李从安引到了另一间小房间里，"负责造型的小王出现场去了，本来昨天就能好的，后来被紧急抽调到现场去了！"工程师一边解释着，一边打开了桌上的一块白布，桌上立着一尊雕塑的人头像。

肌肤丰腴，栩栩如生，美丽的椭圆形面庞，挺直的鼻梁，平坦的前额和丰满的下巴，面容平静地看着他们。李从安不动声色，"这就是成年后的姚——哦，是邹萍！"他被自己的口误吓了一大跳。

"嗯，八九不离十，因为素材比较模糊，但脸的基本轮廓都在，和长大后的邹萍，八九不离十，除非她后来整过容！"

"整过容？"

"即使整过容，也不会相差太远，整容也不可能整到面目全非，否则那就是毁容了。"

"有没有可能通过整容，让她的脸庞显得消瘦？"

"当然可以，脸部抽脂就行了，很多美容医院都能干这活儿！"

李从安找到了问题所在，他走前两步，用双手遮住了雕塑下巴的两端，而削出下巴的邹萍就犹如现如今的姚若夏！

这个问题牵绊了姚若夏很久，是的，人不是机器，尽管这个世界努力要把人变成机器，让他们在流水线上，按部就班地做好自己分内的事儿。可如果人真的可以像机器一样无情，姚若夏就不会那么焦灼了。

她不知道自己属于好人还是坏人，这是智者几千年来都一直困惑的问题。当姚若夏进入到李从安生命中的那一天起，有一种类似于稀释剂的东西，在稀释着她的仇恨。她不知道这种感觉该如何阐释，反正最终的后果，就是导致她每每在关键时刻，下不了手。

再一次退却了。门外的姚若夏窃听着李从安父子的对话，他们所说的一切，就像在回放当初的悲剧。姚若夏理应更加愤怒才对，如果没有他们的"暗箱操作"，父亲就不会去盗窃，就不会死于非命，这一切都是他们造就的！

可就在那一瞬间，在李从安的父亲说到"放过她"的那一瞬间，姚若夏禁不住眼泪又掉了下来。

她难以言表这种感情。这算什么？迟来的道歉，还是施舍的宽恕？这句话平息不了自己的杀父之仇，补偿不了自己漂泊不定的童年所受的苦，改变不了那么多年下来苦心经营的复仇计划。

改变不了一切？可却偏偏能让她握紧匕首的手松下来。

她漫无目的地走在大街上，芸芸众生与她擦肩而过，在这个阳光底下的城市里，姚若夏却难以找到自己的温暖，也许她找到了。

"放了她！"这句话着实让她温暖了一把，可偏偏这种温暖的赋予者，正是曾经让她陷入冰窟的那个人。姚若夏穿越着时空，感受这种冰火两重天的滋味。

李从安的一点一滴，重新占据了她的大脑。

这个不善言辞的男人，在尽他最大的努力让自己幸福，姚若夏看得出来，而自己要做的，竟是在他最柔弱的地方捅上一刀。可现在，与其说自己是在复仇，不如说又陷入到了另一种万劫不复的困境中。

她继续往前走着，路上的行人依旧，他们各自想着自己的心事儿。对于姚若夏而言，这些行人只不过都是符号，一张张戴着面具的符号，像书本上那些冰冷的标点，穿插在她的人生之中。

她想过逃出这个漫无边际的世界，可世界的尽头在哪儿，尽头的那一端又是什么呢？

路边有个板车早早地推了出来，上面有一个炉子，四周撑起了帐篷，简易的路边摊就这样搭了起来。老板是个三十多岁的女人，穿着厚重的棉袄，生火，摆弄着面前的器具。她的脸上蒙着漆黑的煤灰，和她差不多模样的顾客从身后的一个建筑工地探头出来，跃跃欲试。那是些建筑工地上的工人，戴着黄色的安全帽，穿着灰色的外套，寒冷的冬季里还穿着单薄的布鞋。他们的脸上有刀刻过一般的皱纹，双手犹如树皮，只有当他们闻到炉子里传来的香气，洋溢出憨笑时，才让人感觉到他们和这都市里的人一样，也会饿，也会渴，也会喜怒哀乐，而不仅仅是扛起这座城市高楼大厦的钢筋水泥。

一个穿着打扮和姚若夏差不多的少女，经过建筑工地的门口时捂着嘴巴，生怕吸进扬在半空的灰尘。

姚若夏停住了脚步，静静地看着对面。以她现在的装扮，去小摊上买一份炒面或者喝一碗粉丝汤，完全不会是因为果腹。可谁又能知道，自己小时候，能够在这样的路边摊吃上一碗小馄饨是多大的享受！

姚若夏走了过去，"来碗馄饨。"

"啊，那你要等一会儿，火刚刚生起来。"

"没关系，我等。"

姚若夏坐在那熟悉的小板凳上，就像当年偎在父亲的身旁，看着炉火，不时咽着唾沫，焦急地等待。她仿佛又回到了十岁，一样的香味儿，一样的期盼，一样的温暖。

往事就像一杯酒，可以醉人。

姚若夏醉了，天空变得昏暗，她丝毫感觉不到这种突如其来的变化。然后天空一下子就暗淡了下来，一片漆黑，没有星星，也没有路灯指引，姚若夏站起身来，不像是重新走回了大街，而是走进了旷野里，迷失了自己的脚步。

这是在哪儿啊？姚若夏惊恐地问着自己。怎么会变成这样？她摇晃着自己的身子，走在路上。听到了潺潺的小溪声，算是在惊恐中给她的一丝安慰。

这是在哪儿？她又问了一遍自己。

姚若夏摸索着前行，路上杂草丛生，耳边传来细细的声音，这动听悦耳的声响就在附近，可伸手摸去却是一根根刺手的荆棘。

突然间，黑色的幕布豁开一条很大的口子，耀眼的金光灼得她睁不开双眼。姚若夏一阵晕眩，她用手臂遮挡着前方，眯着眼望过去，那光渐渐地柔了下来。紧接着奇迹的一幕发生了。

她感觉自己整个身子都轻了起来，她居然飞到了半空，踮起脚尖掠过树叶，飞过山谷，正朝着那道金光飞去。

这个感觉真让姚若夏舒服，这是在哪儿？姚若夏穿过了那道金光，突然豁然开朗了起来！多美的景色啊！姚若夏不禁惊呼起来。

眼前一扫冬的阴霾，姚若夏看见了一片梯田，宽阔的梯田，像是健硕的胸膛。植物在随风摇摆，伴随着呼吸的节奏，一派勃勃生机。她闻到了一种味道，轻微的茴香气息飘荡在空气中，沁人肺腑；看那边，斜坡和坝子上有如水一般的清明正在散开，树叶变得从容而宽余……

姚若夏继续往上升着，脚下的大地与万物越来越小，雾气翻腾，她踩着薄云扶摇直上，冲破了云海。

天空的远端，海市蜃楼般的景色正是她的去处，是蓝湛湛的天空啊，姚若夏迫不及待地要去往那里。

可一道闪电划过天空，它突然翻脸而露出险恶的颜色，台风夹着密云暴雨，迎面袭来，姚若夏被豆大的雨水打在脸上，感觉生痛。原先温柔的小河，洪水潜流。一副可怕的情景。

可转眼间，台风暴雨又一闪而过了！

姚若夏还没有来得及适应，强烈的气流抖动着耀眼的波光，又重新抚摸着她的脸庞，脚下成了一片草原，复苏的草原泛起点点苍苍的颜色。远处，有几只北来的候鸟，也许它们也知道这是张温暖的眠床，更远处飞翔来了更多的天鹅、鸿雁和野鸭，就像一片阴深的云朵，使这儿显得更苍郁了。

姚若夏慢慢地落在这片天堂一般的草原上，她开心地奔跑在绿色中，如这些飞鸟般无忧无虑。姚若夏往前跑着，跑着，怎么又回到了一道幽深的峡谷？

这里望进去，青苔阴郁地生长在潮湿的岩石上，缝隙中渗出来的山泉夹杂着暗绿，抑郁凄苦地流淌在阳光背面的杂石乱砾中，汇聚成一股黑水，奔向更为阴森的黑处……

是进还是退？姚若夏左右摇摆像一个不经人事的少女。这种两难的选择，就像要拔出自己身体上的一支断箭，终究要血流成河。

但还是要做个抉择。当她再次恢复清醒之后，冥冥中已不知不觉走到了这个地方。

姚若夏不知道为什么会来到这儿，就在她经历奇幻的那一段时间，她的脚步把她带到了这里。依旧是烟火缭绕的人间，炊烟、汗水、忙碌和奔波，人间的气息扑鼻而来，也许这已经给了她答案！

姚若夏走完这条小巷，站到了门前，拉响了门铃。

隔了许久，门吱呀一声开了，阿婆眯着双眼认出了姚若夏。"姚姑娘来了。"

"嗯，阿婆我来看看你。"姚若夏低沉的声音说道。

"怎么了，喉咙不舒服？"阿婆急切地问道。

"没有。"姚若夏露出了笑容。

阿婆领着姚若夏进了屋。她已经不止一次来过这里了。这条幽暗的小走廊，直通老婆婆的住处。边上的墙壁石灰斑驳，因为长时间晒不到阳光，有一股浓浓的霉味冲鼻而来。老婆婆弯着身子往前走，走到尽头，用手摸索着找门上的锁，插进去，扭开。

屋子里更是简陋不堪，一张单人床紧靠墙，对面是桌子以及放在上面的电视机，简易的衣柜，还有一个已经发黑的碗橱；角落里叠着三四把塑料椅，红蓝间隔；转个身，鼻尖几乎就能撞到墙上。

阿婆让姚若夏坐下，姚若夏转了一个圈，找不到可以坐的地方。

"坐床上吧！"

阿婆转身进了隔壁的厨房，点起了炉子，不一会儿端出一碗热茶来，想必就是她在路边摆摊时卖的那种茶吧。

"别小看它！"阿婆递给了姚若夏，"趁热喝下去，这茶里我放了花草，能治愈喉咙痛和咳嗽！"

姚若夏记得，小时候自己咳嗽的时候，父亲也会煮类似的茶给她喝，里面放着梨子和姜。那味道不是很好，可现在想起来，却是一种踏踏实实的回忆。那茶疗效确实好，甭管多严重的咳嗽，一碗下去，第二天保准健健康康地好起来。

没想到，时隔多年，满世界瓶瓶罐罐的饮料中，竟还有人在用这种土方子。

"嗯，谢谢！"姚若夏接了过来，喝了一口，有点苦，但苦中带着甜，从舌尖顺着喉咙淌下去，顿时暖遍了全身，"谢谢！"她又说了一遍。

"是我应该谢谢你才对！"

"工商所那边有消息了吗？"

"哦，我把你给我整理好的资料全都交给他们，他们说正在查，只要一有消息，就会通知我的。"

姚若夏对这个消息很欣慰，"上次买来的东西都吃了吗？"

"吃了吃了，耳朵清爽了很多，那东西吃了有效果啊！"姚若夏笑笑，她知道那是不可能的，这只是老婆婆在安慰自己罢了。

"生意怎么样？"她指了指茶摊的招牌，那是一张裁成长方形的硬纸板，上面用美术笔写了粗粗的"热茶"两个字。

"挺好，挺好，这两天说是有什么会议，城管不让摆，所以就没出摊。"老婆婆看着姚若夏放下的碗，"再喝两口，趁热喝才有效果！"

姚若夏端了起来又喝了一口，放下，四处看着，床边上躺着一个相框，里面有张照片，照片里是个四十多岁的男人，平头，穿着汗衫，站在山脚下一块大石头前面咧着嘴笑。

"我儿子！"老婆婆说道。

姚若夏拿了起来，原来这就是老婆婆的儿子。

"还有几年？"她问道。

"还有七八年呢，估计我未必看得到他了。"

这话说得有些心酸，姚若夏安慰着老婆婆："你身子骨硬朗，肯定等得到那一天的！"

老婆婆微微咧了咧嘴角："他就是有点傻！"

"别人让他去干啥，就干啥。明知道那是国家的东西，还偏偏去偷。让他去的那几个小子都溜了，就剩他一个，这下闯了大祸了！"老婆婆说得有些哽咽。

"你怪他吗？"姚若夏又问道。

"嗨，有什么好怪的？都是自己身上掉下来的肉，难道还当做仇人不成？女人有了孩子，从那天起，就是欠他们的！姚姑娘结婚了没？"

"还没。"

"像你这么漂亮的女孩，还没结婚？男朋友有了吧？"

"嗯。"姚若夏不好意思地回答着，她的脑海中出现了李从安的样子。

"早点结婚，好好过日子，什么时候把你男朋友带来，让我瞧瞧，阿婆这儿没什么好东西，但总还有些泡茶的秘方，比吃那些药丸好得多！"

"嗯，他工作忙，有机会我一定带他来！"

"那就好，那就好！"老婆婆真心地笑了起来。

姚若夏脑海里李从安的影子却已经挥之不去了。不知道为什么，姚若夏现在对老婆婆羡慕不已，起码她还有个家，有个盼头。她第一次感觉到家是何等重要，哪怕只是粗茶淡饭，几把擦得锃亮的桌椅，却能给人安全，给人归宿感，让人感觉不再彷徨在冰冷的世界之中。

姚若夏的心里已经有了决定。

"我们见面吧。"她最终拿出了手机，按下了这句话，然后找到了邢越旻留给她的号码。手机上这几个文字，跳跃着消失在屏幕背后，就像隐没于沙漠之中的水珠。

"你终于出现了！"邢越旻迫不及待地回复了短信。

姚若夏告别阿婆，走上拯救自己的道路。

第二十一章　寻找真凶

"恍若隔世！"李从安用这句话来形容自己当下的心情。他已经说不出什么话来了。如果不是靠着意志一直在坚持着，没准他早就逃避出去了。

现在，他坐在依维柯中间的位子上，车里坐着七八个人，李从安的头发有些凌乱，有人递过来一个保暖杯，里面泡着新鲜的热茶，他接了过来，却没喝，而是放在了地上。透过窗帘的缝隙，他看着窗外，他这边的窗户正对着白素梅的家。姚若夏消失了，邢越旻也找不着，除了还在监控中的白素梅，几乎没有更加有价值的线索了。

天慢慢暗了下来，街对面，有三两行人围在一个卖烤鸭的小摊前，小摊的左边是一家杂货店，三十多岁的小老板正面对着街外，仰头看着屋里的电视；右边有两个中年人，在避风的门洞里摆了一张小桌，上面摆放着几个白色的饭盒，还有两瓶黄酒。行人不多，陆陆续续地从李从安的视野中经过。

"你有把握白素梅会去找邢越旻吗？"肖海清把身子凑了过来。在布置任务的最后一刻，他还是打了电话麻烦她，在这关键时刻，也许肖海清的行为分析，能够提供常规刑侦手段无法提供的帮助。

"嗯！"李从安点了点头，实际上他也没有把握，他只是觉得白素梅对儿子的爱非比寻常。几次接触下来，加上后来了解的信息，以及邢越旻有脊椎病的事实，都让他觉得白素梅不可能置之不理。李从安的第六感再次告诉他，白素梅知道邢越旻的下落。

时间一分一秒过去，从下午开始，李从安把重头布置在蹲守白素梅的任务上，然而到现在一直没什么动静，他把自己的分析讲给肖海清听。

肖海清只是好奇地提了一个问题："如果邢越旻因病需要照顾，那为什么在蹲守期间没有发现她外出呢？"

从得知邢越旻失踪的那一刻起，白素梅家就安排了侦查员，这是基本常识，嫌疑人的家，无论如何都是要被监控起来的。

沉默。一阵沉默。没有人回答这个问题，肖海清突然觉得自己的问题问得很突兀，但是又不知道该如何接上自己的这句话，于是也干脆不说话了。

是的，肖海清的问题提到了点子上，如果白素梅真的偷偷出去过，那么这就意味着监视民警的失职。

依旧没有人说话，李从安只是盯着白素梅家的窗户，从这个角度望过去，依稀看得到她的背影，和上次去她家的时候一样，这个位置正对着电视。白素梅就像一尊蜡像一样坐在椅子上。

终于有人开口说话了，是榔头。他似乎刚刚回忆完这几天他和新来的民警轮流监控白素梅的细节。"所有的行动都有记载，就算白素梅去超市买了一包方便面，出门五分钟，我们都有记载，可以精确到秒，"榔头的口气没有申辩的意思，他只是在陈述一个事实，"就算我们打过盹，如果白素梅出去，我们没有察觉，也绝不可能在回来的时候，我们又恰巧没有发现。"

还是没有人应答，肖海清先前的疑问自然不是为了责备他们，现在接茬难免越描越黑。李从安则是觉得现在追究这个问题没有意义。

时间在流逝，天完全暗了下来。车上的侦查员还有当地派出所的民警，轮流下车吃了饭。李从安留在了车上，催了两次，他都没有动，吃不下。肖海清回来的时候，给他带回来一盒盒饭，放在了他的身边。李从安笑笑，伸了伸腰，依然皱着眉头，他看了眼肖海清，道："下去走走吧。"

两人下了车，钻进了车门边上的一条小弄堂，离得不远，李从安确认没有人听到他们的对话时停了下来，点上一根烟。

肖海清站在他的身旁，过了一会儿开口了："说吧。"

李从安没有惊讶，肖海清当然知道自己有话对她说，才拉她下车的。

自从上次"倾诉"之后，李从安和肖海清心灵上的距离在靠近。从某种意义上讲，肖海清是唯一了解他的人。

该怎么说呢？李从安不知道如何开口。"我们就当朋友一样聊聊，忘记彼此的身份。"

肖海清说好。

李从安开门见山地说："这个神秘人我怀疑是我的女朋友，姚若夏！"他思考了一会儿，觉得没必要在聪明人面前兜圈子。

肖海清微微有些吃惊，尽管做好了心理准备，但听到这个消息，她还是全身冷了一下，轻声地问道："有证据吗？"

"现在还没有，但八九不离十！"

"什么意思？"

"证据就在那儿摆着，你明白吗？只要等着我去拿就行了，我知道从哪儿可以找到这些证据，那只是走走形式。"李从安的意思是说，他现在还没有勇气去面对这个现实。如果姚若夏古怪的行为和那个人形雕塑，是他得出这一结论的线索，那么如果以姚若夏作为嫌疑人去倒推她是不是邹萍是再简单不过的事情了，只要通过人事档案，查到她的过去，去她的公司或机场查她的外出记录，那么案发当时，她是不是真的在出差，就会一目了然。

"怎么会这样？"肖海清也皱起了眉头。

"和我的父亲有关！"李从安考虑再三，还是说了出来。纸里包不住火，除非李从安让这件案子变成找不到凶手的悬案，否则一切水落石出只是时间问题。

"这么说，你父亲被伤害，也和这件案子有关？"

"是的，一切都是早就预谋好的，姚若夏跟我在一起，其实就是为了报仇！"李从安很不愿意点破这个事实。但也许说出来，会让自己心情舒服一点。肖海清不知道该如何安慰李从安，她低着头，在一旁安静地听着。

李从安吸了一口烟，"我只是跟你说说。"肖海清理解这种疏缓压力的方式。"先别讲出去，我自己会安排的。"

"嗯,我不会说的。"肖海清温柔地说着,"舒服点了没?"

李从安抬头感激地看了肖海清一眼。"嗯,谢谢!"

他把头转向了另一侧,白素梅的背影从另一个角度落入李从安的眼中。

"走吧,上车吧!"

刚坐上车,还不及喝上一口水,李从安被身边的侦查员推了一下,他指了指楼上,白素梅站了起来,穿上外套,像是要出门了。

姚若夏走在赴约的路上,她要用另一场谋杀来弥补自己的过失,重新开始。她要杀了邢越旻。如此转换之快的心理,姚若夏觉得一切都是命中注定。这是可以使她重生的唯一方法。

事情到了现在才来弥补,貌似晚了些,但终归要放手一搏。

李从安知道自己真实身份了吗?姚若夏不知道,但想必一定开始怀疑了。这不是她现在要去考虑的问题。

邢越旻那个疯子,通过杀掉无辜的人,来给自己"写信",他原本就是该杀。如果这一切是因为自己而起,那么就让自己来结束这一切。

有没有挽回的余地?如果前面只是受到道德上的煎熬,当姚若夏彻底醒悟过来之后,突然有了一种强烈的冲动,和李从安生活下去的冲动。如果一切可以挽回,姚若夏愿意和李从安走完下半辈子!

姚若夏的步伐坚定起来,又恢复到了原来的冷静,她打了一辆车,从高架飞速奔向邢越旻发过来的地址。

那地方不远,车走了一段高架,下来转向了小马路,途中经过了一个城中公园。姚若夏看着窗外,第二具尸体就是在这儿被发现的,这是他们曾经约定过的地方,也是邢越旻第二次行凶的地点。只有姚若夏知道这座城中公园的含义。这是他们之间的一个秘密,在这里,邢越旻将带有万吉朋指纹的刀柄拆了下来,然后被姚若夏取走,安在自己杀害刘一邦的那把刀柄上,并且约好了作案时间,邢越旻打开对着后巷子的那扇窗,让姚若夏干掉刘一邦之后,爬进他的家,伪造鞋印的证据。

她的脑海中再次呈现出邢越旻的脸庞,他就是个疯子!

姚若夏想着，现在，她离那个疯子已经越来越近了！

李从安一行悄无声息地跟在白素梅的身后，他们开车跟着她来到了大街上。夜快深了，现在的行人更加稀少，路灯氤氲着暗黄的光圈，把城市染得一片朦胧。往前过去是个十字路口，再往前是个丁字路口，白素梅有超过五个以上的方向。李从安坐在车里，觉得警方的目标实在太大了，尽管他已经安排了侦查员装扮成路人，一前一后地"守"在白素梅的周围，但他还是觉得不保险。李从安点上了一根烟，仰头看到路口中央架在红绿灯架子上的摄像监控。

李从安对着对讲机确认这个路段是属于哪个交警大队，然后又派一队人马赶往交警大队，在监控下锁定白素梅的行踪，以确保万无一失。

他让司机踩油门，超过白素梅，远远停在前面的路口，根据监控上白素梅的走向，来安排跟踪路线。

白素梅走得不紧不慢，似乎并没有发现有人在跟踪她，她只是往前走着，低着头，像是在想着心事。她过了十字路口，到第二个岔口处，左转往西，继续前行。李从安的车再次绕了过去。

这是一条笔直的马路，中间有一些小胡同，狭窄到依维柯根本开不进去，如果她果真走"捷径"，那么丢失目标的风险就会加大，李从安现在输不起了。他连"打草惊蛇"都不敢。如果白素梅发现了警察的跟踪，终止了去找邢越旻的行动，那么没准要等到邢越旻杀第三个人的时候，才能再次寻到他的踪迹了。

好在白素梅并没有钻进小胡同，长长的马路边，她一直在警方的视野之中，她并没有发现周围正在紧紧盯住她的警察，起码没有反跟踪的意识，她走完了这条路的一半，又拐向北边的一条大马路上。

"有点不对。"肖海清忍不住说了一句。

"什么？"

"哦，没什么。"肖海清没有接下去，她现在对自己的猜想还没有把握。

白素梅继续往北走着，在路灯下，沿着光亮一路前行，路过了一个中学，一个居民小区，小服装店，然后又右转走到了另一条路上。

"她在绕圈！"肖海清终于决定把心中的顾虑说出来。

"是的。"李从安也发现了这个问题。

白素梅的路线在走S形，绕远道选择了大马路，而是放弃钻小胡同，就像是为了散心刻意地多走了许多路，如果钻胡同的话，只需要三分之一的时间，她就能到达现在的位置。

"也许她只是出来散步？"

白素梅行动的方向，一路向北，这和邢越旻心理地图所显示出来的位置截然相反。

"不对，"肖海清说道，"她选择大马路，一直走在路灯下面，似乎是刻意让我们跟踪着的。"

白素梅依然按照自己的S型路线，越走越远。

"不对！"肖海清更肯定了，"她知道我们在跟踪他，在把我们领得离邢越旻越来越远！"

李从安皱起了眉头，"还是说，她仅仅是为了散心，她也不知道邢越旻在哪儿，所以才这样漫无目的地走？"

"不对不对！"肖海清的语气几乎确认下来了，她突然意识到一个问题，"你刚刚说，曾经有人去找过白素梅，那个人暗恋她？叫什么来着，曹又村？"

"是的。"李从安回答道。

"那有没有这种可能？白素梅知道邢越旻在哪儿，但却不是自己联系邢越旻的，而是通过曹又村？所以我们蹲守白素梅的警察，才没有发现她外出过？"

李从安心里一沉，他摸出自己的手机。

"等等！"肖海清说道，"先通知技术科的人，看能不能锁定曹又村现在的位置。"

李从安看着肖海清。

"我的意思是说，如果我们的判断是正确的，那么白素梅为什么现在带着我们转圈？坐在家里反而更不容易露出破绽。"

"你是说,她知道我们在跟踪她,刻意在这个时刻引开我们?"既然警察知道了曹又村曾经找过白素梅,那么她也能够猜到他们一直在监视她。

"为什么选在这个时候呢?"

"邢越旻那边有行动,就在现在,白素梅现在吸引我们注意力,是为了让邢越旻的行动更加顺利!"李从安终于明白了过来。

他赶紧先通知局里的技术科人员锁定曹又村的电话号码,然后拨了他的号。

"哦,李队长!"李从安在电话里听出了问题,曹又村很淡定,似乎知道自己会打电话给他。

"没什么大事,我就希望你明天能到局里来一趟,做一份笔录,关于上次你跟我提到的那些事情。"李从安拖延着时间。

"好的,没问题!"

"分局的地址你知道吧?"

"知道的。"曹又村在那边回答着,几个问题下来,李从安成功地拖延了时间。

"你现在在哪儿?"李从安随意地问。

"我?哦,在家呢!"

挂了电话,李从安从技术人员那边调出了曹又村的具体地址,他说了谎,根本不在家,手机信号来源于一个叫四江的居民小区。

"怎么办?"

"接着跟着白素梅,其他人跟我来!"

李从安驱车带着人,奔向四江小区。

在小区门口保安室的几排屏幕前,李从安有了收获,就在今天下午,曹又村就来到了这个小区,而且再也没有出来过。

"这个小区有几个门?"李从安问值班的老师傅。

"门只有一个,但没有用。"老师傅很热情,看到那么多警察,他站在那儿,用手在半空对着小区内部,划过一个弧度,"这是小区的全范围,但那儿、那儿、还有那儿——"他指了几个方向,"铁栅栏围成的围墙,被人扭断好几根铁条,人可以轻而易举地钻过去。"

李从安看了看小区所处的位置,南边有条小河傍着小区穿过,对面是另一个居民区,只有北面和西面临着比较宽的马路。

"小区有多少居民?"他问道,然后又环顾了小区内,视线之内大概七八栋五层楼的楼房排列着。

"总共十栋楼,每栋两个门洞,一层十户,加起来五百户左右吧!"老师傅回答得很详细。但这可不是个小的工作量,在不打草惊蛇的情况下,找到曹又村究竟在其中的哪间,并不容易。

他想了想,派了二个民警去找居委和派出所值班的人,把这个小区的居民情况做一个了解。

还剩下五六个人,怎么办?现在只能用最笨的办法,一户一户地找过来。

一人负责一层,还有一个守在楼下,李从安看看表,十点多钟,还不算太晚。

排查起来才知道,冬天大伙都睡得很早,这个时候敲门,很多人都已经躺进被窝里去了。让他们从温暖的床上爬下来,接受莫名其妙的调查,没几个人脸上露着笑容。李从安一行,一边说着抱歉的话,一边询问。查了三栋,已经有些累了。李从安查完了自己的这一层,到了楼下,人都差不多到齐,还剩二楼的侦查员没下来,李从安心有点急,吸了两口烟,重新钻进了楼里。

"还差两户。"侦查员刚刚盘问完一个四十多岁的妇女,她正倚着门看热闹,侦查员一边敲着门,一边跟李从安说着。

没人响应,门缝里却透着光。李从安皱皱眉头,问那个中年妇女,隔壁住的是谁。

"是个二十岁左右的年轻人吧,前两天刚刚搬来!"

李从安眼睛一亮,"长什么样子的?"

"长什么样子的?中等个,戴副眼镜,不胖也不瘦,像个学生!"

侦查员又敲了几下门，还是没人应答，李从安上前帮着侦查员一起敲门，中年妇女描述的这个年轻人很像邢越旻。

门越砸越响，这一排居民都探头出来看个究竟。李从安有点焦急，他和侦查员对视了一眼，正准备采取下一步行动，身后传来了一个声音："你们找谁？"

居民们看到警察要找的人来了，都本能地往后退了退，年轻人一脸茫然地看着他们，推了推鼻梁上的眼镜，不是邢越旻。

是个大学毕业生，来本市找工作，刚租的房，刚刚去超市买东西去了，所以灯没关。

一场虚惊！李从安有些失望，解释了一下，还有最后一户。李从安看看，这层楼的居民都打开门看热闹了，甚至还有楼上楼下的人趴在楼梯口的扶手上，最后一户的门依然紧闭。

不过门缝里没有光，"也许是没人，或者睡得太死。"侦查员敲敲门。

李从安问邻居，这家住的是谁，居然没有人见过。

"没住人吧！"

"住了，我经常在半夜听到有人开门的声音！"隔壁的妇女纠正了错误。

"可能是下班晚。"

"但也不会从来没见过，房东倒是知道，但好像很久没来过了！"

"上个月来过的，我还跟他打过招呼！"

邻居们七嘴八舌，但谁也说不清这房里住没住人，或者住的是谁。又敲了几下，还是没反应。

"谁有房东的电话？"李从安问了，屋里却传来一声清脆的声音，像是玻璃杯砸到了地上。

李从安不敢确认，他把头贴到了门上，一阵安静。"麻烦大伙轻点！"他转过头，竖起食指在嘴前，又把头贴了上去，这次听到一点动静了，很微弱，像是手在轻轻地拨弄着桌上的东西，"啪——"又是一声。

李从安警惕地抬起头，他看了眼侦查员，侦查员问道："要不要再确认下？"

"来不及了!"李从安后退两步,一脚踢在门上,木屑飞溅,门被踹开了。

一个黑影闪过。

"别动,警察!"

李从安摸着墙找到了灯的开关,打开,曹又村木木地站在房间中央,边上有张床,邢越旻安详地躺在床上睡着了。

李从安站在走廊里吸烟,肖海清站在他的身边。赶来的民警正在维持秩序,把那些看热闹的邻居劝回了家。房东正在赶来的路上,医院的医护人员也到了。

经过初步检查,邢越旻吃了安眠药。

曹又村什么都不肯说,已经被带回了局里。

白素梅果然通过曹又村联系邢越旻。从什么时候开始的?曹又村究竟了解些什么?现在还不知道。白素梅想引开警察的注意力,没想到弄巧成拙,反而暴露了邢越旻的踪迹。

"可为什么白素梅要引开警察呢?邢越旻这个时候什么也没有干,她为什么要这样做呢?"

李从安闷头想着,突然他抬起头来,命令道:"赶紧抓捕白素梅!"

第二十二章　杀手原来是 TA

白素梅安静地等在黑暗中。

那个小巷道里的棚户区，有一条穿插在鸽子笼一样的居民家之间的小通道，弯弯曲曲像迷宫一样把白素梅带到另一条不起眼的小路上。

如何甩掉警察，白素梅足足做了一整天的准备。她想不出更好的办法，但对贫民窟地形的熟悉，也许是可以用来对付警察的手段。

他们一直在监视着自己，白素梅想这一点是不会错的。她要做的就是不断地暴露在他们的视线下面，等他们麻痹了之后，利用地形甩掉警察。这个方法，她是在电视上学的。警察不好对付，但未必会如传说中那样无所不能。

那个神秘人终于发来短信了。等待的过程是一种煎熬，包括现在和过去的几天。当她目睹了邢越旻和张慧佳在家争执的那一幕，就已经猜到七八分了。确切地说，怀疑应该源于更早的时候，儿子莫名其妙地让她去学校，那扇一直关着的窗户，当她那晚回到家在门外，听到儿子和张慧佳的对话，把所有的一切串成线，就基本知道发生什么了。

邢越旻是故意引自己去学校，而实现谋杀刘一邦陷害万吉朋的计划的。被子上的水不是别人浇的，而是邢越旻自己浇的，而这一切都被张慧佳识破了。

白素梅想要冲进去阻拦邢越旻已经来不及了，邢越旻将玻璃茶壶重重地砸在了张慧佳的头上，张慧佳应声倒地！

"你究竟在干什么？"白素梅恐惧地看着儿子，她无法相信儿子会变得如此残忍。邢越旻又射过来阴森森的眼神。白素梅不寒而栗，一时间她的眼泪就下来了，她不是觉得邢越旻可怕，而是深深感到邢越旻的可怜。

儿子为什么会变成这样？她是心知肚明的。

当儿子撞见自己赤身裸体地和徐继超躺在床上的那一刻，她也不知道该如何去面对。

这是一个无法启齿的经历，可就像一张照片，已经深深地印进了邢越旻的脑海。他所受的伤害可想而知。

他一定不会原谅自己的！从他的眼神里，白素梅看到了厌恶，邢越旻就像厌恶一块馊掉的腐肉一样厌恶着自己的母亲。这种感觉白素梅从来没有过。当她一心一意为了自己的儿子不惜放弃一切，却只能换来他的鄙视！

白素梅想过放弃。可想起邢越旻的亲生父亲，想起儿子小时候，她就动摇了，在儿子面前，她甚至连死的勇气都没有。

她除了沉默，除了忍受这一切还能做什么？她还看得出来，邢越旻对万吉朋充满了仇恨，就是这个姓万的一家，让他从原来的幸福中，落入了冰窟。

自己何尝不是这样想的呢！你难道认为我背叛了你的父亲！我告诉你，没有！一个女人带着未成年的孩子，还有一身的债，你告诉我该怎么做！

可这一切如何去跟儿子说呢？

熬两年吧，等毕业了，他就能离开这个家。白素梅只能这样自我安慰。过了这几年，他就能有自己的生活了，到那个时候，我也可以做自己的选择了。可是这一切现在也都变成了奢望，她担忧的事情，最终还是发生了。

"你究竟在干什么？"白素梅沉着嗓子吼道。

邢越旻依然不说话，这时候出于母亲的本能，反而是她率先冷静了下来。

"怎么办？"她已经失去了丈夫，现在不能再失去儿子了。

"是不是你干的？"白素梅问着，"万吉朋的事儿是不是你干的？"

邢越旻一言不发，像是什么事情都没有发生一样。但是——

不对，刘一邦死的那天，儿子明明和自己在一起。

不管怎么说，先把张慧佳处理掉！白素梅想着，她从柜子找来了床单，把张慧佳裹在了里面，然后塞进了蛇皮袋。被搬动过的张慧佳动了一下，原来她没死。

白素梅一阵欣喜："她还没死！"随即，白素梅看到邢越旻冲了过来，手里拿着玻璃茶壶，要接着砸下去，白素梅横在张慧佳的身前。"别别，肯定会有办法的！"

"她不死，我就得死！"邢越旻终于说话了。

"总有办法的！"白素梅哀求着邢越旻。她要阻止邢越旻再错下去，起码要稳住他。他们在夜里，用家里的小三轮车把张慧佳搬到了那片小竹林，埋进了废弃的灶台。

"你先出去躲两天！"白素梅想着缓兵之计，张慧佳不能死，张慧佳一死，邢越旻就又多了一条罪状。白素梅要把张慧佳囚禁起来，然后藏起邢越旻，躲过警察的调查。可还是算错了一步。

邢越旻从白素梅给他租下的出租房里跑出来，杀掉张慧佳，还把这事弄得沸沸扬扬！白素梅知道邢越旻在这条绝路上已经越走越远了。

"无论如何不能再让他杀人了！"白素梅无人倾诉，只有曹又村，"他在给谁写'信'？"

既然刘一邦死的时候，邢越旻并不在现场，难道那个杀害刘一邦的人就是邢越旻要传"信"的人？

"首先要阻止他再杀人！"

白素梅只有哀求曹又村，她在饮料里放了一定剂量的安眠药，然后由曹又村负责看住邢越旻，切断他对外的一切联系，电脑、电视、手机。白素梅拿到了邢越旻的手机，直到今天，她收到了一条短信：我们见面吧！

一定是那个神秘人的，白素梅不知道邢越旻还能躲过多久，然而所有的事儿都是因为那个神秘人而起，她知道邢越旻的一切，只要她活着一天就多着一个知情的人，那个人随时都有可能跳出来指证邢越旻。白素梅除了杀掉她保全自己的儿子，别无选择。

神秘人就要来了，白素梅知道最后的时刻到来了，只要她一死，儿子就彻底安全了。

这是座昏暗的大仓库。白素梅利用地形成功地甩掉警察，打了一辆车迅速赶到了她们约定的地点。

现在，只有月光提供了一丝光明，冰冷凄凉。

只有这样才能保全儿子。白素梅没有更多的选择，只要姚若夏还活在世上一天，那么邢越旻的身边，就像安放了一颗随时会爆炸的炸弹。

没有人可以伤害邢越旻，儿子是自己的一切，哪怕为他去死！白素梅现在已经红了眼。

白素梅躲在箱子的后面，时间在安静中过得从容，一分一秒。夜寂静得怕人。从这个角度望过去，唯一的铁门和自己中间有一大片空地。整个仓库呈长方形，在仓库的顶端，她放了一面镜子，它在月光的照耀下反射出微弱的光芒。白素梅要把她引过去，然后从背后用铁棍砸过去，就像自己干掉徐继超一样。

门吱呀一声开了，她终于来了。

白素梅看到了一个修长的身影，穿着滑雪衫，留着长发。她屏住呼吸，对方似乎很谨慎，刚走进门一步，就停了下来。

白素梅的心跳得厉害。怎么了？

对方又退了回去。只是探出个头，悄悄地望着安静的仓库。难道发现了什么？白素梅想着，不可能的。她手中紧紧捏着车间里找来的那根钢管。

可对方的谨慎超出了自己的想象。那个脑袋看了一会儿，缩了回去，消失在铁门后面。白素梅耐心地等待了一会儿，依然不见动静，她有些焦急，难道真的发现了什么，走了？

白素梅提着铁棍猫着腰，从箱子背后一点点地移出来，没有发出丝毫声响，她要去看看究竟发生了什么。

白素梅贴着墙，越往前走，越是贴近地面，如果她一瞬间又出现在了门口，就可以迅速在黑暗的掩护下，再次躲起来。白素梅已经适应了黑暗，应该比她更有优势。

她继续往前挪着,一步跟着一步,有一丝风吹了过来,白素梅没有在意,继续前进。但这丝微弱的风像是尖锐叫起的闹钟,突然惊醒了又走了两步的白素梅,她反应过来,转身挥舞着手中的铁棍,可已经晚了。从窗户跳进来的姚若夏,躲过白素梅的袭击,侧身将一把匕首插向了白素梅的胸膛。

感觉到了疼痛,白素梅心里一惊,就在一瞬间,那把匕首已经拔了出来。"你是谁?"

白素梅看着她,这是个清秀的女孩。"你不是邢越旻,你是谁?"

就在对方一愣神手松下来的刹那,白素梅把铁棍再次挥舞过去。对方一闪身,击中了她的肩膀,只听一记闷哼,她的匕首落在地上,白素梅不顾一切地冲了上去,死死地掐住了她的脖子。

不知道哪里来的力气,她紧紧掐住姚若夏的脖子,把她按倒在地上。白素梅死死地压住她挣扎的身体,她的眼睛通红,脑子一片空白,只知道要杀了她。

快要成了!

砰的一声巨响,周围突然亮起应急灯,铁门被踢开了。"松手,我是警察!"

白素梅听不见叫喊,她的脑海里只有这一个念头,杀了她!

"松手,再不松手开枪了!"

又是砰的一声枪响,白素梅感到肩膀火灼一般疼痛,她不知道发生了什么。有人把她从姚若夏的身上拉了起来,她的嘴里还在不停喊着:"杀了她,杀了她!儿子就安全了……"

清晨的太阳刚刚升起,就收起它那淡淡的光,好像也怕冷似的,躲进了像棉胎一样厚的云层。冷飕飕的风呼呼地刮了起来。光秃秃的树木,像一个个秃顶老头儿,受不住西北风的袭击,在寒风中摇曳。冰溜子像透亮的水晶小柱子,一排排地挂在房檐上。刑警队的办公室里烟雾缭绕。

白素梅的心理地图救了姚若夏。不能说这不是运气。白素梅这个时候带着警察"转圈",不是吸引警察的注意力而让邢越旻能够有时间去干别的事儿,真正的目的是为了甩掉警察,而让她自己能够去"解救"儿子!

什么事儿值得白素梅铤而走险?肖海清想到了网上那封"信","信"寄到了白素梅的手上,她要替邢越旻去"赴约"。

为了儿子可以做一切的母亲,会在什么样的地方见这样一个特殊的人?如果白素梅真的有别样动机!

肖海清的答案是那家已经倒闭了的纺织厂,白素梅就是在那儿和邢越旻的父亲开始的。一切幸福的开始,也是一切悲剧的终结。白素梅落网了,现在躺在医院,姚若夏获救了,或者说她也落网了。

刑警队里没有破案后的喜悦,也没有人敢跟李从安说话,每个人都低着头,仿佛一提起这个案子自己就是千古罪人似的。

姚若夏不肯见李从安,甚至连她认识的人都不肯见。她的养父母听到这个骇人的消息,千里迢迢赶来这座城市,已经在宾馆里住了一个礼拜了。

李从安去见过他们一次,她的养母已经快崩溃了。"怎么会这样?你帮我带个话,就说不管她犯了什么错事,我们都会原谅她的,"她的声音弱了下来,"告诉她,妈妈怕她冷,把衣服都带来了!"

可姚若夏何尝又会见自己呢?

是另一组同事对她进行的审讯,姚若夏供认不讳,交代了自己谋杀刘一邦的事实:在万吉朋一家三口不在的时候,敲门进了刘一邦的家,然后杀了他,留下了陷害万吉朋的线索。李从安父亲那几宗事件,包括医院里的那些勾当,也是她干的,那个度假村是她观察很久最终选择的。她还跟办案的民警说,靠近李从安是有预谋的,从一开始就把李从安作为自己计划中的一个棋子。这个计划从她十岁的时候就开始了,她计划了十五年,带着仇恨走完了原本应该天真无邪的少女时代。

由于姚若夏供述了十五年前那起不明不白的案子,公安局重新组织了人力进行复查,经过一段时间细致缜密的调研,最后以证据不足,翻了邓伟的案。在对邓伟的询问中,李从安申请了旁听,邓伟说:"不招就不给饭吃，不让睡觉，拿烟头烫，一直跪着，还无休止地打我，我记得有个姓李的警察打得最凶！"

李从安知道他说的是谁，他的心里很难受，在审讯技巧真正成熟起来之前，还会有多少屈打成招的案子出现呢？

媒体对邓伟进行了采访。久久在社会最底层艰难活着的邓伟，在镁光灯下局促不安。他不知道为什么突然间那么多大领导都出现在他的眼前。

"你的案子最终被翻过来了，你最想感谢的是谁？"记者热情地问道。

邓伟想了一会儿，颤颤巍巍地说道："感谢政府，感谢党！"生怕自己在镜头前又说错了话。

政法委书记接过话筒，熟练地说："在党的领导下，我们法制改革已经取得长足的进步，随着民警思想品德、素质教育的加强，相信这样的事儿，以后再也不会发生啦！"

李从安默默走出了现场。

这是一个社会走向文明所要付出的代价！作为一个国家公务人员，他不愿意用这样高屋建瓴的话，来自我原宥。那些大人物口中所谓的"弯路"或者"必要的牺牲"，却成了普通老百姓心中永恒的痛。

父亲被隔离审查了，目前见不着。李从安搬回了家，陪伴刚刚出院的母亲。期间局长找他谈了一次话，问："在你父亲的问题上，你有什么意见？"

能有什么意见？

"相信组织吧！"李从安想起了这句话。他出了局长的办公室，只希望自己的下一代能够用"相信法律"来代替现有的说辞。

趁着有空的时候，李从安去找过一次邓伟，代表父亲道歉。邓伟的国家赔偿正在申请中。

"有了钱，谈个恋爱吧！"李从安尽量不让气氛尴尬，他看见邓伟床上原先的那本《绿化树》已经换成了《第一次亲密接触》。

邓伟想了一会儿，然后叹了一口气，苦笑："上了年纪，也就不想这些事儿了！"

李从安感到一阵心痛，"上了年纪"的邓伟今年四十三岁。

邢越旻醒了过来，在医院默默地望着远方的天空，谁也不知道这个现在应该代表桐州大学参加计算机竞赛的少年，心里在想着什么。不过他终于知道了自己心目中的女神叫姚若夏，邢越旻以令人吃惊的沉稳，向人们昭示着什么叫真正的"泰山崩于前而色不变"，然后在夜深人静的时候，于医院的墙上，一遍又一遍沉默地刻着姚若夏的名字。

对于邢越旻的行为法律界人士正在热烈地探讨。不同的声音此起彼伏，新闻及各类法制节目也纷纷闻讯而动，因为此案错综复杂，又极具传奇性，收视率在各大电视台民生节目排行榜居高不下。

人们在哀叹欷歔中继续着自己的生活。邢越旻只是一个佐料，填补他们无聊生活的一道小菜。

贺北光也获救了，根据姚若夏提供的地址，警察找到了被捆绑起来的贺北光。拘禁了数日被解救后，他显得有些憔悴和显而易见的好心情，还颇具文采地讲述了自己与姚若夏惊险的历程，所述的细节，基本与姚若夏的供述吻合。贺北光后来找过一次李从安，双方的谈话小心翼翼，尽量避免不愉快的话题，但最终这顿饭还是吃得很沉闷，因为两人都发现，除却那些不愉快的话题，基本就无话可说了。

李从安就像做了一场梦，经历了一个故事，一个曲折迂回，却又从一开始就应该猜得到结局的故事，他现在唯一的感受就是，仿佛身边发生的一切都不是真的。

这个故事里唯一温暖的情节，就是那个耳背的老太太。姚若夏自始至终没有提到过她。倒是贺北光的叙述，才带出了姚若夏一直默默无闻地在帮那些受不良商家欺骗的消费者，争取自己的权利。

李从安帮助老太太获得了商业赔款。

这个案子终于结了，一干嫌疑人全部落网：邢越旻、白素梅、姚若夏……万吉朋无罪释放。

接下来的两个月里，李从安带领着大家又破获了几起不大不小的案子。一个瘸腿的老头拐卖了四个山村来城市打工的初中生；西郊聚贤山庄的盗窃案，凶手在监控录像下暴露无遗；抢了十四名中年妇女脖子上项链的嫌疑人，刚踏上出城的长途客车，就被警察逮个正着；两个惯偷分赃不匀，其中一个被另一个打成重伤……

所有的一切都在按部就班地进行着，这座城市不会因为这些小事儿，就停止了自己的脚步。世界千变万化，只有一条一直没有变。姚若夏还是不肯见李从安。

开春的时候，法院传来了消息，姚若夏一审被判处死刑，没有提出上诉。

行刑的那天，李从安起了个大早。他的母亲还不知道今天是个特殊的日子，只以为是他们"乔迁之喜"的好日子。事发之后，李从安一直没有敢提姚若夏的名字。五十八岁的李从安的母亲，在这个时候显示出了一个老干部家属和人民教师应有的涵养，以沉默替代了一肚子的疑问和悲伤。

由于母亲连续被噩梦侵袭，在心理医生的建议下，他们最终决定搬家。新房子是李从安卖掉自己的那套二居室购买的，原先那是他的婚房。但李从安想，下半辈子，他应该不会再和母亲分开了。

刑警队来了很多帮手，大家特地调好了班，来帮队长搬家。从老住处到新家大概一个半小时的路程，这对于不大的桐城来说，已经是这座城市完全不同的两个区域了。按照李从安的意思，所有新房内的家具，全重新购置，虽然这是一笔不小的开销，但既然换了，就得换彻底。

李从安的母亲勉强露出笑容，来表达对焕然一新的人生充满信心。中午过后，一干人散去了，李从安安排母亲躺在床上睡下午休，自己则悄无声息地下了楼，回到了原来的住处。

他去一趟菜场，买了三斤草虾，在此之前他已经无数次地把清蒸虾丸这道菜练习到娴熟。他买了最贵的油，最贵的调料，还有一个不锈钢的保暖瓶。

做完菜，他驱车赶往了城郊。在桐州第一看守所的接待室里，狱警进去了一会儿，又出来，说"今天还是不肯见！"

"要不你进去？"狱警问。

"不不不，我就在这儿等着，如果不愿见，我就在这儿等着，不勉强！"

李从安颤抖着点上一根烟。

时间一分一秒过去，属于姚若夏的时间一分一秒地缩短。李从安一根接着一根地为自己点烟，离行刑还有最后四个小时，接待室的门外，传来了脚镣声。李从安心头一紧，门开了，姚若夏走了进来。她打扮过了，梳了头发，脸庞清秀，坐在了他的对面。

李从安把保暖瓶打开，倒出了虾丸，推到姚若夏的面前。

姚若夏没动筷子，也没有说话。李从安也没有说话。

他一直低着头不敢看姚若夏的眼睛，倒是姚若夏清澈的眼神一直在看着李从安的脸庞。

两人对坐了半个小时，最后她站了起来，说："如果你有可能的话，去看看我的爸爸妈妈，我在这个世界上没什么朋友，你是唯一对我好的。"

姚若夏被两个女警带着转身出了门，走在冰冷的走廊里，没有回头。

狱警想上来安慰李从安两句，被他摆手谢绝了。他坐了很久，大腿上的血液才回流过来，他支撑着自己的身体，站了起来，出了监狱的大门，坐上了自己的车。监狱门口有个白发苍苍的老太太，李从安认出来她是那个耳背的老太太。在瑟瑟寒风中，她蜷着身子，看着监狱厚重的大门。

老太太等了很久，一直到路灯熄灭，才蹒跚着背影远去。李从安颤抖着抬腕看了看表，时间正好指向八点，姚若夏行刑的时刻。

他下了车，靠在车门上，远方的城市仍然炫耀着它那永不停歇的金光，而李从安此时只想静静地感受这份孤独。

天空居然飘起了雪，是的，李从安看到了开春的第一场雪！

雪一片一片地飘在半空中，他仰起头，任由雪花洒在脸上，肩上，他的全身。雪越来越大，它们洒向街道、马路、屋檐，洒向富丽堂皇的楼台宾馆，洒向喧哗的都市，它们正在愤怒地洒向人间，不管最终的命运如何，但明天早起的人们，总能看到一片久违的洁白。

李从安终于泪如雨下！